JN141951

牙の魔術師と出来損ない令嬢

小桜けい

KEI KOZAKURA

NB

ノーチェ文庫

登場人物紹介
フレデリク
「牙の魔術師」と呼ばれる
宮廷魔術師。
女王の愛人と
噂されているが……？
ウルリーカ
男爵令嬢。魔力をほぼ持たず、
出来損ない扱いされている。
王都で家庭教師をしていたある日、
フレデリクに婚姻を申し込まれる。

アナスタシア
絶大な魔力を持つ女王。弱体化していた王家を復興した。
イゴール
フレデリクの家令。強面《こわもて》の巨漢。
エミリオ
宮廷魔術師。フレデリクの同僚。
ベリンダ
ウルリーカの双子の妹。ウルリーカとは異なり高い魔力を持つ。
チュレク男爵夫人
ウルリーカとベリンダの母親。プライドが高く、偽善的な性格。

目次

牙《きば》の魔術師と出来損ない令嬢

プロローグ

とある春の日。ロクサリス国の王都にて、結婚式が行《おこな》われていた。

魔術師ギルドの荘厳《そうごん》な祭儀場では、建国以来数多《あまた》の王侯貴族が婚礼の儀を挙げてきた。

ゆったりと浮遊する魔法灯火の下で、白髪の老師が、祭壇へ誓約の魔術書を載せる。

列席者の見守る中、鮮やかな緋色《ひいろ》の髪の男が、祭壇の書に手を置いた。

「フレデリク・クロイツは、ウルリーカ・チュレクの夫として、婚姻を正式なものと認めます」

通称『牙《きば》の魔術師』フレデリク・クロイツは、誓いの言葉を述べ終わると書から手を離した。

礼装用の宮廷魔術師のローブがとても良く似合っている。細身の優男《やさおとこ》だが脆弱《ぜいじゃく》さはなく、全身に生き生きとした力強い生命力を漲《みなぎ》らせていた。今年で三十歳になるというが年齢より随分と若く見えるのは、そのせいだろうか。

隣に立つ花嫁……ウルリーカ・チュレクは、ヴェールの下から彼の横顔をチラリと見上げる。

すると、真面目な顔で正面を向いていたフレデリクが、不意に視線だけをウルリーカに向けた。綺麗な深緑色の瞳は柔らかな微笑をたたえ、彼がこの婚礼を心底から喜んでいるように見える。

その優しげな視線が居心地悪くて、ウルリーカは慌てて自分のドレスへ視線を落とした。

ドレープをたっぷりとあしらった純白の花嫁衣装は、急ごしらえとは思えないほど美しく上等な品だ。華やかだがゴテゴテ飾りすぎる事もなく、十九歳という花盛りな年齢のウルリーカを、より可憐《かれん》にみせていた。エメラルドを飾った銀の宝飾類も、ヘーゼル色の髪と瞳に良く映《は》えている。

これらは夫となるフレデリクからの贈りものだが、何もこれほど豪華な品を用意しなくても良いのに……と、ウルリーカは恐縮してしまう。

彼は自分を妻とするものの、その胸の内ではほかの女性を愛している。しかも、国中の誰よりも魅力的で優れた女性をだ。その女性を正式な妻にする事は、流石《さすが》の彼でも無理だったから、男爵家の出来損ない令嬢として有名なウルリーカを、お飾り妻にするだけなのに――

ズキリと胸が痛み、つい憂鬱《ゆううつ》な考えに落ちこみそうになったが、寸前でハッと我にかえった。

もう決心したはずだ。こうなったら意地でも、幸せな人生を送ってやると。

お飾りの妻で結構。彼がほかの誰と愛を育《はぐく》もうが、最初からわかっていた事と割り切って気にしない。むしろこれ幸いと、一人で好きな学問に没頭させてもらおう。

引き結んでいた唇を開き、ウルリーカも誓約の書に手を置いて誓いの言葉を述べる。

「ウ……ウルリーカ・チュレクは……フレデリク・クロイツの妻として、婚姻を正式なものと…………認めます」

――毅然《きぜん》と胸を張って、堂々と言うつもりだった誓いの言葉は、しかし、とても小さく震えたものになってしまった。

1　魔力のない娘

――事の発端は、一ヶ月前。

うららかな春の日差しの中。ウルリーカはあぜ道を走る馬車に揺られながら、窓の外に広がる、のどかな麦畑を見つめていた。

チュレク男爵領は、ロクサリス王都から程近く、面積こそ狭いが、良質な大麦が毎年収穫出来る。チュレク家は古くから麦酒《ビール》の醸造によって財を成してきたのだ。

青々とした麦の若穂が春風にそよぐ光景は心地良いものだったが、ウルリーカは瞳にそれを映しながらも、気分が晴れなかった。ほかの事で頭を占められているのだ。

(お母様が私を呼びよせるなんて、何があったのかしら?)

憂《うれ》いを秘めた彼女の横顔は、よく見ればかなり美しい。だが惜しい事に、艶《つや》やかな髪は、飾りのないピンで簡素にまとめられただけ。ほっそりした手足に豊かな胸という女性らしい体型は、襟《えり》の詰まった衣服にすっかり隠されている。

そんな彼女は一見、いかにも地味で面白みのない、堅苦しそうな女性に見えた。

ウルリーカは、チュレク男爵家のれっきとした長女である。

しかし、家督は双子の妹が継ぐ事が決まっており、彼女自身は一年前から王都に住んでいる。実家から独立し、裕福な商家の七歳になる娘の住みこみ家庭教師を務めていた。

実家が没落した訳でもないのに、貴族の娘が平民階級の家で家庭教師をするなど……と、伝統と格式を重んじるこの国の貴族たちからは失笑されている。けれども、ウルリーカは気にしないようにしていた。

幼い頃から学問は好きだし、教え子は素直な可愛い女の子、商家の夫妻も気のいい人たち。誰が何と言おうと、自分で選んだ幸せな生活なのだ。ウルリーカは自分でたてた人生計画に満足していた。

ところが今朝、実家を出て以来音信不通だった母から、大事な話があるのですぐに帰るようにと、唐突な手紙が届いたのだ。

手紙を持って迎えに来た実家の御者《ぎょしゃ》に、お嬢様を連れて帰らなければ、奥様から解雇されると泣きつかれる始末。

仕方なく雇い主に理由を話して臨時の休みを貰い、しぶしぶと帰省する事になったのである。

ウルリーカが家を継がず、家庭教師として働いているのには、訳がある。それは彼女が『出来損ない』だからだ。

――ロクサリス王国は別名、魔法国とも呼ばれている。古くから魔法によって栄え、大陸のどの国よりも多くの魔力持ちが住んでいるためについた名前だ。

魔力というものは基本的に、生まれつきの才能である。

もちろん魔法を使うためには、魔術書を読んだり、師について学ぶ必要がある。

しかし結局のところ、どのくらい強力な魔法を使えるようになるかは、生まれ持った魔力の量によって決まってしまう。魔力を持たない者が、努力で魔力を身につける事は出来ない。

それゆえにロクサリスでは、持って生まれた魔力の量が多いほど、『他者よりも優れた存在』とみなされた。王家を筆頭に、貴族の家督を継ぐ者は、一定以上の魔力を持つ事が必須とされている。

基本的に、子どもの魔力量は両親が持っている魔力の量と相関する。

ところが稀《まれ》に、優れた魔法使いの親から魔力を持たない子が生まれたり、魔力なしの平民の家に、驚くほど多くの魔力を持つ子が生まれるケースがあった。

そこでロクサリス国民は、平民でも貴族でも、三歳になると魔力を測る事になっている。

ウルリーカと双子の妹ベリンダも、三歳になった日に測定試験を受けた。

魔力を持つ者同士の間には子どもが出来にくい。貴族の家に双子が生まれるのはとても珍しかった。それゆえ、チュレク家姉妹の魔力測定は当時、国中の人々の注目を集めたそうだ。

その日、魔力測定器の腕輪がウルリーカに示したのは、わずか六という残酷な数値。この国の貴族であれば、最低でも千の値は持っていなければならないのに。

これでは死にもの狂いで魔法を学んでも、小さな火花を起こすのがせいぜいだ。

両親にとって幸いだったのは、妹のベリンダが千七百という優秀な数値を出した事だろう。

ロクサリスの法律により家督はベリンダが継ぐと決められた。同時にウルリーカの名前は、男爵家の出来損ない令嬢として、国中に広まってしまったのだ。

——忌《い》まわしい記憶を心の奥へ押しこめているうちに、馬車は実家の館へ到着した。

ウルリーカは馬車から降りて、一年ぶりの我が家を見上げる。チョコレート色の屋根をした三階建ての瀟洒《しょうしゃ》な屋敷は、何も変わっていない。正面玄関の扉脇には、ベルの代わりに真鍮製《しんちゅうせい》の鸚鵡《おうむ》がいる。鸚鵡《おうむ》は、真鍮《しんちゅう》の止まり木の上から、ぎょろりとこちらを睨《にら》んでいた。

魔法のかかったこの鸚鵡《おうむ》は、とんでもなく意地が悪い。両親や妹のベリンダ、魔法使いである貴族には愛想がいいくせに、ウルリーカが一人で扉の近くにいると、口汚く罵《ののし》り嘲笑《ちょうしょう》するのだ。

「アッチイケ！　ウルリーカ！」

案の定、鸚鵡《おうむ》は真鍮《しんちゅう》の翼をバタつかせて耳障《みみざわ》りな金切り声をあげ始めた。

「デキソコナイ、ウルリーカ！　ウラヘイケ！　デキソコナイ、ウルリーカ！」

喚《わめ》き続ける鸚鵡《おうむ》を前に、ウルリーカは深く息を吸った。

――私がいつまでも、たかが失礼な鸚鵡《おうむ》の悪態に泣く小娘だと思うなら大間違いよ。もうきちんと自立している大人。お前なんかが言う事に、傷つかない。

手提《てさ》げ鞄《かばん》から母の手紙を取り出し、鸚鵡《おうむ》の嘴《くちばし》の先につきつける。

「今日はお母様の命令で帰ってきたの。私は正式な客人よ。だ　ま　り　な　さ　い」

主人の筆跡を目にした途端、鸚鵡《おうむ》はピタッと嘴《くちばし》を閉ざして動きを止めた。

こうして見ると、ただの古ぼけた真鍮《しんちゅう》の飾りだ。この鸚鵡《おうむ》に何度も泣かされ、怯《おび》え続けていた昔の自分が、我ながら滑稽《こっけい》に思えてくる。

実家の陰鬱《いんうつ》な思い出から一つ解放された気がして、ウルリーカは心がすっと楽になった。

そうだ。もう母の前でも、身を縮め息を潜《ひそ》める必要はない。魔力がなくても堂々と生きれば良い。

七年前の夜に、緋色《ひいろ》の髪をした素敵な魔術師から勇気と自信を貰い、ここまで自分の幸せを掴む事が出来たのだから。

心も軽く、ウルリーカは扉を開けようとしたが、それよりも早く内側から扉が開いた。

「お出迎えが遅れまして、大変申し訳ございません。ウルリーカお嬢様」

扉を開けたのは年老いた家令で、彼は汗を拭《ふ》きながら頭を下げる。それを見てようやく、ウルリーカは奇妙な事に気づいた。

商家の暮らしにすっかり馴染《なじ》んで忘れていたが、この家の礼儀正しい家令が、馬車まで出して迎えに行かせた相手を玄関で出迎えないなど、珍しい。

「気にしなくていいのよ。それより、お母様が急に私を呼ぶなんて、何かあったの？」

顔色が悪く落ち着かない様子の家令に、声を潜《ひそ》めて尋ねた。

「……お嬢様。奥様からのお話ですが、どうか冷静にお聞きなさるよう……」

家令が囁《ささや》いている途中で、奥から扉の開く大きな音が聞こえた。

「ウルリーカ！　待ちくたびれたわ、何をグズグズしているの。早くいらっしゃい！」

母がたっぷりしたドレスの裾を揺らしながら駆けよってくる。驚いた事に、非常に上機嫌でウルリーカの手をとり、居間の方へと引きずっていった。

「喜ばしい事にね、貴女へ求婚があったのよ！」

玄関の鸚鵡《おうむ》そっくりな母の甲高《かんだか》いさえずりに、ウルリーカは耳を疑った。そして、続く言葉に、さらに驚愕《きょうがく》させられる。

「求婚してくださった方は、宮廷魔術師のフレデリク・クロイツ様。有名な方だから、貴女でも知っているでしょう？」

黙って、ただ頷いた。

七年前の夜会で、たった一度、話した、あの緋色《ひいろ》の髪の魔術師だ。それ以来、ずっと心に秘め続けている初恋の相手でもある。

しかし、嬉しいとは思えなかった。

彼が自分に求婚など、何かの間違いか悪い冗談としか思えない。

フレデリクは侯爵家の遠縁と聞く。本人に爵位はないが、宮廷魔術師という職は、男爵位に匹敵する名誉のあるものだ。そのうえ人当たりの良い性格で容姿も申し分ない。結婚適齢期の女性ならば、まず放っておかない好条件の持ち主である。

そんな彼が、魔力のない出来損ない令嬢である自分に求婚など……いや、たとえウルリーカではなく、爵位も魔力も文句なしに高いご令嬢が求婚されたとしても、まず信じないだろう。

――だって彼は、この国を統《す》べる若く美しい女王の幼馴染《おさななじみ》であり、今では公認の愛人なのだから。

言葉もなく、呆然と母を凝視していると、彼女は不服そうに柳眉《りゅうび》を吊り上げた。

「返事も出来ないなんて、相変わらず駄目な子ねぇ！　説明するから、とにかく座りなさい」

母は居間の長椅子にウルリーカを押しこむと、向かいに座ってとめどなく喋《しゃべ》り始めた。

要約すると、フレデリクから昨日、父を通して縁談が持ちこまれたらしい。

父も、最初は何かの間違いかと思って断った。しかし、彼は確かにウルリーカへの求婚だと言い、支度金として十分な金額を渡されたという。

さらに、ウルリーカさえ良ければ、来月にでも式を挙げたいとまで言っているそうだ。

「……これでようやく貴女も屈辱的な職を辞められるのよ。昔の反抗は許してあげるから、この家にも自由に戻っていいわ。嬉しいでしょう？」

甘ったるい声で締めくくられ、ウルリーカはかなりムっとした。

『魔力なしの貴族娘に、縁談など来る訳がないのだから、家庭教師にでもなりなさい』

と、幼い頃から自分に繰り返し言い聞かせてきたのは、母なのに。

もっとも母は、本気で娘を家庭教師にするつもりはなく、没落貴族の子どもでも相手に、時々ボランティアで教師の真似事をすれば良いと主張していた。

家庭教師は、家督を継がず嫁にも行かない貴族の娘がなれる数少ない職業だ。魔力なしのウルリーカが、高名な貴族の家に雇われるはずはないと母も承知である。かといって、何もさせずにいるのは、世間体が悪いと思っただけなのだ。

しかし、ウルリーカは母の意に反して、平民階級の裕福な商家に住みこみで雇われる事を決めた。

母は激怒したが、ウルリーカもその時ばかりは折れず、家出も同然に飛び出した。結果的に自分の選択は正しかったと、今でも思っている。

世間体を繕《つくろ》い、貴族社会に媚《こ》びるなど、それこそ屈辱的だ。

誰に何と言われようが、この職業できちんと自立出来ている事に、ウルリーカは誇りを持っている……とは言うものの、それを母に主張しても無駄なのは、十分身に沁《し》みていた。

困った事に、母に悪気はないのだ。

彼女は自分が、慈悲深い地上の女神だと信じて疑わない。今も、自分は間違いを犯した娘を寛大にも許してあげているると、本気で思っているのだろう。

母の言葉にカチンときたウルリーカは、少し冷静になれた。

ウルリーカは、メイドが置いていった茶を一口飲み、驚愕《きょうがく》のあまり干からびていた喉を潤《うるお》す。そして、ため息混じりに返答をした。

「何かの間違いでは？　……お母様も、彼と女王陛下のお噂をご存知かと思いますが」

父が勘違いをしたとは思い難いが、それを自分に伝えているのが、母というのが問題だ。なにしろ母は、よく話を自分に都合の良いように捻《ね》じ曲げて解釈したり、早とちりしたりする。

フレデリクとの恋仲が周知されているアナスタシア女王は、まだ二十二歳という若さ。

彼女が戴冠《たいかん》したのは、わずか五歳の時。当時、王家は暗闘《あんとう》が絶えず、父王と異母兄《いぼけい》たちが争いの末に急逝《きゅうせい》したため、たった一人残った王位継承者が彼女だ。

幼い女王は、補佐官たちの助けを借りながら熱心に国政を学び、今では名実ともに立派な女王へと成長した。

高い魔力を持ちながら驕《おご》る事なく、統治者として厳しく己を律し、情には厚いが不正には厳しい。そのうえ容姿も非常に美しく、金の巻き毛は陽の光を紡ぎあげたように輝き、煌《きら》めく瞳は最上級の宝石さえ霞《かす》むと言われている。そんな彼女は今や、貴族からも平民からも絶大な支持を得ていた。

ウルリーカは、女王陛下と直接言葉を交わした事などない。けれども、王宮の夜会や国事で遠目に見ただけでも、息を呑むほど美しく妖艶《ようえん》な女性だと思った。

当然ながら、そんな女王へ愛を捧げたいという男性は、国内外からあとを絶たない。だが、自分に厳しい彼女だけに、男性へ要求する水準も高いのだろう。どんな相手に甘い言葉を囁《ささや》かれても、洟《はな》もひっかけなかったらしい。

ところがある日、宮廷の園遊会にて女王は、自分へ捧げる詩をつくってきた貴族の青年へ、『私を好きにしたければ、フレデリク・クロイツに勝ってきなさいな』と、非常に楽しげに言ったそうだ。そこから一気に噂が広まった。

女王がはっきりと、フレデリクを愛していると宣言した訳ではない。その貴族青年の話自体も、人から人へと伝わるうちに、尾ひれがついているだろう。

しかし、フレデリクが昔から女王と親しいのは事実だし、恋仲という話が王都中を駆け回るようになっても、二人とも否定しないそうだ。噂の信憑性《しんぴょうせい》は高い。

もっとも、フレデリクは女王の愛人だという事を笠《かさ》に着たりせず、女王も彼を特別待遇はしていない。それが、彼と女王の評判をあげていた。

――そういった情報は、王都に住んでいれば自然と耳に入るから、ウルリーカは、フレデリクが自分に求婚するなど信じられないのだ。

(フレデリク様の名を騙《かた》った詐欺《さぎ》という可能性もあるわ)

ウルリーカがそう口にしかけた時、母はコロコロと笑いながら、一通の封筒をテーブルの上に差し出した。

「あら、私とした事が、言い忘れていたわ。求婚は女王陛下の紹介状つきだったのよ」

白い封筒はすでに開封されていたが、金の封蝋《ふうろう》には確かに、王家の紋章が押されている。ウルリーカが慎重に便箋《びんせん》を取り出して開くと、一匹の蝶がヒラリと飛び出した。

「きゃっ⁉」

思わず便箋《びんせん》を取り落としそうになったが、よく見れば半透明の美しい蝶は、魔法使いが自分の声でメッセージを届ける時に使う、伝令魔法だ。

伝令魔法の形は人によって違うが、女王の伝令魔法は蝶の形をしていると聞いた事があった。

ヒラヒラと羽ばたく美しい蝶から、流麗な女性の声が聞こえてくる。

「――チュレク男爵。ロクサリス女王・アナスタシアの名において……」

それは紛れもなく、王宮の夜会や国事の演説でいく度か聞いた、女王陛下の声だ。

魔法の蝶は淡々とした声音で、フレデリクをウルリーカの伴侶として推薦する旨《むね》を告げ終えると、紙の中へ戻った。

白紙だった便箋《びんせん》に、薄い金色の蝶が判で押されたように張りつく。ウルリーカは震える手でそれを封筒に戻した。

「ほら、ご覧なさい。陛下のお望みなら、この求婚も納得ね」

母が勝ち誇った表情を浮かべ、それからもったいぶった調子で咳払いをした。

「だから良い事？　貴女はフレデリク様の妻になるといっても、あくまで形だけの事ですからね。くれぐれも、自惚《うぬぼ》れてでしゃばったりしないように。陛下と彼の邪魔にならないよう、貴女が分《ぶん》をわきまえてつつましく暮らせば、全て上手くいくのよ」

「……どういう意味でしょうか？」

上機嫌な母の不穏な言葉に、ウルリーカは嫌な予感を覚えて声を上擦《うわず》らせた。

「ほら、お芝居にもよくあるじゃないの。貴女も一緒に観た、あれよ……」

――そう言って母が口にした芝居の題名を聞き、ウルリーカは冷水を浴びせられたように、身体が冷えていくのを感じた。

母は観劇が大好きで、特に恋物語には目がなかった。好みの芝居は、公演期間中に何度も観に行くし、娘たちにも同行を強要する。

母が非常に気に入っていたその芝居は、互いに家督を継がなくてはならない身にある貴族の男女が恋に落ち、正式な結婚が出来ない立場ゆえに苦しむというものだった。

主役の二人は悩んだ末、男がことさら愚鈍《ぐどん》な女を選んで、婚姻を結ぶ。頭の悪い、金銭さえ与えておけば、夫に関心を払わず遊び呆けるような御しやすい相手と……。一方、女は結婚せず、家督だけを継ぐ。そして二人は、男の愚かな妻を上手くあしらい、正式には結ばれないながらも子どもも授かり、真に愛する相手と、幸せな人生を送りました。めでたしめでたし――そんな筋書きだ。

――つまり、あの芝居に例えるならば、主役の二人は女王とフレデリク。そしてウルリーカは愚鈍《ぐどん》なお飾り妻だと、母はそう言いたいのか。

こんな物語が流行するのは、ロクサリスの特殊な法律に起因する。ロクサリスでは、一定以上の魔力を持つ男性は、三十歳までに妻帯する事を義務づけられていた。高い魔力を持つ者ほど子どもに恵まれにくいための少子化対策だ。

そのような事情なので、男性貴族は複数の相手と婚姻を結ぶ事も認められている。一方で、女性貴族に結婚の義務はない。かわりに、家督を継ぐ女性は、未婚のまま複数の恋人と交遊し、婚外子を産む事が多い。その場合、子どもに法律上の父親は存在しない事になる。子どもの父親はわかりづらく、揉め事の原因となる可能性が高いためだ。

王家においては、それがさらに顕著《けんちょ》になる。王が男性であれば、複数の后を持って後継者を生ませてきた。女王であれば、伝統的に父親不在の跡継ぎを産む。

ロクサリス建国以来、女王は何人か存在するが、女王の夫は一人も存在しないのだ。

フレデリクは、どれほど女王と愛しあっていようと、公的に結ばれる事は出来ない。

それなのに、今年で三十歳になる彼は、誕生日までに妻を娶《めと》らなければならない。

だから彼は、その心に女王を抱きつつも、国法に反しないために形だけの妻を迎える……それを女王も了承して紹介状を書いたと、そういう事になるのだろうか。

あまりの話にウルリーカは頭を強打されるに似た衝撃を覚えた。

「そのような事を、フレデリク様がなさると……？」

ウルリーカは呻《うめ》いた。膝に置いた両手を、指が白くなるほど固く握る。ところが母ときたら、まるで娘の方がおかしな態度だというみたいに、キョトンと小首を傾げた。

「貴女も、陛下と彼が恋仲だと聞いているでしょう？　陛下は彼を愛していても、安易に王配へ据える訳にはいかないし、いつまでも彼を独り身にさせておく事も出来ないもの。このやり方はとても賢いと思うわ」

自分の娘が貶《おとし》められているというのに、憤慨どころか賞賛する母に、ウルリーカは絶句した。

同時に、とうに愛想をつかしたと思っていたのに、まだ自分はこの人へ、どこかしら期待をしていたのだと思い知った。それもたった今、霧散《むさん》した訳だが。

おまけに、どれほど信じたくないと思っても、今回ばかりは母の主張が正しそうだ。

(フレデリク様が……あの人が、そんな真似を……本当に?)

緋色《ひいろ》の髪をした青年魔術師の優しい笑みを思い出し、ウルリーカの瞳に涙がこみ上げる。

——フレデリクと会ったのは、ウルリーカが十二歳の時だ。それは王宮で開かれた、女王陛下の十五歳の誕生日を祝う夜会だった。

盛大な夜会には国中の貴族や著名人が招待され、城の煌《きら》びやかな舞踏ホールと大広間は、着飾った人々で満員となっていた。

楽団が優美な曲を奏で、礼装用のローブを着た宮廷魔術師たちは会場の安全に気を配りつつ、出席者たちを楽しませるため様々な魔法を披露《ひろう》している。

ウルリーカも妹のベリンダと一緒に、父母に連れられて参加した。

派手な宴《うたげ》が大好きな母は、自分と娘たちのドレスも、いつもより豪華なものを新調する気合のいれようだ。

伯爵家の出身であるチュレク男爵夫人は、娘時代にはその華やかな美貌《びぼう》で、常に社交界の耳目《じもく》を集めていたそうだ。それが商才こそあるものの、容姿は今一つ冴《さ》えない男爵の父と結婚した時には、随分と周囲を驚かせたらしい。

もっとも、ウルリーカとベリンダには、その理由がわかる気がする。

いつでも自分が主役でありたい母にとって、経済力が十分あり、自分のいいなりになる目立たない夫は、まさに理想の伴侶。そして娘たちの存在も、彼女には己を輝かせるアクセサリーなのだ。

その夜も母は、自分の産んだ双子の娘たちに、色違いの揃いのドレスを着せ、美しく着飾った自分の両脇に添える。そして、意気揚々とご婦人方の輪に飛びこんだ。

『――ええ、この子たちが双子ですのよ。髪や目の色は違いますが、顔立ちは似ているでしょう？』

大広間の一角で、母はさっそく領地から来たばかりだという貴族たちに話しかけ、談笑を始めた。

双子など滅多にいないロクサリス貴族の中で、揃いのドレスを着たウルリーカとベリンダは、いつも一際耳目《じもく》を集める。

扇で口元を上品に隠した母は、自分と同じ髪と瞳の色を受け継いだベリンダへ、誇らしげな視線を向ける。

『特に、ベリンダは私の娘時代にそっくり。ただ、私は兄が家督を継ぎましたので気楽な身でしたけれど、男爵家を継ぐこの子は、そうもいきませんわ。教育面では厳しく躾《しつ》けておりますのよ。もっと自由に遊ばせてあげたいとも思いますが、甘やかすだけが親の愛ではございませんものね』

一気にまくしたてる母は、一体いつ息継ぎをしているのか不思議だ。

取り巻く貴族たちが『そのお気持ち、わかりますわ』とか『立派なお考えですのね』などと、感心してみせると、母はいっそう笑みを輝かせる。

そして、その場にいた青年貴族の一人が、ベリンダにうやうやしくダンスを申しこむと、母は大喜びで愛娘を押しやった。

爵位を継ぐベリンダは、いずれ出来るだけ良い条件の男性と結婚するか、多くの殿方から寵愛《ちょうあい》を受けるかを選ぶ事になる。どちらにせよ、今から社交界に顔を売っておきなさい、というのが母の持論だった。

ウルリーカも、つくり笑いを顔に貼りつけてベリンダを見送った。

ちなみに、一緒に来たはずの父は、いつものごとく着いた途端に姿を消している。まぁ、いてもいなくても、まったく事態は変わらないのだが。ベリンダは愛想笑いを浮かべたまま、青年貴族に手を取られて舞踏ホールへと消えていく。

妹が踊りに連れ出されたあとの展開を容易に予測出来、暗澹《あんたん》たる気分になるけれど、ウルリーカはつくり笑いを消さないように、懸命に努力した。夜会で暗い表情や不機嫌な態度を取るのは、非常に無礼な事とされているから。

思ったとおり、母が今度はウルリーカへ、慈悲深そうな視線を投げかけた。

『こちらのウルリーカは……お恥ずかしい話ですが、きっと皆様もご存知でしょうね？』

やはり、いつもと同じ反応が返ってくる。

貴婦人たちは扇を口元に押し当て、少しばかり気まずそうな視線を互いに交わしてから、扱いに困るような視線をウルリーカに向けた。

母は、そんな貴婦人たちを余裕たっぷりに見渡すと、ウルリーカを優しく抱きよせるのだ。

『本当に不憫《ふびん》な娘だと思いますわ……けれど、魔力を持たずとも、私にとってはベリンダと同じく大切な娘ですのよ』

母は自分の言葉を証明するために、わざわざベリンダと揃いにさせたウルリーカの上質なドレスを、誇らしげに撫《な》でた。

『残念ながら、この子には縁談も望めそうにありませんから、将来は家庭教師としてやっていけるようにと、教育を受けさせておりますの。どんな子であっても、せめて将来に困らぬよう考えてあげるのが、母親として私に出来る、精いっぱいの愛情ですからね』

『まぁ！　男爵夫人は本当に出来た方です事！』

年配の貴婦人が、感極まった声をあげ、ほかからも同意の声があがる。

ウルリーカは黙って笑みを顔に貼りつけたまま、貴婦人たちが慈悲深い母を褒めそやすのを聞いていた。

本当は、喉に石でも詰まっているように息苦しく、今すぐこの場から駆け去りたかったけれど。

『——失礼いたします。今宵《こよい》はお楽しみ頂けておりますでしょうか』

涼やかな青年の声がかけられたのは、その時だった。

ウルリーカが振り向くと、宮廷魔術師のローブを羽織《はお》った緋色《ひいろ》の髪の青年が立っていた。首元には、獣《けもの》の牙《きば》らしきものを下げた黒い革紐を巻いている。

その頃はまだ『牙《きば》の魔術師』の名はさほど知れ渡っておらず、ウルリーカを含めてその場にいた人たちは、彼を宮廷魔術師の一人として認識した。

『ええ。素晴らしい夜会にお招き頂き、女王陛下には感謝の言葉もございませんわ』

母が優雅に答えると、青年魔術師も整った顔に極上の笑みを浮かべた。

『女王陛下より、皆様へ祝福の光を届けるようにと申しつかりました』

青年が、素早く口の中で呪文を呟《つぶや》き片手を振ると、母や貴婦人たちの頭上へ、虹色の細かな光の粒子が降り注ぐ。

この美しい光の雨は、結婚式や誕生祝いの席などで喜ばれる派手で高度な幻視魔法だ。実際に幸運が訪れる訳ではないのだが、見た目の美しさは素晴らしい。

母たちがうっとりと虹色の光に見惚《みほ》れていると、青年が素早くウルリーカへと耳打ちした。

『抜け出したいなら、ちょっと具合が悪いふりをして』

（――え？）

思わぬ言葉に驚いたが、無意識のうちに、青年の言葉に従う。目を伏せてよろめくと、青年に素早く横抱きにされた。

『ウルリーカ!?』

眉を顰《ひそ》めて声をあげた母へ、青年が軽く会釈をする。

『どうやらお嬢様は、少し休まれた方が宜《よろ》しいようですね。私が休憩所までお連れいたします』

そして彼は、ウルリーカを抱いて素早くその場をたち去ると、王宮にいくつもある中庭の一つに彼女を案内した。小さな真四角の庭は、芝生の手入れこそされているものの、飾りも花壇もない。建物に陽光と風を送る目的で開けられたものだろう。芝生の上にストンと下ろされる。

　ウルリーカは呆然としたまま、青年魔術師が自分たちの周囲に小型の結界を張るのを眺めていた。

『座ったら？』

　結界を張り終えた青年が芝生の上に座り、隣をポンと叩く。ウルリーカはようやく驚《きょう》愕《がく》から醒《さ》めて口を開いた。

『……どうして、私が抜け出したがっていると思ったのですか？』

　不安がこみあげてきて、立ったまま質問する。

　あの場の空気に耐え切れず、大人しく抱かれたままでいたけれど、この青年がどんな人物かも知らないのだ。

　すると青年は、少し困ったように笑い、肩を竦《すく》めた。

『だって、あんなの腹がたつだろ？　俺が君だったら、あの場の全員を蹴っ飛ばしたくなるね』

　あまりにも率直すぎる言葉で自分の本心を暴露《ばくろ》され、ウルリーカは一歩後ずさった。

『そ、そんな……私が母に腹をたてるなんて……魔力がない、こんな出来損ないの私に、優しくしてくれるのに……？』

　ドレスを握り締め、しどろもどろに否定しようとするけれど、上手くいかなかった。

目の奥が熱くなって、必死で堪《こら》えていた涙が勝手に溢《あふ》れ出す。

『だって、私は……そんな事を思っては……』

ベリンダはともかく、自分は母を彩《いろど》るアクセサリーとして使われても、腹をたてる権利などないと思っていた。

ロクサリス貴族の家に、ウルリーカのような魔力がない子が生まれた場合は、家の恥として密かに平民階級へ養子に出されたり、修道院へ入れられたりする事が多い。

それなのに母は、自分を家族の一員として扱い、ベリンダと遜色《そんしょく》ない暮らしを与えている。

これはとても幸運な事なのだから、貴女は優しいお母様に感謝するべきだと、母を褒める貴族たちは、いつもウルリーカを諭《さと》すのだ。

『駄目だって……わかっているのに…………っ！』

両手で顔を隠しても、手の隙間から嗚咽《おえつ》が零《こぼ》れていく。

魔力を持たずに生まれた自分が悪いのだと思っても、内から膨《ふく》れあがり続ける母への抵抗感に、押し潰されそうだった。

それはそのまま、恩知らずな自分への嫌悪感と罪悪感になって、二重三重に苦しくてたまらない。

　この気持ちを、どう表現すれば良いのかすらわからずに、ウルリーカはその場にペタリと座りこんで、大声で泣いた。

『誰だって、心を踏みにじられたら怒って当然だ。……あぁ、結界を張ってあるから、好きなだけ泣いていいよ』

　青年は静かに言い、黙って隣にいてくれた。

　ひたすら泣き続けて、しまいに声も嗄《か》れかけた頃には、随分と時間が経っていたと思う。

　泣きすぎて頭がぼうっとし、何も考えられず、ぼんやりと青年によりかかっていた。

　王宮の中庭から見える、四角に切り取られた夜空は、とても綺麗だ。

　ウルリーカは満天の星空を見上げながら、聞かれてもいないのにポツポツと喋《しゃべ》り続ける。

　家族の事や、玄関の失礼な鸚鵡《おうむ》。家庭教師になれと言われている事など……

『家庭教師に、なりたくない訳じゃないんです。私たちを教えてくださる先生は、優しくて素敵ですし……知らない事を学ぶのも、それを誰かと分かちあうのも好きです……』

　ぼんやりしたまま本音を言うと、そっと背中を撫《な》でられた。

『君は、ちゃんと自分の意見を持っているね。それだって魔力と同じく、立派な資質の一つだよ』

その言葉には、慰《なぐさ》めや同情など微塵《みじん》も入っておらず、また泣いてしまいそうになった。

それから彼に送られ、両親とベリンダの所へ帰った時の事は、あまり覚えていない。

ただ、あの時に見た綺麗な四角い夜空だけが、鮮烈に心へ焼きついていた。


——その彼が……フレデリクが、今度は平然と自分を踏みにじるなど、信じたくない。何かの間違いであってほしい。これではあの子爵の息子と同じではないか。

そう、フレデリクに会ったあとも夜会が不快であるのには変わりがなかった。行くたび、魔力なしの出来損ない令嬢と陰口を囁《ささや》かれ、あからさまな哀《あわ》れみの目で見られる。そして、極めつきの事件が二年ほど前の夜会で起こった。

ほかの貴族の目を避けて、一人で庭の隅にいたウルリーカは、酒に酔った子爵家の青年から、無理やり乱暴されそうになったのだ。

必死で助けを呼んでも、声を聞きつけた人はそれがウルリーカだと知ると、微妙な苦笑を浮かべ、見なかったふりでたち去ってしまう。

ベリンダが駆けつけ、暴漢の後頭部を蹴りとばしてくれなければ、本当に危ういところだった。

ベリンダは大騒ぎで怒ったが、未遂だったうえに、相手は男爵家よりも格上の子爵家。

何より、被害者がウルリーカだったから……あっさりと不問にされてしまった。

そのうえ、大きな瘤《こぶ》をつくった子爵令息が、去り際にこう吐き捨てたのだ。

『魔力なしのくせに貴族面をしていやがる図々しい出来損ない女なんか、好きに使って何が悪い！』

忘れたいのに、子爵令息の罵声はいつまでも耳の奥にこびりついている。助けを求めるウルリーカを見捨てた者たちの、冷ややかな目も。

その日を境に、ウルリーカはどんなに暑い日でも、肌の露出を極端に抑えた衣服しか着なくなった。

それまではごく普通の範囲でお洒落《しゃれ》を楽しんでいたが、必要な場で以外は化粧もせず、ひたすら地味で野暮ったい、遊びでも手を出す気になれない女と見られるように努めてきた。

夜会に出席する事もやめた。母も流石《さすが》に、それからは夜会についてくるようにとは言わなくなった。それはウルリーカの気持ちを慮《おもんぱか》ったのではなく、単に醜聞《しゅうぶん》を蒸し返されたくないためだが。

自分がこの国の貴族……いや、『魔力を持って生まれた選ばれし者』たちから、どう見なされているか、改めてあの時に思い知らされた。

書類の上では貴族令嬢でも、『どんな扱いをしても構わぬ出来損ない』だ。

フレデリクは貴族の縁戚だし、宮廷魔術師である以上結婚しない訳にはいかない。そんな制約の中、愛する女王との関係を遠慮なく続けるための、お飾り妻という道化役を押しつける相手として、ウルリーカはまさに最適な人材なのだろう。

（……こんな求婚、信じられないわ）

ウルリーカは何かに縋《すが》るように胸中で呟《つぶや》いたが、目の前には女王の紹介状がちゃんとある。

この家に足を踏み入れた時は持っていたはずの解放感も自信も、あっさり消え失せてしまった。

ウルリーカはノロノロと顔を上げ、優雅に扇を弄《もてあそ》んでいる母へ向けて口を開く。

「フレデリク様の求婚は、お断りします」

その瞬間、母は顎《あご》が外れはしないかと思うほど、あんぐりと口を開けた。まさに喜劇の道化役のような間抜け顔で、こんな状況でなければ噴き出してしまったかもしれない。

「ど、どういうつもりなの⁉　貴女、分《ぶん》をわきまえなさいと……っ！」

激昂《げきこう》した母がテーブルを平手で叩き、薔薇《ばら》模様のティーセットが派手な音をたてる。

「ええ。分《ぶん》をわきまえます。魔力のない私が貴族を名乗るのは、やはりおこがましいと思いますので、この家との縁を完全に切ってください。今まで娘として扱ってくださり、ありがとうございました」

自分でも驚くほど冷ややかな声で、ウルリーカは言い放った。

意にそぐわぬ結婚というだけなら、ウルリーカにかぎらず貴族令嬢にとっては珍しくない。しかも家督を継がない者ならば、親の決めた政略結婚をするのが主で、自由に好きな相手と結ばれる娘など、一握りだ。

ロクサリスの男性貴族は、子に恵まれ難いため、複数の配偶者を有する事を認められている。それをいい事に、正妻との間に嫡子がいても、妻に飽きて新しい女性を欲しがる者も多く、家の経済事情などから、身売りするも同然に彼らの側妻《そばめ》となる貴族令嬢もよくいた。

現にアナスタシア女王の父である前王も、二人の王子を儲《もう》けながら次々と新しい女性を傍《そば》に置き、側妃たちは王の寵愛《ちょうあい》を競って壮絶な争いをした。

貴族の家でも、似たような嫉妬《しっと》絡みの事件がいくつも起きている。妻同士が毒殺しあったり、相手の産んだ子を殺したり、思い余って夫を殺害したりなど……

フレデリクの求婚を受け入れ、自分がそんな感情を抱いてしまったらと、考えただけで背筋が凍る。

今だって、もうこんなにも胸が痛いのだ。

緋色《ひいろ》の髪の魔術師に救われた日から何年も経って、あの時の彼が、フレデリク・クロイツという名で女王の愛人だと知った。

それを知っても悲しいとは思わなかった。最初からこの恋に期待していなかったからだ。

あんなに素敵な人だから、きっと大勢の女性が彼を好きになると思っていた。女王陛下が彼に惹《ひ》かれるのも当然だと、嬉しく思うほどだった。

輝かしい二人は、まるきり別世界の住人だったから、美しい物語でも見ているかのように、素直に憧れの視線を向けられたのだ。

それなのに、自分が中途半端に傍《そば》でかかわるなど、耐えられない。

母を睨《にら》むと、その声と表情から、娘の本気を感じ取ったのだろう。

「ねぇ、良い子だから落ち着きなさい。魔力がないばかりにと、惨《みじ》めな気分で自棄《やけ》になっているのね？　母親ですもの、貴女の気持ちはよくわかるわ。でもこれは、可哀想な貴女のために、せめて安泰な暮らしをと思って……」

猫撫《ねこな》で声で手を伸ばす母に、ゾッとした。この人こそが、誰よりも自分を見下している。

反射的にその手を払い除け、ウルリーカは手提《てさ》げ鞄《かばん》を掴んで立ち上がる。歩いてでも、今すぐこの家を出て王都に帰るつもりだった。

「これ以上お話ししても無駄ですわね。フレデリク様には、私個人の我《わ》が侭《まま》でお断りしますと、直接お伝えしますので、どうぞご心配なく」

「な……っ！　女王陛下から紹介状まで頂いているのよ!?　家の顔を潰すつもり!?」

「幸いにも、私が一年前から家を出て働いている事は、広く知られております。陛下には、私とはすでに縁を切っているとご説明すれば、咎《とが》められる事もないでしょう」

ウルリーカはきっぱりと宣言して踵《きびす》を返した。頭も腹の中も、全部フツフツと煮えくり返っていて吐きそうだ。

しかし、扉に手をかけた途端、鋭い呪文とともに、何かがウルリーカの両足首に強く絡みついた。

「っ!?」

転びそうになり、壁に手をついてなんとかバランスを保つ。

見れば足首が魔法の光で出来た輪に拘束されている。険しく柳眉《りゅうび》を吊り上げた母が、細い魔法の杖をこちらに向けていた。

「もうフレデリク様には、貴女が喜んで承諾したと、お返事をしたのよ。今さら取り消すなど、出来るはずがないでしょう」

「そんな、勝手に……っ！」

声を引き攣《つ》らせたウルリーカへ、母はうんざりだというような身ぶりで手をふった。

「頭を冷やしなさい。婚礼の日まで、貴女は家から一歩も出しませんからね。勤め先には、今日づけで辞めると連絡をして、荷物も取りに行かせるから、安心なさいな」

――そして、母は宣言どおりの事を実行した。

洗面所と浴室つきの客間に鍵の結界を張ってウルリーカを閉じこめ、住みこみ先の商家へ退職の通知を送りつけたのだ。

ウルリーカの嘆きを見かねて家令が通知を届けてくれたのは、幸いだった。物腰柔らかで礼儀正しい彼が、無礼さを少しは和らげてくれたと思う。それでも、教え子のエイダと商家のご夫妻に、大変な迷惑をかけてしまった事には違いないけれど。

結界はどうしても破れず、疲れ果てて寝台で啜《すす》り泣いていると、不意に扉を叩く音がした。

「ウルリーカ？　入っても良いかしら」

聞こえてきた声は妹・ベリンダのものだった。彼女は、内気で地味な姉とは正反対の、華やかな美貌《びぼう》と社交的な性格の持ち主だ。

この数日、友人宅に出かけていると家令から聞いていたが、ちょうど帰宅したのだろう。気づけば窓の外はもう陽が沈みかけている。

「どうぞ……」

身体を起こし、泣きすぎて嗄《か》れた声を絞りだすと、内側からはいくら押しても開かなかった扉が簡単に開いた。

「とんでもない事になっているみたいね。お母様ったら、ウルリーカを説得してくれなんて私に泣きつくのよ。ちなみにこれは、お父様から」

蜂蜜色の髪と菫色《すみれいろ》の瞳を持つ双子の妹が、非常に憤慨した様子で手を開く。彼女の手から小さな蜜蜂《みつばち》の姿をした父の伝令魔法が飛びたった。

『久しぶりだね、ウルリーカ。お前の返事を聞かずに事を進めて悪かった。しかし、今さら断っては……ともかく、お前は努力家で気の良い娘だ。フレデリク殿も、そう悪い扱いはしないはずだよ。私は仕事が忙しくてしばらく家をあけるから……お母様に謝りなさい』

それだけ言い、蜂は消えてしまった。最初から期待していなかったが、やはり父は味方になってくれないようだ。

決して意地悪な父ではない。ウルリーカに魔力がなくとも、ベリンダと分け隔てなく接してくれた。父親として愛情を向けてくれていると思う。

しかし、男爵家より各段に身分の高い伯爵家の出身で、気の強い母に、父が何か反論するところを一度も見た事がない。今回も、娘の生涯より妻の機嫌をとるようだ。

ウルリーカはため息をつき、寝台から安楽椅子に移動する。ベリンダも近くの椅子に腰を掛けて口を開いた。

「いくら正論を言っても、あの人が引き下がる訳ないでしょ。もっと煽《おだ》てて上手く騙《だま》さなきゃ。当分はここから出してもらえないわよ」

きっぱりと言われ、ウルリーカは素直に頷いた。

「つい、カッとしちゃったのよ。フレデリク様がこんな事をなさる方だとは信じたくなくて……」

ハキハキとものを言う双子の妹は、ウルリーカにとって頼もしい相談相手だ。

幼い頃はベリンダの魔力を嫉《ねた》んで、酷《ひど》い意地悪をしてしまった事もある。

ベリンダはウルリーカに魔力がないと蔑《さげす》んだり同情したりせず、本当に姉妹として慕ってくれていたのに。そして、いつも跡継ぎという事で母から強烈な期待をこめられて、とても苦労しているのも知っていたのに。同じ胎内で育った妹が、魔力を独り占めしたような気がして、嫉《ねた》ましくて憎らしくてたまらなかったのだ。

しかし、ウルリーカが望んで魔力を持たなかったのではないように、ベリンダだけが魔力を持ったのも彼女のせいではない。ウルリーカが自分の醜《みにく》さと過《あやま》ちに気づき、反省して謝ると、ベリンダは快《こころよ》く許してくれた。

それから妹とは本当に仲良くなれたのだ。

そのベリンダにも、ずっと秘密にしていたフレデリクへの想いを、ウルリーカが打ち明けると、彼女は神妙な顔をして聞いてくれた。

「ウルリーカが怒るのは当然よ。私だってお母様の話を聞いて、女王陛下とフレデリク様には幻滅したわ。あんまりなやり方じゃない」

見えない二人を軽蔑するように、ベリンダは顔をしかめたが、ふとウルリーカに向き直った。

「でも、フレデリク様が本当にウルリーカを好きだという事はないかしら？　陛下からの紹介状も、恋仲の噂は周りが勝手に言っているだけだから気にしないようにってつもりだったのかもしれない……そうよ！　まともな人なら、きっとそういうつもりだったのよ」

思いがけない言葉に、ウルリーカは息を呑む。そうだとしたら、どんなに幸せだろうか。

「残念だけれど……私はフレデリク様に、好かれる理由がないわ。七年前に一度話したきりなのよ」

「ウルリーカは王都で暮らしているじゃないの。それも家庭教師先の家は、すごく繁盛しているお店でしょう？　そこで見そめられたのかも。彼が来たりなんかしなかった？」

「……ないわ」

記憶を手繰《たぐ》りよせてみたが、フレデリクと会った覚えなどない。

家庭教師先の商家・ハーヴィスト食料品店は、ロクサリス王都でも有名な高級食材店だ。取り扱う品はどれも一級品であり、国内はもとより、大陸各国から輸入された珍味までも幅広く揃えている。

ただ、あくまでも食材店だ。店の常連客は富裕層の台所を預かる使用人たち。

彼らの最大の娯楽は、買いものがてらに他家の使用人たちとするお喋《しゃべ》りだ。日常の雑談に始まり、主人や奥方の浮気、ワケ有りと見られる客人の逗留《とうりゅう》など……『ここだけの話』と、各家の秘密が漏れていく。

そのため、ハーヴィスト食料品店には、各国の諜者《ちょうじゃ》が密かに訪れているらしいと、冗談めかした噂はある。

しかし宮廷魔術師のフレデリクが、自分で食料の買い出しや諜者《ちょうじゃ》の真似事をするとは思えない。

「じゃあ、道で偶然に会ったとか……」

ベリンダはなおも続けようとしたが、ウルリーカは首をふった。

「王都には大勢の人が住んでいるし、現実はおとぎ話みたいに、都合良くはいかないのよ」

そう言った途端、ベリンダが顔を真っ赤にした。

気が強くハキハキしていて、社交界では男たちを軽くあしらう彼女だが、ウルリーカは知っている。ベリンダはとても純情で、おとぎ話のような、一途で純真な恋物語に憧れているのだ。

「わ、わかってるわよ！」

咳払いしたあとで、ベリンダは気の毒そうに肩を竦《すく》めた。

「……それはともかく。もう断ってもウルリーカが困るだけだし、諦めて結婚するしかないわね」

やはりベリンダから見てもそうかと、ウルリーカは肩を落として頷く。

エイダには男爵家の紹介でほかの家庭教師を斡旋《あっせん》するそうだし、ウルリーカとフレデリクが結婚する話も、すでに母が広めているらしい。

「仕方ないわね、あまり悲観しないようにするわ。そうね……これからは暇になるでしょうし、フレデリク様に許可が貰えれば、近所の子に無料で読み書きでも教えようかしら」

ベリンダに話を聞いてもらえた事で、意外なほど心が軽くなっている。冗談めいた口調で、こんな事を言う余裕が出来た。

王都には平民向けの学校もあるが、学費が高く通えない子が大勢いる。家庭教師をしてお金を貯め、安価で通える私塾を開くのがウルリーカの夢だった。

ベリンダは一瞬、驚いた顔をしたが、すぐに笑い始めた。

「それ、最高ね！　陛下とフレデリク様がどんなつもりでも、ウルリーカが個人的に幸せになるのにまで、文句は言えないわよ」

久しぶりに会った双子の姉妹は、気を取り直して明るい話題へと話を変えた。……もっとも、二人が不自然なほど明るくはしゃいでしまったのは、どう考えようと事態はまったく変わらないのを、承知していたからだ。

2　二つの可能性

――結婚式はつつがなく終わった。

ウルリーカはフレデリクとともに、式堂の外で待っていた婚礼馬車に乗りこんだ。

招待客には隣の建物で祝い料理が振る舞われ宴《うたげ》となるが、夫婦となった二人は、婚礼衣装のまま新居へ向かうのがしきたりとなっている。

二人が座ると、花を飾った二頭立ての馬車は、軽快な音をたてて石畳の道を進み始める。

行き先は、王宮に程近いお屋敷街にあるフレデリクの家だ。

式を挙げた直後から別居の可能性も覚悟していたのに、フレデリクはウルリーカの部屋をちゃんと整えてくれたらしい。

すぐ向かいにフレデリクが座っているので、ウルリーカは目があわないように俯《うつむ》いていた。

「……大丈夫？　気分が悪くなったのなら、停めてもらおうか」

不意に声をかけられ、ウルリーカは弾かれたように顔を上げた。フレデリクが心配そうにこちらを見つめている。

「いえ、平気です」

慌ててしゃんと胸を張り、強ばった口元に無理やり笑みをつくった。

「無理はしないでね。俺もかなり緊張したし、疲れるのも当然だから」

フレデリクは微笑し、自分の首に巻きついているタイを軽く緩める。白いシャツの首元から、礼装には不似合いな黒い革紐がチラリと覗いた。今は衣服に隠れているが、革紐には彼の呼び名の由来となった、鋭い獣《けもの》の牙《きば》が下げられているはずだ。

彼はその首飾りを、肌身離さず身につけているそうで、それは女王陛下から賜《たまわ》った品だからだと囁《ささや》かれている。その真偽《しんぎ》はともかく、結婚式にもつけていたのだから相当に大切なのだろう。

「お気遣い、ありがとうございます」

ウルリーカは軽く頭を下げた。

お願いだから、気を遣わないでほしいと、痛切に思う。

婚礼に関するフレデリクとのやりとりは、全て母が取り仕切ったため、ウルリーカが彼と顔をあわせたのは、式の直前になってからだ。

簡単な挨拶《あいさつ》をし、これからの予定を慌《あわ》しく説明されただけだが、そのほんのわずかな会話中、フレデリクはとても感じ良く接してくれた。

その姿は、七年前の思い出の彼と微塵《みじん》も変わらない。しかも彼は終始、ウルリーカに優しい眼差しを向けてくるから、うっかり自分に好意があるのではと自惚《うぬぼ》れてしまいそうになる。

しかし――

ウルリーカはつま先に力を入れて姿勢を正し、急いで窓の外へ視線を逸らした。

『――女王陛下が夢中になるだけあって、とても素敵な方ね』

フレデリクと式の打ちあわせをしてきた母だって、感嘆し褒めちぎっていたくらいだ。女性に対する理想的な扱いを心得ているのだろう。

それに、母が女王陛下からの紹介状の意味をウルリーカがきちんと理解した旨《むね》を告げると、彼はとても安心して喜んだらしい。

自分の意見は正しかったと得意満面の母に、ベリンダは非常に憤慨していた。彼がウルリーカに『まともな求婚』をしたという可能性を主張して、妹は最後まで母に食い下がってくれたのだ。

ウルリーカは無言のまま窓の外に視線を固定した。二人を乗せた馬車は進んでいく。

賑《にぎ》やかな表通りを抜け、集合住宅の多い地区を進むと、広い庭つきの屋敷がたち並ぶ通りに着いた。

自分の領地に居城や館を持つ貴族も、大抵は王都に別邸を持ち、社交シーズンはそこで過ごす。ロクサリス王都には、貴族の別邸地区がいくつもあり、この通りもその一つだ。

やがて馬車は一軒の門前に停まった。フレデリクが奥にある屋敷を示す。

「着いたよ。古いけど不便なところは改装してあるし、気に入ってくれると良いな」

もう陽は暮れかかっており、薄闇の中で屋敷の煙突からは、煙がたち上っていた。

この屋敷は、フレデリクが成人になった際、後見人であるアイゼンシュミット侯爵から譲り受けたものだという。彼はここで数人の使用人とともに暮らしているそうだ。

結婚式には屋敷の使用人たちも列席したらしいが、招待客が多く、式堂も薄暗かったために、人々の顔など殆《ほとん》ど見えなかった。彼らは式が終わる前に早々と帰宅し、夕食などの準備を整えてくれていたらしい。

「気に入るどころか……フレデリク様、とても素敵なお屋敷ですわ」

お世辞ではなく、ウルリーカは心底から感嘆した。決して大きくはないが、風格と品を感じさせる立派な屋敷だ。

優美な外観の歴史ある屋敷に感動していると、フレデリクに手を差し出された。

「デリクと呼んでくれ。ウルリーカ……ルゥと呼んでも良いかな?」

正面から向けられた屈託《くったく》のない笑顔に、ウルリーカは息を呑む。妙な期待などするまいと思っているのに、頬に熱がこもるのをどうしても止められない。

「……はい」

礼装用の白手袋をはめた手を恐々と握り、足が震えそうになるのを堪《こら》えて立ち上がった。

フレデリクの手を借りて婚礼馬車を降りると、重々しい鉄門の陰から、ぬっと大きな影が現れた。

「お帰りなさいませ」

野太い声とともに現れた巨大な岩石……いや、岩石のごとき屈強な巨体をした初老の男に、ウルリーカは目を見張る。

筋骨隆々の大きな身体は黒い背広へ窮屈《きゅうくつ》そうに押しこまれ、厳しく引き結ばれた口元と、深い刀痕《とうこん》の走る頬。頭の毛はそられ、重そうな瞼《まぶた》の下に鋭い目が光っている。ド迫力の巨漢を前に、ウルリーカが立ち竦《すく》んでいると、フレデリクが笑いながら言った。

「家令のイゴールだ。昔からアイゼンシュミット侯爵に仕えていたんだけど、俺が宮廷に仕官する時、一緒にここへ来てくれたんだよ」

「どうぞ宜《よろ》しくお願いいたします。奥様」

顔面まで硬そうな筋肉に覆《おお》われた家令が巨体を屈《かが》め、ウルリーカへ慇懃《いんぎん》に礼をした。

「こっ、こちらこそ！」

強面《こわもて》なので、てっきり護衛だとばかり思っていた家令に、急いで挨拶《あいさつ》を返す。ついでに『奥様』と呼ばれたのに気づいて驚いた。

正式に結婚したとはいえ形だけのものだ、まさかそう呼ばれるとは思っていなかった。

「大丈夫。イゴールはちょっと見た目が怖いけど、親切で頼りになるよ」

ウルリーカの内心など知らず、フレデリクはそっと耳打ちすると、彼女の手を引いて屋敷の中へ入る。

アンティークなシャンデリアが輝く玄関ホールには、恰幅《かっぷく》の良い年配の家政婦と、三十代半ばらしきコックの男性に、その妻だというメイドがいた。

ウルリーカが皆に挨拶《あいさつ》していると、メイドの長いスカートの陰から、小さな女の子がひょいと顔を覗かせた。

「あら？」

しかし、ウルリーカが少女に気づくと、少女はさっと顔を引っこめる。

「私どもの娘でございます。申し訳ございません。少々、人見知りで……」

メイドが申し訳なさそうに眉を下げ、スカートの後ろに向けて囁《ささや》いた。

「ほら、モニカ。奥様にしっかり挨拶《あいさつ》なさい」

栗色の髪をお下げに結んだ少女は、母親のスカートから顔を半分だけ出し、小さな声で呟《つぶや》いた。

「……モニカです」

ウルリーカは膝を曲げてしゃがみ、少女と視線をあわせた。

人見知りの少女の姿に、教え子だった商家の娘・エイダを思い出して、知らずに顔がほころぶ。

エイダは学校に通うのも困難なほど病弱だった。それで裕福な彼女の両親は、娘に家庭教師を雇う事にしたのだ。エイダも、ウルリーカに紹介された時はこんな調子だった。

「初めまして、ウルリーカよ。宜《よろ》しくね」

モニカは丸い頬を赤くしてコクンと頷き、また母親の陰に隠れてしまう。ウルリーカはそれ以上はしつこくせず、微笑んで立ち上がった。ゆっくり仲良くなれれば良い。

「流石《さすが》、子どもの扱いに慣れてるね」

不意にフレデリクから声をかけられ、ウルリーカは飛び上がりそうになった。

「っ！　いえ……先月まで家庭教師をしていましたので……教え子も女の子で……」

「うん。ハーヴィスト食料品店の娘さんを教えていたんだったね」

フレデリクはウルリーカを落ち着かせるように優しく肩を撫《な》でる。ウルリーカは火照《ほて》った顔を俯《うつむ》かせた。

彼もウルリーカに求婚する以上は、簡単な身辺調査くらい行《おこな》うだろう。エイダの家庭教師をしていた事を知っていて当然だ。そう思うものの、フレデリクが自分に関心を持ってくれているのを嬉しく思う。

「あ……ところで」

ふと、困惑顔でフレデリクが呟《つぶや》いた。

「ルゥ。式を挙げて早々で悪いけど、明日から一週間ほど留守にするんだ。陛下の急な視察につき添わなくちゃいけなくて」

――のぼせかけていた頭に、冷水を浴びせられたような気がした。

宮廷魔術師は何人もいるが、視察などで王都を離れる時には、女王は必ずフレデリクを連れて行くという。噂は、本当だったのだ。

何を期待しかけているのかと、自分を内心で叱咤《しった》しながら、ウルリーカは無難な笑みをつくる。

「気になさらないでください。陛下が熱心に視察をなさるおかげで、皆が安心して暮らせるのですもの」

この言葉は、まるきり嘘という訳でもない。

アナスタシア女王が小まめに視察をするようになった事で、以前は酷《ひど》かった地方役人の腐敗が随分と減ったのだ。

「……なるべく早く帰るから」

そう言ったフレデリクの声が、ほんの少し寂しそうに聞こえたのは、きっと気のせいだろう。

彼は着替えるために自室へ向い、ウルリーカもかさ張る婚礼衣装から晩餐《ばんさん》用のドレスに着替えるべく、メイドに部屋へと案内された。

凝《こ》った浮き彫り飾りがついた扉を開けた途端、ウルリーカは目を見張る。

落ち着いた色調の室内は、一目でわかるほど上等な調度品で設《しつら》えられていた。長椅子やお茶用の小さなテーブルセット。紫檀《したん》の立派な書きもの机まである。鏡台の前には、すでに上品な色調のドレスが用意されていた。

「奥様のお部屋ですから、ご不満な点はお好きなように変えてほしいと、旦那様がおっしゃっておられました」

メイドがにっこりと笑い、左右にある続き部屋の扉を示す。

「衣装室と、奥様と旦那様の寝室は、後ほどご案内いたします。まずはお着替えください」

ニコニコと微笑む彼女を前に、ウルリーカはまたもや目を見開いた。

この上等な部屋に不満があるとすれば、一つだけ。自分のみが使う寝台がない事だ。

——デリク様と、寝室が一緒……？


婚礼祝いの晩餐《ばんさん》は、スープから前菜、祝いのケーキまで、見た目も味も素晴らしいの一言に尽きた。モニカの父は、相当に腕の良いコックなのだろう。

しかしウルリーカは、折角のご馳走を楽しむ余裕もなく、フレデリクの向かいで笑みが引き攣《つ》らないように気をつけながら、食べものを呑みこむのが精いっぱいだ。

食事が終わると、薔薇《ばら》の香油《こうゆ》を垂らしたバスタブでの湯浴みを促《うなが》される。用意された肌触りの良い寝衣に袖を通し、髪を拭《ふ》くのを手伝ってもらった。

春とはいえ、大陸北方のロクサリスはまだ寒い。新妻用の寝衣は肌の透けそうな薄さだったが、寝室の暖炉では魔法の石が心地良い暖気を発し、風邪を引く心配はなかった。

……いや、むしろ寒さで風邪を引いた方が良かったのかもしれないが。

メイドに案内された寝室に置かれているのは、二人で十分に使える大きさの寝台が一つだけ。

——寝室は一緒でも寝台は別……なんて、そんな訳、ありませんよね。

不備がないか確認してメイドが退室すると、ウルリーカはがっくりと肩を落とした。

ロクサリス貴族の娘なら社交界に出る前に、男女の営みについて、家庭教師から一通り説明を受ける。

多妻が認められている国ゆえか、男女問わず性に奔放《ほんぽう》な貴族は多く、幼い少女を遊び相手にする者もいる。華やかな夜会に浮かれて、いい加減な相手と間違いを犯さないための用心だ。

だから、恋人など一度も出来た事のないウルリーカでも、男女が一つの床で何をするのかは知っていた。

深いため息が零《こぼ》れる。

ウルリーカと結婚したとはいえ、フレデリクが愛するのはあくまでも女王だ。

だから、女王に対する礼儀は頑《かたく》なに守るだろうと……遊びで自分を抱く事は決してあるまいと、信じていた。

それなのに、寝台が一つしかないとはどういう事なのか。

可能性1、信じ難い奇跡が起こっていて、フレデリクは女王と関係はなく、ウルリーカへ純粋に好意をよせている。

可能性2、フレデリクは思っていたよりも不誠実な男だった。

ぜひとも可能性1であってほしい。しかし残念な事に、可能性2の方が、遥《はる》かにありそうだ。

大切に抱いてきた彼との思い出が、さらに黒く塗り潰されていく気がして、こみあげてくる涙に視界が滲《にじ》んだ。

初夜の床入りでは、花嫁は寝台に座って夫を待つ事になっている。そうするべきなのだろうが、寝台には近づきたくもなかった。

ウルリーカが無意識に、壁際に後ずさると同時に、寝室の扉が開く。

「……ルゥ？」

寝衣に着替えたフレデリクは、壁際へ身を潜《ひそ》めるように立っているウルリーカを見て軽く眉を顰《ひそ》めると、足早に近づいてきた。

不快にさせてしまったかと、ウルリーカが息を呑むと、不意にフレデリクの指が頬へ触れた。

「何か、あったのか？」

心配そうに尋ねられ、強ばった頬に伝う濡れた感触にようやく気づく。

必死に堪《こら》えていたはずの涙が、両目から溢《あふ》れてしまっていた。

「……デリク様」

震える声を、なんとか絞り出す。

――お願いです。私の思い出の中の貴方を、これ以上汚さないでください！

泣き叫んで訴えたいと、思っていた。

それなのに、ウルリーカは出来なかった。それどころか慌ててかぶりを振り、引き攣《つ》った笑みを貼りつける。

「い、いえ……何でもありません。ただ、その……緊張……してしまっただけで……」

それを聞くと、フレデリクはホッとしたように微笑んだ。

「そうか」

ギリリ、とウルリーカの心臓が締めつけられる。

憤《いきどお》りを訴えられなかったのは、怖いからだ。それも、彼の怒りを買うのでは、という恐れではない。

仕方なく娶《めと》った妻なのに、彼はとても愛情をこめた態度で接してくれる。婚礼の翌日から視察に同行するとはいえ、女王との私的な関係をほのめかす事もしない。

だから、こうして優しげな彼を前にすると、つい夢想してしまう。

想い続けていたフレデリクが、自分を本当に愛してくれているのだと。

はっきり言葉に出して問いつめ、直接に彼の真意を聞けば、この甘美な夢は醒《さ》めてしまう……。それを受け入れる勇気が、ウルリーカにはなかった。
あとで余計に惨《みじ》めになるだけなのがわかっているのに、一瞬でも長く愛されていると
いう幻に縋《すが》りたい。抗《あらが》い難い蠱惑《こわく》の夢だ。
「……申し訳ありません……すぐ、参ります……」
夢遊病にかかったように、おぼつかない足取りで寝台に向かって踏み出すと、不意に
フレデリクの腕が肩に回った。
浮遊感が身体を包み、ふわりと抱きあげられる。
「きゃっ⁉」
思わず悲鳴をあげると、ウルリーカを横抱きにしたフレデリクが楽しそうに笑った。
「せっかくだから、俺に運ばせてよ」
すぐ近くから向けられる笑みが、あまりに魅力的で、ウルリーカは呼吸が止まりそう
になる。
フレデリクはウルリーカを、大切な宝物のように寝台へゆっくりと横たえ、灯りを少
しだけ弱くした。それでも、彼の緑色の瞳にじっと見つめられているのは見える。
恥ずかしくてとっさに目を瞑《つむ》ると、唇が柔らかいもので塞がれた。
驚愕《きょうがく》に目を開くと、フレデリクの瞳がくっつきそうなほど間近にあった。口づけら

れているのだと気づき、慌ててウルリーカはまた目を瞑《つむ》る。

唇の表面をくすぐるように舐められると、痺《しび》れたみたいな甘い感覚が全身に広がり、固く引き結んでいた唇が自然と解けてしまう。

そのわずかな隙間から、熱い舌がヌルリと素早く侵入し、ウルリーカの舌に絡みついた。

他人の温度に口内を掻《か》き混ぜられる感覚に、ゾクゾクと背筋が震える。絡まる舌の感触と湿った音が、いっそう羞恥《しゅうち》を煽《あお》った。

上顎《うわあご》や歯列の裏まで丁寧になぞられ、酸欠と湧き上がる奇妙な心地良さに喉奥で喘《あえ》ぐ。

「ん、んぅ……」

顎《あご》を掴まれて唇の角度を変えられると、口づけがより深くなった。クチクチと音をたてて、味わいつくすように隅々まで嬲《なぶ》られる。

ようやく口づけから解放された時には、ウルリーカはすっかり惚《ほう》けてしまい、ぼうっとフレデリクを見上げた。

暖炉で燃える魔法石の欠片《かけら》が、身体に入りこんでしまったのではないかと思うほど、奥からジリジリと熱がこみあげて全身が火照《ほて》り始めている。

「ルゥ……すごく可愛い」

わずかに掠《かす》れた声でフレデリクが囁《ささや》き、熱くなったウルリーカの耳朶《じだ》をパクリと食《は》んだ。

「ひゃんっ！　あ……あぁ」

そのままピチャピチャと甘く噛まれると、頭の中まで掻《か》き混ぜられているように感じる。

全身の火照《ほて》りがさらに増し、下腹の奥がキュンと切なく疼《うず》いた。知らず妙な声が漏れてしまう。

困惑と羞恥心《しゅうちしん》に苛《さいな》まれてウルリーカが身を捩《よじ》ると、薄い寝衣の中で乳房がふるふると揺れた。

いつの間にか胸の先端は尖って薄布を押しあげており、敏感になったそこは、布地がこすれるだけでもチリチリした疼痛《とうつう》を覚える。

耳朶《じだ》から口を離したフレデリクが、目ざとくそれを見つけて膨《ふく》らみを掴んだ。

片手に余る大きさのそれを、下から掬《すく》いあげるように揉まれ、むずむずと疼《うず》く胸の奥までこねるように嬲《なぶ》られる。

「あぁっ」

布越しに指先で先端を摘《つま》まれ、鋭く突き抜けた快感に、ウルリーカは喉を反らした。

気持ちいいのに、未知の感覚が少し怖い。目を瞑《つむ》って身体を硬くすると、なだめるように頬を撫《な》でられた。

「怖がらなくてもいいから。気を楽にして」

色香を感じる低い囁《ささや》きに耳朶《じだ》をくすぐられ、頭がクラクラと痺《しび》れて力が抜ける。

子爵令息に襲われた時は、分厚いドレスの上から胸を掴まれただけで、全身に虫唾《むしず》が走り、吐きそうになった。なのに、フレデリクの手には嫌悪感を覚えるどころか、もっと触れてほしいとさえ思ってしまう。

寝衣を脱がされ、しっとりと汗ばみ始めた肌に彼の手が直接触れる。胸の先端に濡れた感触がした。驚いて胸の方を見ると、突き出された胸に舌を這わせているフレデリクとまともに目があう。ちゅっと吸い上げられた先端から、胸の奥へ快楽が響いた。

「ん、あぁっ！」

とっさに顔を背け、手の甲で口元を覆《おお》ったが、舌で先端をねぶられる強烈な感覚にあわせて、勝手に声が漏れる。

乳房のもう片側は柔らかく手で揉まれ、硬く尖ったそちらの先端も、指の腹で押し潰された。

腰の奥がズクリと重たくなり、そこからもどかしいような切ない疼《うず》きが広がる。

こみあげ続ける感覚を持て余し、水から揚げられた魚のように、ウルリーカはビクビクと身を跳ねさせた。

いつの間にか、フレデリクも衣服を脱いでいる。

横たわったウルリーカからは、彼の上半身だけがよく見えた。魔術師のローブが似あう細身の優男《やさおとこ》ながら、フレデリクの裸身は意外なほど逞《たくま》しい。

その身体に薄くはなっていたものの、酷《ひど》い傷痕《きずあと》がいくつもあるのにウルリーカは驚いた。

その視線に気づき、フレデリクが苦笑した。

「宮廷魔術師って、傍《はた》から思われるほど優雅じゃなくてさ。憲兵の手が足りなければ強盗も追うし、国事があれば高所の飾りつけも手伝う。いわば何でも屋で、結構、怪我する事が多いんだ」

「っ……し、失礼しました」

ウルリーカは顔を赤くし、急いで目を逸らす。ついでに、ハッと気づいて自分の身体も腕で隠そうとしたが、それは叶わなかった。

フレデリクがウルリーカの両手首を片手で掴み、あっさりと阻んだからだ。

「隠さないで、全部見せてよ」

「や、お許し、ください……は、恥ずかしい……」

羞恥《しゅうち》と緊張に、何度も唾を呑みこみながら懇願《こんがん》したが、フレデリクは手を離してくれない。

「すごく綺麗だ。恥ずかしがる事ないのに。……ま、そんなルゥも可愛いけど」

フレデリクが楽しげに目を細め、ウルリーカの喉元から臍《へそ》まで、ツゥっと人差し指でなぞる。

「あぁっ」

ゾクリと快感が背筋を駆け抜け、媚《こ》びるような甲高《かんだか》い声を放ってしまった。

「ルゥの声も可愛い。もっと聞かせて」

「そん、な……あ、あぁっ!!」

不意打ちで胸の先端を舐められ、仰《の》け反《ぞ》りながら、嬌声《きょうせい》をあげる。

ちゅくちゅくと吸いながら、強弱をつけて膨《ふく》らみを揉まれると、下腹の奥がどうしようもなく疼《うず》き、じんわりと熱い滴《したた》りが溢《あふ》れてくるのを感じた。

互いの素肌がこすれあい、体温が融《と》けあっていくのが、たまらなく心地良い。

唾液に濡れた乳首を指で弄《いじ》られ、濡れた舌が柔らかな膨《ふく》らみを舐める。

乳房だけでなく、わき腹や腰までも、たっぷりと時間をかけて愛撫され、絶え間ない快楽に晒《さら》されたウルリーカは、何度も身体を痙攣《けいれん》させて喘《あえ》いだ。

そして、誰も触れた事のない両足の間に、フレデリクの指が忍びこむ。

疼《うず》いてたまらないそこをなぞられた途端、今までとは比べものにならない強烈な快感が突き抜けた。

「ひ、あああっ！」

火花が散るような感覚に、ウルリーカの背が浮く。

「ルゥのここ、すごく濡れてる。気持ち良かったんだ？」

熱い蜜をぬるぬると広げながら言われる。ウルリーカは必死に腕をあげて顔を隠した。

「い、言わないで、くださ……んんっ！」

指を動かされるたびに淫《みだ》らな濡れた音が聞こえて、羞恥《しゅうち》に身体がいっそう火照《ほて》る。

「んっ、はぁ……あ、あ……」

さらにそこを上下になぞられると、ゾクゾクと快楽が背筋を走り、身悶《みもだ》えしたくなる。

「は、あ……ああっ！」

激しい熱が、腰の奥へ澱《おり》のように溜まり続け、どうすれば良いのかわからない。

「はぁっ……も、おやめくださ……わたし、変に……」

下腹部を悪戯《いたずら》する指から逃れたくて、寝台の上をずりあがると、腰を掴んで引き戻された。

花芽を柔らかく押され、鮮烈な感覚に喉を反らす。

「あっ！　あっ！　ダメ……っ！　あ、何か……ぁ、あ……」

ぬちゅぬちゅとなまめかしい音をたてながら花弁も弄《いじ》られ、合間に敏感な粒を何度も嬲《なぶ》られると、奥に溜まり続けている熱が急速に膨《ふく》らんでいくのを感じた。

「我慢しなくていいから。イくところ、みせてよ」

フレデリクが耳朶《じだ》を甘噛みしながら囁《ささや》く。

「イ……？　あ、あ、あ、ん、あ……あ、ああっ!!」

下腹部を嬲《なぶ》る指の動きを激しくされ、もう片手で胸の頂《いただき》もこすられて、追い詰められる。怖いのに、ねだるように腰が勝手にくねってしまう。淫《みだ》らに動いて秘所を彼の手にこすりつけるのを止められない。

グチュリと音をたて、強く花芽を摘《つま》まれた瞬間、耐え難いほどに膨《ふく》らみきった熱が弾けた。ウルリーカは両手でシーツを握り締め、高い声を放って大きく背を反らした。

「あ、ぁ……はぁっ……や、あ、……ーーーーっ！」

全身から汗が噴き出し、目を閉じているのに瞼《まぶた》の裏がチカチカと光る。脱力してしまった身体をぐったりとシーツに落とし、大きく胸を喘《あえ》がせた。

「思っていたとおり……いや、もっと可愛かった」

フレデリクが額に軽く口づけを落とし、今度はじんじんと痺《しび》れている秘所の奥へと指を差しこむ。グチュリと濡れた音がたち、力の抜けた花弁が男の指を呑みこんだ。

「んんっ！」

すっかり敏感になっていたそこへの鮮烈な刺激に、ウルリーカは呻《うめ》いた。初めて異物を差しこまれ、違和感と押し広げられる痛みに歯を食いしばる。

「大丈夫。ゆっくりするから……」

その言葉どおり、フレデリクは埋めこんだ指を慎重に抜き差し始めた。ゆっくり動かされるうちに、次第に痛みが和らぎ、先ほどの悩ましい熱が再燃する。奥からトロリと溢《あふ》れてきた蜜が、指の動きを助け、くちゅくちゅと音をたてて掻《か》き回された。粘ついたいやらしい音に聴覚を犯される。

「ルゥの中、すごく熱くなって俺の指に絡みついてくる」

熱に浮かされたような声で囁《ささや》かれ、ウルリーカは恥ずかしすぎて両手で顔を覆《おお》い隠した。ジンジンと熱く蠢《うごめ》く体内を擦られると、彼の指を反射的に締めつけてしまう。

指が二本に増やされても、もうそれほど痛みはなかった。

蜜壷の感触を楽しむように、ゆるゆると掻《か》き回されるうちに、増やされた指の違和感も淫《みだ》らな疼《うず》きに変わっていく。

さらにもう一本増やされ、抜き差しをされながら花芽も弄《いじ》られてゾクゾクと身体が震える。

顔を隠して羞恥《しゅうち》に耐えていると、そろそろ大丈夫かな……というフレデリクの呟《つぶや》きが聞こえた。

埋めこまれていた指が抜かれ、ほっと息をついたのもつかの間。膝裏に手を当てられて、くるんと脚を持ち上げられてしまう。

「やっ！」

秘所を晒《さら》される恥ずかしい体勢に、思わず顔から腕をずらして抗議の悲鳴をあげかける。けれど、同時に押し当てられた熱の質量に唖然とした。

（嘘……無理……）

理屈ではわかっているつもりでも、こんなに太いものが自分の中に入るとは、とても思えなかった。

ウルリーカがうろたえているうちに、ぬちりと音をたてて、熱く硬い切っ先が侵入を開始する。

「あ……く、う！」

ほんの先端が埋めこまれただけで、指とは比べものにならない圧迫感と痛みに、全身から冷や汗が噴き出た。慣らされてもまだ硬い処女の孔に、じりじりと熱い楔《くさび》が打ちこまれていく。

「う、あ、ぁ、痛────っ！」

身体を引き裂かれる激痛に仰《の》け反《ぞ》ったが、しっかりと腰を抱えるフレデリクの手が、逃げるのを許さない。

痛みに突っ張っていた手をとられ、掴まれというように、彼の背中に回された。

「あ、うぅ……」

狭い蜜洞《みつどう》をいっぱいに押し広げ、硬い屹立が奥まで押しこまれる。ウルリーカは夢中でフレデリクにしがみつき、身体の奥まで貫《つらぬ》かれる衝撃に耐えた。

「きっつ……ルゥ……出来るだけ早く終わらせるから、少しだけ我慢して」

なだめるように頬へ口づけを落とされ、ウルリーカは痛みにポロポロと涙を流しながら頷いた。歪《ゆが》む視界の中でふと見れば、フレデリクも何かを堪《こら》えるように顔をしかめている。

「は、ぁ……わたし……より、デリク様、は……つらく、ない、ですか？」

もしや古傷に爪をたててしまったかと心配になり、何度も浅く息を吐きながら、切れ切れに尋ねると、フレデリクが軽く目を見開いた。

「俺は大丈夫……最高に気持ちいい」

蕩《とろ》けそうな表情と声で言われ、ウルリーカまで、なぜかほわりと心が温かくなる。こじ開けられた秘所は痛くてたまらないのに、その奥がヒクンと震えて熱い蜜が溢《あふ》れた。

フレデリクはそのまま動かず、ウルリーカの痛みを逸らすように、そっと口づけを繰り返しては、髪や肩、首筋などを優しく撫《な》でていく。

舌を絡めて吸われ、胸や腰のくびれをやわやわと触れられているうちに、激しい痛みの中から、甘い痺《しび》れを感じ始めた。

内部を淫蕩《いんとう》にただれさせるみたいなジクジクした疼《うず》きは背骨を伝わり、ウルリーカの全身を侵していく。

雄を埋めこまれている箇所は、わずかに身じろぎするだけでも痛むのに、もどかしい感覚に身を捩《よじ》りたくてたまらない。

「はぁっ……あ、ぁ……」

熱い吐息がいく度も零《こぼ》れる。

胸の先端を摘《つま》まれると、鮮烈な愉悦が子宮に直結し、体内の雄を締めつけてしまう。

「あっ、や……ぁ、はぁ……あ、あぁ……」

執拗《しつよう》に胸を攻められ、揉みしだかれる乳房から快楽の波が次々に溢《あふ》れてはウルリーカを震わせた。

「ルゥ……」

愛しげに囁《ささや》かれ、深く口づけられる。秘所を埋め尽くされながら、息が止まりそうなほど、激しく舌を絡めて貪《むさぼ》られた。

痛い。気持ち良い。痛い。気持ち良い……

背骨をかけ抜ける快楽のまま、ウルリーカは体内の彼を締めつけた。

こんな、愛しくてたまらない相手のように扱われれば扱われるほど、嬉しい反面、胸がざわついてつらい。幸せな夢に丸ごと浸りたいのに、心の奥底では冷静な自分がいる。

『浮かれてはだめ』と、冷ややかに釘を刺すのだ。

「あ……デリク様……」

もう何も考えたくなくて、フレデリクの背に手を回して縋《すが》りつく。

どうか気づかれず……

「お願い……好きに、して……ください……」

嗚咽《おえつ》を堪《こら》えて訴えると、フレデリクがゴクリと喉を鳴らした。

「ルゥ……そんな可愛い事言われたら、手加減出来なくなる」

困惑するように言われて、ウルリーカはコクコクと必死に頷いた。

手加減なんかされたくない。一時でも、残酷な現実を忘れられるなら、どうなってもいいと思った。

フレデリクがウルリーカの腰を掴んで激しく揺さぶる。

「あっ！　あぁっ！　はぁっ、あああっ！」

頭の中まで突き抜ける痛みと快楽に、ウルリーカは泣き叫んだ。

大きく腰を打ちつけられると、密着した箇所で花芽が潰され、また快楽の熱が溜まっていく。

「ひ、あぁ、あ……あ、あぁ……」

抽送がさらに速く激しくなり、頭の中が真っ白になった。

ウルリーカの喉から、苦痛とも快楽の喘《あえ》ぎとも判断のつかない声がたてつづけに漏れていく。肉のぶつかる音と、二人分の荒い呼吸に、抽送の音が混ざって寝室に満ちた。

奥まで穿《うが》たれ、それを締めつけては引き抜かれるのを何度も繰り返す。

やがて、低く呻《うめ》いたフレデリクが一際強く腰を押しこみ、ウルリーカを抱き締めた。

「ああぁっ！」

最奥で熱い飛沫《ひまつ》が弾けるのを感じ、ウルリーカの全身を壮絶な快楽が突き抜ける。

断続的に注がれる精を受け止めながら、ビクビクと身を痙攣《けいれん》させた。

やがて、欲望を吐き出し終えた雄が、ズルリと体内から引き抜かれる。下肢がすっかり痺《しび》れきっていたし、散々に擦られた秘所が酷《ひど》く痛んだが、呻《うめ》く気力も残っていなかった。半ば朦朧《もうろう》としたまま、くたりとシーツに手足を投げ出していると、フレデリクの手がそっと額に添えられた。

「無理をさせてごめん……痛みが引くまで、眠った方が良い」

まだ彼の呼吸も荒かったが、優しい声で穏やかに告げられ、眠りの呪文を詠唱される。

ウルリーカが唱えても、何も起こらない呪文だが、フレデリクが唱えるにつれて、額に触れる手から心地良さが広がっていく。

痛みが薄れ、自然と瞼《まぶた》が下がって眠りに落ちていくのを感じた。

(デリク様……少しだけ……今だけで、良いですから……)

完全に意識が落ちる間際、ウルリーカは心の中で望みを呟《つぶや》いた。

——今だけでも……貴方が私を好きだという、有り得ない可能性を……期待させて……

——目を覚ましたウルリーカは、毛布の中でぼんやりとしたまま、目をしばたたかせた。

ようやく、ここがどこかを思い出し、慌てて薄暗い部屋の中を見渡したが、フレデリクの姿はなかった。

サイドテーブルの置時計を見れば、まだ早朝の五時前だ。

彼は今日から女王の視察につき添うが、宮廷への出仕はもっと遅い時刻で良いと言っていた。なのに、こんな早くからどこへ行ったのだろうか。

思わずため息をつきかけ、彼の姿が見えないと落胆している自分に気づく。ウルリーカは慌ててそんな感情を追いだした。

(目が覚めた時、デリク様が隣で優しい言葉をかけてくれるとでも……?)

そんなはずはない。ほら、目が覚めて夢は終わったのだ。

ウルリーカは寝台から下りて、いつの間にか着せられていたネグリジェの上にショールを羽織《はお》る。

昨夜にかけてもらった魔法でよく眠れたせいか、あれだけ痛んでいた足のつけ根や腹の奥は、もうなんともない。体液で汚れていたはずの身体も綺麗になっていて、フレデリクが清めてくれたのかと、ウルリーカは赤面する。

カーテンを開けると、早朝の白んだ薄い光が部屋に差しこんだ。改めて室内を眺めたウルリーカは、壁につけられた小さなスイッチに目を留めた。

(そういえばこの部屋の灯りは、錬金術製品の魔法灯火なのね……)

昨日は動揺していて調度品など見る余裕もなかったが、ウルリーカは、シャンデリアがまだ新しい事に気づく。

フレデリクの言っていた『改装』とは、こういった部分だろう。

寝室の奥にある扉を開けると、小さな風呂場と洗面所になっていた。真新しい洗面台も、錬金術ギルドの機械設備を使ってあり、二階の寝室でも、蛇口をひねるだけで水が使えた。これも改装の一部に違いない。

灯りの魔法は、ごく初歩の部類とはいえ、魔力を持たないウルリーカには、当然ながら使えない。

隣国フロッケンベルクで発達した錬金術を利用した灯火製品なら、魔力を持たない彼女でもスイッチの操作だけで灯りをつけられるのだ。

錬金術とは、様々な器にあらかじめ魔法をこめ、魔力のまったくない人間にもこめられた魔法を発動出来る、魔道具の作製技術である。魔法を使う者が少ない国々ではよく使用されているが、魔法使いが多いロクサリス王国ではあまり使われない。

ちなみに、錬金術の国フロッケンベルクと魔法国ロクサリスとは、言語や料理まで、あらゆる面が似かよっていながら、非常に仲が悪い事で有名だ。

魔法を選ばれし者だけの宝と信じるロクサリスと、どんなに便利でも、万人に使えるようにせねば価値がないと考えるフロッケンベルクとは、決定的にあわない。

もっとも、両国が一触即発なほど険悪だったのは、前王の時代までだ。

アナスタシア女王が即位してからは、フロッケンベルクの王と友好的な会談が繰り返し行《おこな》われ、交易も大幅に増えた。だから、ロクサリスにもフロッケンベルク製品が入ってきているのであろう。

しかし、それらの錬金術製品は、フレデリクのような魔法使いには、まったく必要ないはずだ。

錬金術ギルド製の魔道具や設備を重宝するのは、たとえばハーヴィスト食料品店みたいな裕福な平民階級だ。

懐《ふところ》の広い貴族ならば、魔法を使えない使用人たちのために、台所や使用人棟に備えつけてやる事もある。だが、選ばれし魔法使いという自負がある以上、身分の高い者が自室に設置する事はまずなかった。

これは恐らく、ウルリーカのための……

フレデリクは魔法使いの矜持《きょうじ》を曲げてまで、ウルリーカが不便をしないよう、魔道具を設置してくれたのだろうか……？

こんな事を考えるのは自惚《うぬぼ》れだと、ウルリーカは頭をふった。思いを振り落とす勢いで顔を洗い、寝乱れた髪を簡単に直す。

少し早いが自分も着替えなければと、ウルリーカは続き扉を開けて隣の私室へと移る。

裕福な貴族の娘なら、身の回りの世話を手伝う専用のメイドを雇っているし、ウルリーカも実家ではそうだった。

だが、家庭教師として自立してからは、身の回りの支度は自分でやっている。その方が性にあっているのだ。

昨日、婚礼衣装から着替える際に、メイドから起床時間や身支度に関する要望などを聞かれたので、自分の事は自分でやると伝えておいた。

私室の隅にある、衣装室へ続く扉を開け……ウルリーカはしばらく立ち尽くした。

普段着や私物などは、事前に自分が使っているものを届けてあったのだが、衣装室の棚には見覚えのないドレスが大量に吊るされていたのだ。それも、非常に美しく上等なものばかりだ。

(ここにあるという事は、私の服なのかしら?)

新居で花嫁が不便をする事がないようにと、花婿がドレスの類《たぐい》を用意する事はよくあるし、屋敷のものは全て自由に使ってくれと言われている。

棚の一番取りやすい位置には、どうぞ着てくださいとでも言うように、パステルグリーンのドレスがかかっている。

胸元を強調した最新流行のデザインを、ウルリーカは困惑して眺めた。

華やかなドレスを掻《か》き分けてよく見ると、自分が送った少量の衣類もちゃんとある。

ウルリーカはホッとした気分で藍色の地味なドレスに着替えた。

首元まであるボタンを全てきっちりと留め、髪をまとめようとドレッサーの引き出しを開ける。そこにも美しいアクセサリーや髪飾りがいくつも鎮座していた。

用意されたものを一つも使わないというのも厚意を無にするようで、少し悩んだが、結局自分の簡素な留めピンだけで髪を地味にまとめる。そして引き出しを閉めようとした時、一つのブローチが目に留まった。

それは、しなやかな猫の姿を象《かたど》った銀製の小さなブローチで、切れ長の瞳には小さな深緑の石がはめこまれている。

「あら、可愛い」

ウルリーカはブローチを手に取り、じっくりと眺めた。

ロクサリス国では印章や飾りものなどに、猫のモチーフが頻繁に使われる。彼らは強い魔力を秘めた生物だと言われていた。強大な力を持つ魔法使いともなれば、猫を使い魔として使役したり、自らや弟子を猫の姿に変える事が可能らしい。

……もっとも、猫に姿を変える魔法は、今は滅びてしまった古代魔法文明の時代のものので、今では使える人がいなくなった、非常に難解なものだそうだ。

魔法は別にしても、ウルリーカも猫は大好きだ。母が断固とした鳥派だったので飼う事は出来なかったが、猫を見ると、きゅんと胸がときめく。

スラリとした体躯とすんなり伸びた尻尾をした猫のブローチは、見事にウルリーカの心を射抜いてしまった。

(必要ないアクセサリーなど、つけないと決めていたけれど……。せっかく用意して頂いたものを、全部無視するのは、失礼よね)

その魅惑的な姿に打ち勝てず、こっそりと自分に言い訳をして、ブローチをそっと襟《えり》元《もと》につけた。

身支度を済ませて廊下に出ると、何かを打ちあう物音が聞こえる。

二階の廊下の端には、中庭を覗ける窓があり、音はその方角から聞こえてくるようだ。

そっとガラス窓から庭を見下ろしたウルリーカは、そこにいたフレデリクの姿に驚く。

鍛錬場のごとく綺麗に地面を整えた庭の一角で、細身の宮廷魔術師は、巨漢の家令を相手に、模擬刀で激しい打ちあいをしていた。

ロクサリスが魔法の国とはいえ、戦となれば、主戦力は圧倒的に数の多い平民階級の歩兵と彼らを相手にする騎兵。騎士の模擬戦も盛んに行《おこな》われる。

中には、魔術師としても騎士としても一流の者もおり、魔術騎士と呼ばれて尊敬を集めていた。フレデリクの後見人であるアイゼンシュミット侯は、引退してはいるが、歴史書に記されるほど有名な魔術騎士だ。

しかしフレデリクの動きは、模擬戦で見た事がある騎士の動きとは、随分違った。

馬には乗らず、防具もつけていない。模擬刀も短剣に近いほど短いものだ。彼は、イゴールの大剣をくぐっては敏捷《びんしょう》に跳ね飛び、合間に蹴りを叩きこもうとする。

あまりにも型破りなその戦い方は、まるで遠い異国の物語に登場する暗殺者《アサシン》のものにも思えた。

ウルリーカが呆然と目を奪われているうちに、二人は打ちあいをやめ、額に浮かぶ汗を袖で拭《ぬぐ》った。

不意にフレデリクが上を向き、ウルリーカと視線があう。

こっそり見ていたのがばれて後ろめたい気分だったが、もう仕方がない。ウルリーカは急いで窓を開けた。

「おはようございます……」

緊張しながら挨拶《あいさつ》をすると、フレデリクがやけに嬉しそうな笑みを浮かべた。イゴールは生真面目な顔で一礼し、二本の模擬刀を持ってその場をたち去る。

「ルゥ！　ちょっと後ろに下がってくれ！」

フレデリクが声を張りあげ、ウルリーカは慌てて後ろへ下がった。

すると次の瞬間、窓枠にひょいと手がかかり、フレデリクが音もなく窓から飛びこんできた。

「おはよう。もしかして、音で起こしちゃったかな？」

驚愕《きょうがく》に口をパクパクさせているウルリーカへ、フレデリクが屈託《くったく》なく笑いかける。

「い、いえ……自然に目が覚めて……昨日かけてくださった魔法のおかげでよく眠れました。ありがとうございます」

「どういたしまして。魔術師にとって、一番光栄な褒め言葉だよ」

軽く礼をしてみせる魔術師には、まだ鍛錬の汗が光っていた。

彼が呪文を唱えて右腕を自分の身体の前で振ると、オレンジ色の炎が一瞬その全身を包みこむ。

身体の汚れを浄化する魔法の炎だ。

熱くない魔法の炎が消えると、汗でグショ濡れになっていたシャツも綺麗に乾いていた。とても便利だが、それでも魔法使いの大部分が入浴を好む。魔法で汚れは消えても、気分的にはまるでさっぱりしないかららしい。実際、フレデリクも気持ち悪そうに襟元《えりもと》をパタパタと煽《あお》いでいる。

ふと、ウルリーカの口から素朴な感想が飛び出した。

「驚きました。デリク様は魔術師としても優秀なのに、剣もお使いになるのですね」

賞賛のつもりだったのに、それを聞いたフレデリクの顔から笑みが消える。

「……戦える手段は、一つでも多い方が良い」

ボソリと呟《つぶや》いた彼の声に、微《かす》かな暗い影が孕《はら》まれているように感じ、ウルリーカは失言をしたのかと悔いた。

だが、フレデリクはすぐにまたにこやかな表情と声に戻る。

「魔術師でも身体は資本だからって、昔からイゴールに鍛えられているんだよ」

そして彼は、ウルリーカの襟元《えりもと》についたブローチに目をやった。驚くほど嬉しそうな笑みになる。

「それ、気に入ってくれた？」

「え、ええ。とても沢山の品を用意してくださったようで……」

衣装棚にいっぱいのドレスや、宝飾品を思い出し、恐縮しながらブローチにそっと手を添える。

「ルゥの好みがわからなかったから、似合いそうなものをと考えて選んだけど、なかなか楽しかったよ」

快活に笑ったフレデリクの綺麗な深緑色の瞳が、朝日に反射して、キラリと光った。

「ヴィント……」

無意識に呟《つぶや》いてしまった名前に、フレデリクが驚いたような顔をした。

「え……？」

「あ……申し訳ありません、つい。ヴィントとは、猫の名前なのです」

ヴィントは、先月まで勤めていたエイダの家……ハーヴィスト食料品店に時おり現れる、緑色の瞳をした赤毛の雄猫だ。

賢く行儀の良い猫で、店の品に手を出す事もなく、庭へ入っても、花壇を荒らしたりしない。客たちが雑談をしていると、まるでその話に加わっているみたいに、傍《そば》でじっと小首を傾げて座っていたりもする。ちょっとした名物猫だ。

そんな猫へ、餌をやろうとする客もいたが、どうやらヴィントはきちんと躾《しつ》けられているらしく、決して食べようとはしなかった。

首輪はつけていないが毛並みもよく、人にも慣れているので、どこかの飼い猫だろうと、ハーヴィスト夫人は言う。

《風《ヴィント》》と、名づけたのはエイダだ。いつも風のようにフラッと来て、いつの間にかいなくなっているからだそうだ。

エイダは気管支が弱いために動物を飼えないが、犬や猫は大好きで、この猫が母屋《おもや》の庭に来ると大喜びだった。

エイダの部屋にある窓のすぐ外には、ちょうど庭木の枝がせり出している。ウルリーカがエイダに勉強を教えていると、ヴィントは時おり、その枝の上に登ってくる事もあった。

前脚を揃えて優雅に寝そべった赤毛の猫は、吸いこまれそうな美しい深緑色の瞳で、じっとこちらを見つめていたかと思うと、気づいた時にはもういなくなっている。

いつの間にかウルリーカも、エイダと同じように、ヴィントが来るのを心待ちにしていた。彼が来ると人間を相手にするみたいに、話しかけたものだ。

――引き出しいっぱいの宝飾品の中で、このブローチに目が惹《ひ》かれたのは、これがどことなくヴィントに似ていたからだ。

ウルリーカは、不思議な魅力を持つ猫の事や、このブローチがその猫を思い出させる事を、フレデリクに語った。

「へぇ、変わった猫だね」

フレデリクはウルリーカの話を気持ちよく聞いてくれた。

「ええ。なんだか時々、猫とは思えない雰囲気をして……とても不思議で、大好きな猫なのです」

ウルリーカは頷き、フレデリクの細められた優しい瞳に見惚《みほ》れる。

本当は、ブローチだけがヴィントを思い出させたのではない。フレデリクの瞳の色は以前から知っていたはずなのに、朝日に輝いた瞳の色が、よく見ればヴィントとそっくりだと気づいたのだ。

おまけに、彼は髪色まで、ヴィントの毛色にそっくり。あの猫が人間になったら、案外フレデリクのような感じなのかもしれない。

「あぁ、でも……それを選んでくれるなんて、最高に嬉しいな」

不意に、フレデリクが陶然とした声で呟《つぶや》き、あっと思った時には抱き締められていた。

彼は、ウルリーカより頭一つほど背が高い。顎《あご》に片手を添えられ、上を向かされる。

そのまま唇が彼のもので塞がれた。

「っ⁉」

表面だけを柔らかくあわせた口づけが離される。上機嫌な様子のフレデリクが、片手をうやうやしく差し出した。

「では、そろそろ朝食に参りましょうか。俺の奥様」

「は、はい……」

ウルリーカはぎこちなくその手を取った。

『俺の奥様』なんて。自分は、表向きだけの妻なはずなのに……彼は、どこまで勘違いさせる気なのだろう。

ウルリーカは動揺を必死に押し隠した。


ドギマギしつつフレデリクと朝食をとったあと、身じたくを済ませた彼を見送った。

王宮へ馬を走らせるフレデリクの姿が見えなくなると、ウルリーカは傍《かたわ》らに控えていたイゴールを振り仰いだ。

「あの……イゴールさん？　お尋ねしても宜《よろ》しいでしょうか？」

盛り上がった瞼《まぶた》の下に光る鋭い目が、じろっと動いた。迫力満点の視線に、ウルリーカは小さく息を呑む。

「奥様、私は使用人ですから、そのようなお言葉遣いは不要です。どうぞ、イゴールとお呼びください」

「それではまず、屋敷の事について把握して頂きましょう。皆の仕事分担や、デリク様

ウルリーカは、自分がこの家でどういう立場なのか、混乱中だった。

ているのを望まれるか、酷《ひど》ければ使用人たちに交じって働かされる。

であったとしても、表に出る事は好まれない。人目につかぬよう、終日自室に引き篭《こ》もっ

ただ、多妻の珍しくないロクサリス貴族の間では、その家での立場が弱い場合、正妻

施術を受けるかをして日々を過ごすのがもっぱらだった。

ウルリーカの母チュレク男爵夫人も、夜会に備えての昼寝か、お茶会か、美容関係の

もしくは積極的に茶会を開き、自らも出向くなど、社交にいそしむ婦人も多い。

りと刺繍《ししゅう》などの手芸や読書、庭の散策をして一日を過ごす。

家の事業を妻が取り仕切っている場合は別として、有閑《ゆうかん》階級の女性の殆《ほとん》どは、のんび

なく、失業率を下げるための重要な義務である。

経済的に余裕のある者が、出来るだけ多くの使用人を雇用するのは、見栄のためでは

この屋敷のように複数の使用人を抱えている場合、家事雑用は召使たちの役目だ。

「では、イゴール……私はこれから、この家でどう過ごせば良いのかしら？」

慇懃《いんぎん》な仕草で一礼され、ややたじろぎつつも、ウルリーカは言い直した。

「そ、そう……」

の生活時間などを、ご説明いたします」

イゴールはそう言うと、さっさとウルリーカを居間へ連れて行き、ソファへと座らせた。自分は直立不動で、使用人たちの勤務時間や休日、緊急時に派遣を頼む業社などを次々と説明しだす。

「――このように、普段は勤めさせて頂いております。ご不明な点がございましたら、いつでもお尋ねください」

「え、ええ……よくわかったわ」

教えられた事を脳裏で反復し、ウルリーカは頷いた。

イゴールの説明は、ウルリーカの聞きたかった事とは、やや方向がずれたものだったが、とにかくこの屋敷の女主人として振る舞えと言われているのはひしひしと感じる。

さらにイゴールは、フレデリクは勤務時間が不規則で、帰宅出来ない日も多いと説明を続けた。

「ですから、今回のように急な視察も……」

彼は一度言葉を切り、筋肉で表情がわかりにくい顔を、わずかに曇らせた。そこで、ウルリーカを正面から見やり、意を決したように、再び口を開く。

「出すぎた真似を承知で申し上げますが、デリク様はここのところ……率直に言わせて頂くと、かなり浮かれておいでになります。普段はもう少し思慮深い方なのですが……」

「まぁ……」

そういえば結婚式の時からずっと、フレデリクは上機嫌だったと、改めて思い出す。

何かよほど良い事があったのかと、ウルリーカが尋ねるより早く、イゴールが続きを口にした。

「昨日から奥様のご様子を拝見しておりまして……もしやとは思いますが、デリク様との間で、何か誤解が生じているのではと、心配になって参りまして……」

イゴールの声は、先ほどの堂々とした声よりも、かなり小さくなっていた。よく見ると、額にうっすらと汗が滲《にじ》んでいる。

「申し訳ございません。家令としては情けないかぎりですが、男女の繊細な問題は、どうにも不得手な分野で……」

不器用ながら主人を懸命に庇《かば》う家令の姿に、ウルリーカは好感を覚えた。

彼はおそらく、フレデリクの行動がウルリーカに『誤解』を生ませている事を懸念したのだろう。心配して口を出すのも無理はない。あれほど好意的な態度を取られ続ければ、誰だって本当に愛されているのかと期待したくなる。

「ご心配かけてしまって、ごめんなさい。でも大丈夫よ」

なるべく和やかな声になるよう努めつつ、ウルリーカは微笑んだ。

「デリク様には、大変良くして頂き感謝しているわ。もう、十分に幸せです」

「そうですか」

ほっとした様子でハンカチを取り出して、イゴールは汗を拭《ふ》く。

チクリと胸が痛んだが、主人思いの家令のためにも、自惚《うぬぼ》れたりでしゃばったりせず、静かに過ごそうと、ウルリーカは改めて決意した。

思えば、自分がすんなり道化役の妻という立場を受け入れたからこそ、フレデリクは上機嫌になって優しくしてくれたのかもしれない。……つらいけれど、とても納得出来る理由だ。


王都から東へ延びる街道を、ロクサリス王家の旗をなびかせた騎馬の一団が進んでいく。両脇の野原には一面に金鳳花《きんぽうげ》が咲き乱れ、金の花弁に午後の陽光を映していた。

騎馬隊に守られる隊列の中央には、一台の優美な箱馬車がある。『牙《きば》の魔術師』――フレデリク・クロイツは、馬車の中で女王と差し向かいに座っていた。

騎馬隊の大半は本職の騎兵、それと視察に同行する宮廷魔術師たちが交ざっている。

フレデリクも騎乗は得意だが、女王専属と任命されているために、こういった際には揺れる馬車の窓から、無表情で外を眺めている彼は、内心で非常に不服だった。

女王と馬車に同乗するのが常だ。

——本当なら、新婚ほやほや幸せな休暇を二日間は取れるはずだったのに！

忙しい仕事をやりくりし、女王や同僚に頭を下げまくって頼みこんで、ようやく勝ち取った麗《うるわ》しの新婚休暇は、式が始まる五分前に打ち砕かれた。

東の辺境にある領地で、不穏な動きが報告されたので、緊急視察へ同行するようにと、蝶の形をした女王の伝令魔法が告げたのだ。

聞けば事態はなかなか深刻で、フレデリクとしても流石《さすが》に個人的な幸せを優先する訳にはいかなかった。彼は血の涙を流して休暇を諦めたのだ。

実は、ロクサリスは残酷極まりない魔術の儀式が頻繁に行《おこな》われている国だと大陸のあちこちの国で、流布《るふ》されている。

赤子や若い女性を生贄《いけにえ》にささげ、乱交をして悪魔を呼び出し、願いを叶えてもらうなど……そういった、サバトと呼ばれる儀式を、一部の馬鹿がやっているのは事実だ。

少しでも真面目に魔法を学べば、そんな儀式をしたところで、気紛れな悪魔は呼び出せないとすぐわかるはずなのだが。それでも時おり、狂信的な悪魔崇拝の集団が出てくるし、単に残虐的な嗜好から『儀式ごっこ』を楽しむ者もいる。

もう随分と昔から、ロクリサスの法律でもサバトは禁止されているが、前王の治世までここ数代は貴族に甘い政治が続き、彼らに対してはかなり見て見ぬふりがされていたのだ。

生贄《いけにえ》にされるのはたいていが、平民の貧困家庭から買われた者だ。平民の命など家畜も同然だと思われていた事も災《わざわ》いした。

女王はその悪しき風習を廃し、サバトを行《おこな》う者は身分を問わず厳格に処罰するという布告を出した。しかし、それでも従わない輩《やから》はいる。

この急な視察は、東の一部を治める領主が、突然にサバト行為へ没頭し、領民を虐殺していると、諜者《ちょうじゃ》から伝達が来たためだ。

罪が露見すれば、領主とはいえ死罪は確実。女王に証拠を掴まれた領主が逆にその場で襲い掛かってくる危険がある。そのために、十分な武装をしたうえでの『視察』だ。

フレデリクとしても視察についていかざるを得なかった。

目の前の女王は、そんな危険などまったく気にしていない様子で、優雅に扇を広げて金色の野原を眺めている。

フレデリクは彼女の事を考える。

――アナスタシアは、女王になるという約束を果たしてくれた。だから俺も約束を果たす。生涯、彼女の牙《きば》になるという約束を……。

頭に染みついた誓いを、フレデリクは無意識に唱えつつ、首に下げた牙《きば》を指で弄《いじ》る。

すでに在位暦十七年となる若き女王アナスタシアは、華奢《きゃしゃ》で小柄な身体つきながら、見る者を圧倒する存在感を備えている。真紅のドレスが、きめ細やかな雪白の肌をより白く見せ、輝く金髪がクルクルと細かい渦《うず》を巻いて彼女の顔を彩《いろど》っていた。

彼女の王位継承には、いくつもの不穏な事件が重なっている。

アナスタシアには、二十歳以上も年上の異母兄《いぼけい》が二人おり、彼らは激しく王位継承権を争っていた。側妃である彼らの母も、互いの息子を蹴落とそうとやっきになっていたのを、その頃の宮廷内で知らぬ者はいない。

宮廷の暗闘《あんとう》に幼い末姫が巻きこまれなかったのは、三歳の時の測定で出された彼女の魔力値が、王族としては合格点でも、兄たちより遥《はる》かに低かったからだ。

また、アナスタシアは母を早くに亡くしており、父王以外の親族といえば、辺境に引き篭《こ》もっている伯父のアイゼンシュミット侯のみ。王宮では離れの棟でひっそりと暮らし、一年の大半は伯父の領地で過ごしていたため、王位争いとはまったく無縁だった。

周囲は、王子のどちらかが王位を継ぎ、アナスタシアはいずれ政略結婚でもさせられるのだろうと、信じて疑わなかったものだ。

ところがある晩、王は何かと政治に介入する魔術師ギルドと諍《いさか》いを起こして殺され、同じ夜に、二人の王子も魔法による決闘を行《おこな》い、相打ちとなって果てた。

憎みあっていた王子たちは、もしも自分が決闘に負けたら、あとは全てアナスタシアに託すとそれぞれ署名を残していた。自分が負けたあと、相手が王になるのを防ぐためだ。

そして同時期に、彼らの母たちが、アナスタシアの魔力測定の際に、数値を低く書き換えたと証言する者が出てきた。驚いた家臣たちが、改めて幼い姫の魔力を測りなおすと、その数値は兄たちを軽く上回るもの。

こうして、ロクサリス建国以来の大騒動とともに、わずか五歳の新女王が誕生したのだ。側妃たちは投獄され、王を殺害した魔術師ギルドの幹部たちも死刑を宣告された。魔術師ギルドは調査の結果、数々の不正を暴かれ、さらに多くの関係者も獄につながれた。

幼い女王には当然ながら補佐役がつけられ、アナスタシアは成人まで彼らの助けを借りつつ、立派な女王となるべく勉強に励む事となった……

――ここまでが、世間一般に知られている事だ。

しかし……実際には、アナスタシアの補佐役は飾りもので、彼女は即位と同時に女王の政務をきちんと行《おこな》っていた。それを知る者は、フレデリクも含めてほんのわずかだ。

さらに、父王と異母兄《いぼけい》たちの死さえも、アナスタシアの思惑どおりだったと知る者も……

渋面《じゅうめん》になりそうになるのを堪《こら》えていると、向かいに座る女王が艶《あで》やかに唇を緩めた。

「随分とご機嫌斜めじゃないの、デリク」

今や、あどけない幼女の皮を被る必要もなくなり、名実ともに立派な君主となった女王は、唇の端を上げてフレデリクを見やった。

「新婚休暇が潰れたのは気の毒だったけれど、少し頭を冷やして、自分の不審者ぶりを自覚した方が宜《よろ》しくてよ。式の最中なんて、見ているこっちが恥ずかしくなるほどデレデレで彼女を眺め回していたじゃない」

馬車に防音の魔法がかかっているのを良い事に、女王は高笑いした。まさに言いたい放題だ。

「不審者ぁ!?　結婚式で花嫁に見とれて何が悪いんですか！」

聞き捨てならない暴言に、フレデリクは遠慮なく言い返した。

だいたい、女王は祝辞を贈っただけで式に出席していない。それなのにフレデリクの様子を知っているという事は、魔法で覗いていたに決まっている。勝手に覗き見しておいて、なんと図々しい言い草だ。

しかし女王は悪びれもせず、閉じた扇でフレデリクの首元をピタリと示す。

「デリク。貴方はこの一年間、彼女とたびたび会って親しくしていたつもりかもしれないけれど、彼女は『あれ』が貴方だなんて、まるで知らないのよ？　そこをちゃんと踏まえて、適切な求婚理由はでっちあげられたのかしら？」

痛い部分を突かれ、フレデリクはぐっと歯を喰いしばる。

「いや……それはまだ……温度差の自覚はしていますよ。彼女にとって俺は、七年も前にたった一度話しただけの相手だ」

「七年前、ねぇ。その時からずっと好きだったとでも言ったの？　当時十二歳の少女が大人になるまで、執拗《しつよう》に目をつけていた変態と誤解されてないと良いわね」

そう言って笑う女王は非常に楽しそうで、フレデリクはがっくりとうな垂れた。

「……彼女が一緒にいてくれるなら、変態でも幼女趣味でも、何と思われていても構いませんよ」

ため息まじりにフレデリクは答えた。

女王の愛人ではないと、自分で否定するよりも、アナスタシアに証明させた方が、はっきりと噂を払拭《ふっしょく》出来るだろうと、わざわざ紹介状まで書いてもらったのだ。好き放題言われても、文句は言えない。そもそも、噂が広がるままにしていた自分が悪い。

フレデリクが宮廷魔術師として就任したのは、ちょうど二十歳の時。……ただし、彼は年齢を偽《いつわ》っており本当は三歳下だから、実際には十七歳の時だった。

それよりも昔から、密偵としてアナスタシアに仕えていたので、傍《はた》からは主従の仲を越えた親密な幼馴染《おさななじみ》と見られたらしい。

そのうえで、言いよる男たちに辟易《へきえき》していた女王が、周囲の誤解を利用してフレデリクを防波堤にしたため、彼が女王の愛人であるという噂が広まった。それを肯定も否定しなかったのは、フレデリクにとっても都合が良かったからだ。

それまで、何かと色目を使い纏《まと》わりついてきた女性たちが、噂を真に受けて一気に身を引いてくれ、密偵の仕事が随分としやすくなった。

当人たちが、互いに否定も肯定もしなければ、周りは勝手に想像を膨《ふく》らませてくれる。そして、見事に公然の愛人関係と認定された次第である。

その頃のフレデリクはまともに結婚する気などなかったから、それで構わなかった。法律によって妻帯義務があるとはいえ、書類上だけの架空の結婚をするつもりだったので問題ないと思っていたのだ。

だが、ウルリーカに恋をした事で、その辺りの事情が一気に変わってしまった。

(……確かに、少し浮かれ気味だったかもな)

女王の言うとおり、流石《さすが》に急ぎすぎたかと、フレデリクは反省する。

　正直に言えば、七年前の夜会では、彼女にさほど特別な想いは抱かなかった。恋愛対象になる年齢ではなかったし……不幸な境遇で育つ子どもなど、この世には掃いて捨てるほどいる。

　冷たいようだが、フレデリクが彼女を引き取れる訳でもなく、魔力を与える事も出来ない。せいぜい、ほんの一時の息抜きを差し出してやりたいと思った程度だ。

　ただ、なかなか気骨のありそうな少女だから、頑張って自分なりの幸せを掴んでくれれば良いな、とは願っていた。

　……それが、人生はどう転ぶかわからないものだ。

　ウルリーカがハーヴィスト食料品店の娘の家庭教師になるなんて。

　フレデリクは正体を隠してその店に通っていたのだ。

　すっかり一人前の女性となった彼女は化粧気もなく、いかにも地味で堅物そうな身なりをしていた。けれど、フレデリクには彼女がとても魅力的に見えた。

　病弱な商家の娘へ、身体に負担がかからないよう丁寧に学問を教え、時には短い散歩に連れだす。エイダに優しくつき添う彼女の姿を見るうちに、いつの間にか気になって仕方なくなった。

　――そして、あの日……ウルリーカはフレデリクの心を救ってくれたのだ。

もっとも、彼女はフレデリクが自分を見ているなんて知らなかったし、彼を救った彼女の言葉はフレデリクに向けられたものではなかったが。それでも彼女はフレデリクに、凍りつかせていた心をもう一度動かす勇気をくれた。

……とはいえ、ハーヴィスト食料品店に通っている事を明かせない彼が真相をウルリーカに話す事は出来ない。

もしウルリーカか彼女の両親に求婚理由を聞かれたら、それこそ街で見かけて一目惚れしたなどと、誤魔化《ごまか》すしかなかった。

だが、ただでさえ自分には沢山の秘密があり、これからも彼女に山ほどの嘘をつかなくてはいけない。せめて、一つでもその嘘を減らしたい……そんな勝手な希望で、ウルリーカに聞かれないのを幸いに自分からは何も言わないでいるのだ。

もちろん不安はある。

そもそも親しいとはいえない相手からの唐突な求婚を、ウルリーカが受けてくれるか不安だった。だから、快諾されたと彼女の両親から聞いた時は有頂天《うちょうてん》になってしまった。

ひょっとしたら、七年前に会ったフレデリクの事を彼女は覚えてくれていたのかもしれないと思う。

ロクサリスで貴族の女性へ求婚する時には、相手が天涯孤独でもないかぎりは、先に親か後見人へ申しこむのが礼儀なので、フレデリクもまずチュレク男爵に了解を得た。そのあとで直接ウルリーカへ求婚するつもりだったのだ。

ところが男爵夫妻は、娘は大喜びで結婚を承諾していると言うものの、一向に本人と会わせてくれない。

式の準備は全て、あのけたたましい男爵夫人が取り仕切り、娘は花嫁修業に集中したいと言っているので、式まで会わないでやってくれの一点張り。結局、本人には求婚出来ず終《じま》いだ。

真面目な彼女らしいとも思ったが、どうも引っ掛かった。

――ひょっとして、娘に無断で結婚を承諾したあげく、嫌がっているのを式まで家に監禁しているんじゃないか……？　と、不穏な疑惑までわきあがった。

男爵家へ密かに偵察に行こうと思っていたところに男爵夫人からウルリーカの書いた結婚承諾の挨拶文《あいさつぶん》を受け取ったのだ。

女王の愛人という噂は紹介状がきちんと払拭《ふっしょく》してくれ、彼女が自分を受けいれてくれたのだと安心した。

『陛下から頂きました紹介状のおかげで、娘もこの求婚に納得しましたわ』

と、チュレク男爵夫人も言っていたではないか。噂を鵜《う》呑《の》みにしたままなら、そもそも彼女の両親からして結婚を承諾などしないはずだ。

本人からの結婚承諾文を受けとり、一度は安堵したものの、結婚式の間、彼女はずっと硬い表情とぎこちない態度。この結婚に本当は乗り気ではなかったのかと、不安が再燃し始めた。

さらに、初夜の寝室で追い詰められたように壁際に張りつき、青ざめて涙を流している彼女を見た時は、心臓が止まりそうになった。

それが、極度の緊張のせいだと告げられた時は、心底ホッとしたものだ。

（――はぁ、……それにしても昨日のルゥは可愛かったなぁ……）

昨夜、寝台で愛らしく縋《すが》りついてきたウルリーカの姿を思い出す。初めて知る快楽に翻弄《ほんろう》され、羞恥《しゅうち》に苛《さいな》まれながらも蕩《とろ》けていった媚態《びたい》は、くっきりと脳裏に焼きついていた。

だらしなくニヤけそうになる口元を、フレデリクは慌てて引き結んだが、頭の中は昨夜の光景でいっぱいになる。

寝台に連れて行くと、ウルリーカは恥じらいつつも拒絶はせず、それどころか破瓜《はか》の痛みに涙しながらも、健気にこちらを案じてくれさえした。

（ルゥ……すごく痛そうだったのにな……）

彼女が、愛しくて仕方ない。

初めて押し開かれた身体に、相当の無茶をさせてしまった自覚はあったから、一度だけで何とか堪《こら》えた。本当はあのままがむしゃらに抱き潰したかったほどだ。

今朝、まだ彼女が眠っているうちに、傷ついた粘膜に回復魔法をかけてきた。

破瓜《はか》といえども、出来ればウルリーカに痛い思いなどさせたくない。傷ついた膜をすぐにでも癒《いや》してあげたかったが、貫《つらぬ》いた状態で回復魔法をかければ、処女膜が修復されてしまう。結局は彼女が何度も痛い思いをするハメになる。

だから粘膜が再生しないほど時間が経過するまで待って回復魔法をかけた。

今朝の彼女は随分と気分も良さそうで、恥ずかしげに挨拶《あいさつ》する姿が、可愛らしい事このうえなかった。

用意したドレスや髪飾りは気に入ってもらえなかったようだが、たった一つ着けてくれたのが、フレデリクの特注したあのブローチというのが、また非常に嬉しい。

（……さっさと馬鹿を片づけて、早くルゥのところに帰ろう）

そう締めくくり、フレデリクは思考を切り替えた。

3　結婚したい理由

自分は夢を見ているのだと、フレデリクは薄々気づいていた。

薬品臭の漂う魔術師ギルドの実験室……賑《にぎ》やかな食料品店……王都の路地裏に集まる逞《たくま》しい野良猫たち……氷河のごとく冷ややかな瞳をした錬金術師の青年……着飾った人々で溢《あふ》れた王宮の夜会……青白い顔をした病弱な少女……その傍《かたわ》らにつき添うウルリーカ……

時間も場所も、ぐちゃぐちゃに入り乱れていた景色が不意に歪《ゆが》み、田舎の小さな屋敷へと移り変わった。

母が自分を呼んでいる声がする。

『――』

――ほら、これはやっぱり夢だ。母様はとっくに死んだじゃないか！　殺されたじゃないか！　その名前の子のせいで！　あんな男の血をひく子を産んだせいで！

『――』

——違う。もう、俺はその名前じゃないんだ。侯爵様が新しい名前をくれた。生きるために一度死んで、新しい人間になるために。

俺はずっと……侯爵様が、自分の父親だと思っていた。そうだったら、どんなに良かったか……

拳を握り締めて俯《うつむ》いていると、自分が子どもの姿に戻っているのに気づいた。この屋敷でひっそりと暮らしていた頃の……今はもう、いないはずの子ども。

同時に、全てを知ったあの時の激情がわきあがる。

憎くてたまらない。あの身勝手な男も、女どもも……

——毒壷《どくつぼ》の王宮に蠢《うごめ》く虫けらどもめ！　何の罪もなかった母様を、お前たちが傷つけ殺したんだ！　俺は、絶対に許さない！　全員、殺してやる！　刺し違えになろうと、罪人となろうと、構うもんか!!

思いきり叫んだ瞬間、全ての景色が消えて、目の前には幼い姿のアナスタシアがいた。いつもあどけない笑みを浮かべていた可愛らしい口元には、挑発的な冷笑が浮かんでいる。

『——あ～ら、そう。あんな馬鹿たちと一緒に死にたいなんて、あなたも馬鹿なの？』

はっと目を覚ますと、古びた木造の天井が視界に飛びこんできた。

フレデリクは横たわったまま、何度か瞬《まばた》きをする。夢の中で、あんまり目まぐるしく過去を思い出したせいで、今の状況を把握するのに数秒かかった。

（えっと……そうか……井戸の浄化中だった……）

いつの間に作業を交代して、仮眠を取る事にしたのか思い出せなかった。宿の布団は薄くて湿っぽかったが、疲れきった身体を横たえられるだけでも、ありがたい。

——ここは、視察先の辺境の村だ。

血走った両目をぎらつかせたこの地の領主は、視察団が城門を叩くと、問答無用で城の兵たちに総攻撃を命じた。しかし、彼の思いどおりにはならなかった。

女王が投降を呼びかけると、兵たちはすぐに降伏し、抗《あらが》おうとする一部の同僚を斬り捨てて、城門を開いたのだ。

明らかに精神に異常をきたしていた主人に、城の兵たちも辟易《へきえき》していたのだろう。

巨大な魔方陣の描かれた大広間では、無数の惨殺《ざんさつ》死体が腐臭を発し、地下牢には強引に罪を着せられた村人たちが多数、次の生贄《いけにえ》にされるべく詰めこまれていた。

こういった惨事《さんじ》を見慣れていた視察団の騎士や魔術師たちも、流石《さすが》に吐き気を覚えたほどだ。

領主と彼に積極的に加担していた数人の腹心のみが重罪犯として捕らえられた。ほかの人間は領地をひき継ぐ者に処分を委《ゆだ》ねられる。

領主の妻と子は、いっさい罪に問われなかった。とうに殺されていたからだ。

冷たく言えば、積極的に加担しなかったにしろ、城の兵たち皆が同罪だろう。

ただ、彼らが領主に従っていたのは、自分で主人を諫《いさ》める度胸も、反旗を翻《ひるがえ》すきっかけもなかったゆえだ。

自分たちは領主に逆らえなかったのだと、兵たちはひたすら慈悲を請《こ》う。そして、少し前に旅商人を名乗る男が城に逗留《とうりゅう》し始めた頃から、穏やかな人柄だった領主が豹変《ひょうへん》したのだと話した。

しかし、元凶だというその旅商人は、城の金品を盗んでとっくに姿を眩《くら》ましている。

さらに城の井戸には猛毒が投げこまれていた。おそらく彼が入れたのだと思われる。

領地の混乱を長引かせ、その間に自分は逃げおおせる気だろう。

汚染された井戸から村に通じる水脈全てを、魔法で浄化するには、大量の魔力を消費する。

毒水を飲んでしまった領民や、地下牢で衰弱しきっていた者たちの治療もしなければならない。

結局、魔術師たちと騎士の半数がこの場に残って対処にあたり、半数が女王を護衛しつつ、王都へ四人を連行する事になった。

女王の専属とはいえ、高い魔力を持つフレデリクの力は現場に必要である。ほかの宮廷魔術師たちとともに残り、ひたすら井戸に浄化魔法をかけ続けていたのだ。

「おーい。酷《ひど》い顔色だぞ。ゆっくり寝てろ」

まだ頭がはっきりしないまま起き上がろうとすると、同僚のエミリオがぬっと顔を覗きこんできた。

長身のうえ、子どもの頃から辺境の野山を駆け回って鍛えた頑強な身体つきの彼は、宮廷魔術師のローブを着ていなければまず、騎士だと思われるだろう。

気さくで人当たりのいい性格だが、妙に勘の鋭い部分があり、フレデリクの頭の中では『良い奴リスト』と『油断のならない奴リスト』の上位へ、同時に記されている。

ともかく、宮廷魔術師団の中で、一番親しくしている友人だった。

「あぁ……でも、もう睡眠は十分だ。作業はあと、どのくらい残っている?」

フレデリクは片手を振って、起きあがった。

部屋は狭く、二つの寝台が無理やり詰めこまれている。体格の良いエミリオが向かいの寝台に腰掛けると、膝がぶつかりそうだ。

「あ～……覚えてないのか？　お前がぶっ倒れるまで頑張って、全部終わらせただろうが。王都からの役人もさっき到着したし、俺たちは明日の朝、荷物をまとめて帰るだけだ」

エミリオが短く刈った金髪を掻《か》きながら、部屋の隅に置いてある荷物へ顎《あご》をしゃくった。その言葉にフレデリクは目をしばたたかせた。

言われてみれば、そんな気もする。

一口に学問といっても色んな分野があるように、魔法にも様々な分野や属性があり、魔法使いによってそれぞれ向き不向きもある。苦手な属性の魔法でも使えない訳ではないが、得意なものに比べかなり魔力を浪費してしまうのだ。

浄化や治癒の魔法は、重宝されるものであるが、その分野に長《た》けた者は非常に少ない。広範囲の魔法を自在に使えるフレデリクでさえ、もっとも苦手にしていた。

しかし、苦手だと弱音を吐いてはおられず、井戸の浄化や解毒に、夢中で駆け回っていたのは覚えているが……

窓に目を向ければ、ちょうど沈みゆく夕陽が見えた。

「……エミリオ。今は、作業開始から何日目だ？」

恐る恐る尋ねると、エミリオは軽く肩を竦《すく》めた。

「今さらだけど、お前は何かに集中すると、周りが見えなくなるよな。今日で三日目だよ」

……王都を発《た》ってから五日目の日が、そろそろ終わる。王都への帰路は、二日。何かあった場合を想定して、視察期間は一週間ほどと多めに見積もっていたが、見事にそのとおりになってしまった。

一気に疲れがぶり返し、フレデリクは寝台へバタンと倒れこんだ。

「……はぁ……早くルゥに会いたい……」

つい呟《つぶや》くと、寝台からぶら下がっていた膝下を、エミリオに軽く蹴っ飛ばされた。

「おい、そりゃ嫁さんの愛称か？」

「え？　ああ……そうだ」

唐突な質問に、フレデリクは再び上体を起こした。

「美人だよな。昔、夜会で何度か見かけたが、なかなか感じの良い人だし」

結婚式にも出席した友人は、その時の事を思い出すように視線をあげる。

「……言っておくが、ルゥって呼んでいいのは俺だけだぞ。どっかで会ったとしても、お前はちゃんとウルリーカさんと呼べよ」

釘を刺すと、エミリオはまるで、口いっぱいに苦いものを含んだような顔をした。

「そーか、そーか。そんだけ独占欲剥《む》きだしにするくらいなら、あの噂はもちろん、即座に全力で否定してやったんだろうな？　気の毒すぎる」

「……あの噂？　俺が陛下の愛人なんかじゃないって事なら、ちゃんと皆に伝えてるだろうが。ま、頑固に疑い続ける奴もいるだろうけど、そういう奴には何言っても無駄さ」

ムッとしてフレデリクは答えた。

今まで、黙秘を貫《つらぬ》いていたが、ウルリーカへの求婚を決めてからは、事あるごとに、女王の愛人であるという噂は誤解だと周囲へ触れ回ってきた。

しかし厄介なもので、フレデリクが否定すればするほど、かえって疑う相手もいる。だからこそ念のためにウルリーカへの求婚には、女王からの紹介状を添えたのだ。

「ルゥは女王陛下の紹介状を見て、ちゃんと納得してくれた」

ところがそれを話すと、エミリオの表情はさらに苦くなった。

「妙な自信を叩き潰して悪いがなぁ……その紹介状のせいで、噂が悪化してるんだぞ？　お前が女王の愛人を遠慮なく続けるために、あえて魔力のない彼女を形だけの妻に選んだってさ」

「――は？」

数秒間、フレデリクは硬直したまま動けなかった。

「え？　な、な……んだ、それ？　え……？」

自分の耳に届いた言葉を、何度か脳内で反芻《はんすう》しようとしたが、あまりにも衝撃的すぎたせいか、上手く噛み砕けない。

「俺は、疲れてるみたいだ……なんか、今……噂がとんでもない方向に悪化したとか聞こえた……」

フレデリクは片手を額にあて、蒼白のままフラッと寝台に崩れかかった。だが、片眉を吊り上げたエミリオが、情け容赦なく引き起こす。

「おいこら。現実逃避すんな。幻聴でも疲れでもなく、事実だから。それ」

「っ……そんなつくり話、どこの誰が……っ！」

「落ち着けって。お前が陛下と関係をもっていない事は、俺だけじゃなくて、宮廷魔術師団《うち》の連中も皆、最初から知ってるさ」

立ち上がって激昂《げきこう》しかけたフレデリクを眺め、エミリオが軽くため息をつく。

「何しろ優遇されるどころか、恨まれてんのかよってくらい、容赦なくこき使われてるし……近くで見てりゃわかるが、二人の間に甘い雰囲気なんかまるでない。むしろ、お互いだけは恋愛対象にならないって安心してるから、一緒にいるんじゃないか？　女王陛下も意外と神経質な部分があるし」

エミリオの冷静な分析に、フレデリクはようやく詰めていた息をつく事が出来た。そのまま寝台に腰を下ろし、何度か深呼吸する。

「……まぁな。女王陛下の伯父上が俺の後見人になってくださったから、即位前はよく一緒に過ごして、会うたびに振り回されるのも、その頃から変わらない。だから今さら、男女を意識出来る相手じゃないんだ」

慎重に言葉を選んで答えた。

事実、フレデリクの後見人であるアイゼンシュミット侯爵は、アナスタシアにとっては母方の伯父。父王と兄王子たちが亡くなる前は、誰にも見向きもされなかった姫を、侯爵は頻繁に自分の城へ招いていた。その縁でフレデリクは彼女の遊び相手をよく務めたのだ。

しかし、幼馴染《おさななじみ》のような相手に恋をするなんて、かえってよくあるケースだ。自分の発言にあまり説得力がないのは、フレデリクもわかっていた。

それでも、アナスタシアだけは、そういう目で見る事が出来ないのは事実だった。

「ふぅん……俺にはそういう幼馴染《おさななじみ》がいないからわからんが」

エミリオはやや納得しかねるといった顔だったが、首を横に振ってそれ以上の追及はしないでくれた。

「――で、肝心の噂に話を戻すが……式のあとの宴席で、チュレク男爵夫人から言われたんだよ。『娘にはお二人の邪魔をしないよう、よく言い聞かせておりますが、もし粗相があったら叱ってやってください』ってな。俺がお前のダチって、どこかで知ったらしい」

耳を疑うセリフに、フレデリクは硬直する。

エミリオも息を吐き、額を押さえていた。

「俺も驚いて、詳しく聞いてみたら、どうやら紹介状つきの求婚を、そう受け取ったようだ」

そして、すっかり岩と化しているフレデリクへ、慌てて手を振った。

「俺はちゃんと、その場で否定したぞ！　でも、あの男爵夫人は、人の話をまともに聞くタイプじゃないだろ？　勝手に自分の考えを喋《しゃべ》りまくってさ、しかも声がデカイから……多分、あの場にいた全員に聞こえてたな」

「――――」

フレデリクは声も出せず、両手で頭を抱えた。

嬉々として紹介状の事を語る、雌鶏《めんどり》のような男爵夫人の声が脳裏に響く。まさか相手はそういうつもりで『理解した』と言っていたのかと、斜め上の思考に戦《おのの》いた。

エミリオの視線が、気の毒なものを見るようになっているのを感じるが、それすら痛くてたまらない。

「さっきも言ったが、宮廷魔術師団《うち》の連中は、誤解なんかしちゃいない。けど、ほかの連中は別だ。お前が陛下の愛人だって、ついこの間まで信じてたんだからな。いきなり否定し始めたのは、こういうやましい裏があったせいかって、余計に信じこむさ」

「……っ」

さらに、鈍器で頭を殴られたような気分になり、フレデリクは呻《うめ》く。

今まで散々、噂を虫除けに利用してきた結果がこれでは、まさに自業自得だ。しかもフレデリクはともかく、ウルリーカはまったくのとばっちり。

男爵夫人の言い様では、彼女はそんな屈辱的な立場を甘んじて受け入れた事になるではないか。

「い、いや……でも、だったらルゥは、なんで文句も言わず俺と結婚したんだ？　恨み言の一つや、冷たい態度くらいとっても……」

途中まで言いかけて、フレデリクはハッと口を噤《つぐ》む。

態度には、ちゃんと出していたじゃないか。ずっと表情を強ばらせて……いく度も、彼女に嫌われているのではないかと不安になったくらいに……

——なのに、結局は深く追及せず、全部自分に都合良く解釈していた。

ウルリーカが貴族社会で、どれほど息を潜《ひそ》めて生きてきたか、七年前の夜会でよく知っている。きっと、親のいいつけに逆らえなかったのだろう。

フレデリクに抱かれた時でさえ、彼女は自分の意思を必死に押し殺し、ひたすら耐えていたのか……

黙りこくっていると、俯《うつむ》いた頭の上に、なだめるような声が降ってきた。

「やれやれ。冷静になりゃ、見事に心当たりがある訳か」

「……面と向かっては何も言わなかったけど、かなり無理してたみたいだ」

フレデリクは力なく頷き、壁際の荷物を眺めた。

今すぐにでも帰りたい。一秒でも早く、ウルリーカに想いを告げて謝りたい。

しかし今はまだ、宮廷魔術師の一員としての任務中だ。あとは帰るだけとはいえ、勝手に別行動をする訳にはいかない。

「屋敷に帰ったらすぐ、ルゥと話しあう。魔力なんか関係ない、ルゥを愛してるんだ」

はやる心を押さえつけて、やっとそう言うと、エミリオがほっとしたような笑みを浮かべた。

「そうしろよ。いつかの夜会でも、魔力がないってだけで、あんなに不愉快な日に遭わされてたんだ。魔法使いの男が大嫌いになってても、おかしくないからな」

「……男が嫌いに？」

エミリオの口走った不審な言葉に、フレデリクの肩がピク、と跳ねた。

あの初めて出会った夜から、彼女にとって夜会が楽しい場所でない事は知っていたが、それなら男に限らず、『魔法使い』全体が嫌いになるはずだ。

「夜会でルゥに、何があったんだ!?」

「あ……まぁ、未遂だった訳だし、余計な事かもしれんが……」

詰めよるフレデリクに、エミリオはしまったという顔をしたが、気まずそうに続けた。

二年ほど前、エミリオはとある夜会に招待されたものの、仕事で大幅に遅れてしまった。辿り着いた邸宅は何やら騒がしい。何があったのか知りあいに尋ねると、ウルリーカが子爵家のドラ息子に暴行されかけたと知らされた。そして、加害者が彼女に放った追い討ちの暴言も……

「――あれは相当に応《こた》えただろうし、そういうのも踏まえて慎重に……って、おい、デリク?」

「……フェダーク家の次男か……アイツ、ほかでも色々とやらかしてたな……」

煮えたぎる怒りに、フレデリクが喉をクックと震わせると、エミリオが顔を引き攣《つ》らせた。

「お、おい。俺も余計な事を言って悪かったが、今さら揉め事を起こすなよ?」

「心配するなって。やらないさ……公《おおやけ》には」

「それが駄目だってんだ!! とにかくお前は、まず自分のしでかした事を反省しろ!!」

鼻先にビシっと指を突きつけられ、フレデリクはしぶしぶと、途中まで練っていた子爵令息の暗殺計画を中断する。

非常に腹立たしいが、エミリオの言うとおり、まずは自分の不始末を償《つぐな》うのが先だ。他人の悪行に憤《いきどお》ったところで、フレデリクの行為が帳消しになる訳でもない。

（くぅ……早く、早く帰りたい!!）

フレデリクは拳を握り締め、窓から見える明けない夜空を、泣き出したい気分で見上げた。


（――大丈夫。私は出かけたついでに、茶葉を買っただけだもの。これくらいなら、でしゃばった事にはならないわよね……）

夕暮れの街を進む馬車に揺られながら、ウルリーカは膝に乗せた小さな紙袋へ、何度も視線を落とした。

紙包みの中身は、ハーヴィスト食料品店で購入した輸入品の紅茶だ。

フレデリクが視察に発《た》ってから、今日で六日目になる。

この間、ウルリーカは非常に心休まる時を過ごしていた。

まず嬉しかったのは、多大な迷惑をかけてしまったエイダとその両親に、直接お詫びをしに行けた事だ。

商家のご夫妻は、急な退職を謝罪するウルリーカを快《こころよ》く迎えてくれ、教師を辞めても娘に会いに来てくれたら嬉しいとまで言ってくれた。エイダもウルリーカの訪問を喜んでくれたし、後任の家庭教師も感じの良い人だった。

フレデリクの屋敷の使用人たちも親切で、とても気持ち良く接してくれる。人見知りなモニカとも、随分と仲良くなれた。彼女は両親と別棟に住み、近くの学校に通っているが、帰宅するとウルリーカへ会いにきてくれる。彼女も本が好きなので、一緒に童話や詩を読んだ。

屋敷の図書室は素晴らしく、魔術書だけでなく、ウルリーカの好きな地理や歴史に関する書物も沢山あった。あそこにいると、つい時間を忘れて没頭してしまうほどだ。

ただ、フレデリクの視察先でトラブルがあったと、王宮から通達が来た時には、心臓が止まるかと思った。

しかし、報《しら》せをよく読んでみると、フレデリクの身に何かあった訳ではなく、視察団の宮廷魔術師たちは、現地の被害修復に残るため、帰還が少々遅れるというだけだった。

女王の視察を受けた領地で凄惨《せいさん》な事件が起こっていたという話は、すでに王都中に広まっていた。

事件の詳細については、様々な憶測が飛び交って定かではないが、フレデリクを含めて残留した魔術師たちは、かなり過酷な作業に従事しているらしい。

フレデリクの苦労している姿が頭をよぎった時、屋敷のコックから聞いた話を思い出した。彼はハーヴィスト食料品店でのみ売っている紅茶の葉を混ぜこんでつくるクッキーが大好物だという。

疲れて帰ってきた時に、好物のお茶うけでもあれば、少しは癒《いや》されるかも……そんな考えが浮かんで、消えなくなった。

つくってくれるかとコックに尋ねると、彼は快《こころよ》く引き受けたが、肝心の茶葉は常備されておらず、店まで買いに行く必要がある。

本来なら食材の買い出しはコックかメイドの仕事なのだが、自分が急に頼んだのだし、エイダにも会いたかったので、お使い役を譲ってもらったのだ。

(これは別に、デリク様へ好意を押しつける訳ではありませんから……っ!)

もう一度紅茶の袋を見つめ、ウルリーカは必死で声に出さない言い訳をする。

クッキーをつくるのは、自分ではなく屋敷のコックなのだから。お使いは、自分がハーヴィスト家の人たちとおしゃべりをしたくて行っただけ。

そもそも、フレデリクが視察からまっすぐに屋敷へ戻ってくるかもわからない。

本当に……何か大層な事をした訳ではないのだ。小さな子どもでも出来るような、お使いをしただけで……

思い悩んでいるうちに屋敷へと着いた。ウルリーカは小袋を手提《てさ》げへ慎重に入れ、馬車を降りる。そして御者《ぎょしゃ》に礼を言っていた時――

「ルゥ!!」

石畳を駆ける馬蹄《ばてい》の音と、切羽詰《せっぱつ》まった叫び声が、夕暮れの空気を切り裂いて飛んできた。

「デリク様……?」

声のした方を向き、ウルリーカは目を見開く。

そこに映ったのは、フレデリクが必死の形相で馬を全力疾走させている光景。

あるはずのない姿に、ウルリーカがあっけにとられていると、彼は大きく口を開けて叫んだ。

周囲に響き渡るほどの大声で。

「ルゥ、行かないでくれ!!　俺は本当に、君だけを愛してるんだ!!」

――時間は、昨夜にさかのぼる。

(俺の……俺の、馬鹿!!)

余りにも衝撃的な事実に打ちのめされたフレデリクは、頭を抱えて寝台でゴロゴロとのたうっていた。

出発は明日の早朝だが、まだ陽は沈んだばかり。

早くウルリーカに会って弁明したいと焦る一方で、自分の感情を隠す事に慣れた彼女に、本心では顔も見たくないほど嫌われていたら……と、怖くなってくる。

浄化作業中は食事もまともに出来ず、疲れきって空腹のはずなのに、とても眠れそうにないし、何も食べたくない。

エミリオは飯を食ってくると言い、先ほど部屋を出て行った。薄い床板を突き抜けて、階下からは賑《にぎ》やかな声が聞こえてくる。

布団を引っかぶり、早く出発時間になれと唸《うな》っていると、廊下からドスドスと複数の足音が近づいてきた。

「フレデリク・クロイツ一等魔術師! 入るぞ!!」

どっしりした男の声とともに、部屋の扉が勢いよく開く。

「はいっ!?」

フレデリクが寝台から飛び起きると、開いた扉の前には、壮年の魔術師団長が仁王立ちしていた。

女王の専属とはいえ、フレデリクはあくまでも宮廷魔術師団の一員。女王に特令を受けていない通常時は、彼の指揮下に入る。

「何かご用ですか、団長」

尋ねると、団長は防水布で厳重に包まれた小さな包みを突き出した。眉間に深い皺《しわ》をよせているが、不機嫌というよりも、何やら噴き出したいのを堪《こら》えているような雰囲気だ。

「井戸に投げこまれていた毒物だ。今すぐ出立して、これを大至急で王宮に届けろ。届けたあとは、皆が戻るまで自宅待機を命じる」

「……え?」

目を見開いたフレデリクは、団長の後ろでエミリオがニヤニヤ笑っているのを見つけた。

「聞こえなかったようだな。今すぐ、一番速い馬を使って、王都に先行帰還しろと命令したんだ。エミリオから、お前が随分と暇そうにしていると聞いてな」

すでに団長は口元をはっきりと緩ませ、包みをフレデリクに押しつける。

「何を驚いている？　体力自慢の騎士連中まで、全員がくたびれきっているんだぞ。今から徹夜で王都まで行きたい奴など、お前のほかには誰もおらん」

「……っ！」

我にかえったフレデリクは、急いで包みを持つと姿勢を正し、敬礼をした。

「了解いたしました！」

頷いた団長の横から、エミリオがぬっと顔を突き出す。

「まったくだ。こっちもクタクタなんだぞ。一晩中、隣でうんうん唸《うな》られてたまるかよ」

そして彼は、細い銀製の杖を突き出し、呪文を唱えた。その先端から、柔らかな白っぽい光が放出されフレデリクに噴きかかり、疲れきった身体がじんわりと回復していく。

「……っはぁ～、やっぱ回復魔法は苦手だ……」

光を出し切ると、エミリオは苦しそうに息を吐いた。

魔導の杖を使えば、自分の魔力消費をある程度は補えるのだが、それでも回復魔法が大の苦手なエミリオにはきつかったらしい。

どうやらフレデリクを回復させた分よりも、かなり多くの魔力と体力を使ってしまったようだ。

「……エミリオ、感謝する。お前がいてくれて良かった」

フレデリクが言うと、エミリオは苦笑して手を振った。

「男から言われると、なかなか気色が悪いセリフだな。いいから早く行けよ」

「ああ」

頼もしい友人に、改めて胸中で感謝を述べ、フレデリクは急いで身支度をして部屋から飛び出した。

「あれでも普段は有能な男なのだから、奥さんに勘弁してもらえると良いがな」

恐妻家という噂のある団長が、不安そうに呟《つぶや》くと、エミリオは苦笑して肩を竦《すく》めた。

「大丈夫ですよ。うん……いざとなればアイツ、土下座も辞さないでしょうから」

――フレデリクが予定よりも早く帰還出来たのは、周囲の実に温かな協力があっての事だ。

一晩中の騎行を続け、途中にある都市の役場で、疲れた馬を替えてもらい、わずかな休憩を取ると、また王都まで駆けた。

ようやく王都に着いた時には、とっくに昼を過ぎていた。まずは王宮に直行して、毒物処理の専門家に包みを渡す。

何枚かの書類に記入する時間ももどかしく、城に預けてある自分の馬に飛び乗る。市街地を屋敷まで駆け急いだところ、目に飛びこんだのは信じ難い光景だった。

沈みかけた夕陽の中、飾り気のない外出用マントを羽織《はお》ったウルリーカが、屋根にいくつもの荷物を積んだ辻馬車に、今にも乗りこもうとしているのだ。

しかも彼女は、妙に思い詰めたような表情をしている。

荷物は、辻馬車屋が別の客から輸送を頼まれたもので、ウルリーカは『馬車に乗ろうとしている』のではなく『馬車から降りたところ』だなどと、フレデリクが知るはずもない。

——ル、ルゥが……っ！　怒りのあまり、家出を……っ!!

昨夜からずっと、どうやって彼女に弁明しようかと考えていたフレデリクの頭には、そうとしか思えなかった。

「ルゥ!!」

大声で呼ぶと、ウルリーカがビクリと肩を震わせ、こちらを見て目を見開いた。見つかったと脅えているのか、フレデリクを凝視したまま立ち尽くしている。

「ルゥ!!　行かないでくれ!!　俺は本当に、君だけを愛してるんだ!!」

続けて叫ぶと、ウルリーカの腕から手提《てさ》げ袋が滑り落ち、石畳に中身が散らばった。ようやく彼女のもとに辿り着き、馬から降りると、ウルリーカから、小さな震え声が発せられた。

「デリク様……？　どうして、ここに……まだお帰りになるはずでは……」

「は、はぁ……それは、色々と……っ、とにかく、ルゥが荷物をまとめて出て行きたくなるのは当たり前だけど、頼むから、出ていかないでくれ！」

「……え？」

「ルゥを日陰者にするつもりなんか……あの紹介状が、そんな風に思われてるなんて知らなかったんだ」

フレデリクは、胸元でぎゅっとあわされている、ウルリーカの華奢《きゃしゃ》な両手を握りしめた。

「だけど……ごめん。俺も浮かれていないで、ちゃんと自分の口で伝えるべきだった。俺は女王陛下の愛人なんかじゃない。ただ、ルゥを愛しているから求婚した」

「そんな……」

その途端、ウルリーカの信じられないものを見るような表情が、いっそう濃くなった。

驚き喜ぶどころか、その目に浮かんでいるのは、得体のしれない、理解し難い相手を見る時の色。

白い頬が、オレンジ色の光の中でもはっきりわかるくらい、見る見るうちに青ざめていく。血の気の引いた顔で、落ち着きなく視線をさまよわせた彼女は、消え入りそうな震え声を零《こぼ》した。

「私には、魔力もないのに……ありえません。からかわないで……お願いです……」

泣き出しそうな蒼白のウルリーカを前に、フレデリクは言葉を失う。

深い疑いの篭《こ》もった、焼け爛《ただ》れた傷みたいな引き攣《つ》れた声に、彼女が今までに受けてきた仕打ちが凝縮されているような気がした。

蔑《さげす》み、軽んじられ。その一つ一つは、放った相手が自覚していないほど、小さな悪意だったのかもしれない。だが、長年にわたり多量に染みこんだ毒素は蓄積し、猛毒となってウルリーカの心を蝕《むしば》んでいるのだろう。握った彼女の両手は、氷のように冷たくなっている。

今にも逃げ出されてしまいそうな気がして、フレデリクはその細い身体を夢中で抱き締めた。

「魔力なんか関係ない!!　俺は、ルゥだから結婚したいんだ!」

必死で叫ぶと、腕の中の身体がビクリと大きく震えた。

「……一年前からよく、街で君を見かけていて、そのたびに好きになっていったんだ。七年前に会った時より、君はずっと強くて素敵になっていて……これだけが理由じゃ、駄目かな?」

返答はなかった。

抱き締めた細い身体は、まだ震えている。俯《うつむ》いた顔は見えなかったが、微《かす》かな嗚咽《おえつ》が聞こえた。

「――あの～……クロイツ様。お取りこみ中、大変申し訳ないんですが……」

二人の間へ、非常に気まずそうな声がおずおずと割りこんだ。

「奥様は、ここまで馬車に乗って帰ってきただけですよ。屋根の荷物は、これからほかのお客さんに届ける分で……あ、こちら拾っときました」

よくこの屋敷で送迎を頼んでいる辻馬車の御者《ぎょしゃ》は、どうやらさっきから黙々と、ウルリーカの落とした荷物を拾い集めてくれていたようだ。フレデリクに彼女の袋を押しつけると、彼はそそくさと馬車を走らせ去っていった。

あとに残された二人は、遠ざかる馬車を呆然と見送る。

ふと、玄関へ視線をやれば、イゴールを先頭に使用人たちが、唖然としてフレデリクたちを見守っていた。

「……とりあえず、家に入ろうか」

ようやく、フレデリクがそれだけ言うと、ウルリーカも黙ってコクンと頷いた。

ウルリーカは呆然としたまま、フレデリクに抱きかかえられるようにして、屋敷の玄関に向かう。

頭の中は、ずっと混乱したままで、考えを整理出来ない。

涙が止まらないし、足元がふわふわとおぼつかなくて、息が上手く出来なくて苦しい。空気の中で溺れているような気がする。

よろめきながら一歩進んだところで、唐突にふわっと身体を浮遊感が包んだ。

フレデリクに抱えあげられたのだと、一瞬おいて気づく。彼の埃《ほこり》っぽい袖口やマントが、帰路を急ぎ続けていた事を物語っていた。

「顔色が真っ青だ……少し、二人で話そう。イゴールは馬を頼む」

ウルリーカを楽々と運びながら、フレデリクは駆けよってきた家令にそう言い、屋敷に入るとまっすぐ寝室に向かった。

浅い呼吸を繰り返すウルリーカを、そっと寝かせると、彼は寝台の側に椅子を運んで腰を掛けた。

「――本当に悪かった」

フレデリクは女王に紹介状を頼んだ経緯から、昨日の夜にようやく行き違いを知った事までを苦渋に満ちた声で、話してくれた。

「私こそ、デリク様に優しくされるのを不思議に思いながら、何もお尋ねしなかったのですから自業自得です。尋ねて……貴方の口から拒絶されるのが怖くて……」

ウルリーカは涙を拭《ふ》き、掠《かす》れ声で白状する。気まずい気分で目を伏せていると、額に柔らかい感触が落ちた。

「結婚承諾に浮かれすぎて大失敗するほど、ルゥを愛してる」

驚いて目を開けると、すぐ傍《そば》にフレデリクの顔があって、額に口づけられたのだとわかった。

「あ……」

ギクリと、身体が震える。

これだけ真摯《しんし》に語られて、もはや彼の誠意を疑う余地はない。

信じられない事に、本当にフレデリクから愛されていた。それなのに……嬉しくてたまらないはずなのに……喜ぶべきなのに……怖い。

この幸運は、自分には高価すぎる。受け取る権利のない宝物を差し出された気分だ。

彼を信じたいのに、まだどこかに罠が仕掛けられているのではないかと脚が竦《すく》み、恐ろしくて受け取れない。

フレデリクに視線を向けられず、困って目を泳がせていると、彼は慌てた様子で身体を離した。

「ごめん！　つい……ルゥがあんまり可愛くて……」

顔を赤くしてそんな事を言われ、ウルリーカの頬もかぁっと熱くなっていく。

しばらく二人とも、相手の出方を窺《うかが》うように息を詰めて押し黙っていたが、やがてフレデリクが先に口を開いた。

「それで……ルゥは、どうなのかな？」

質問の意味を図りかねて、ウルリーカは何度か瞬《まばた》きをした。上体をゆっくり起こすと、まだ少しふらついたが、何とかフレデリクを見上げる。

「どう、とおっしゃいますと？」

今度はフレデリクの方が気まずそうに視線を逸らした。

「えーと……つまり、結婚はご両親に言われて、仕方なくしたんだろうけど……今の段階で、俺の事をどう思っているのか……」

フレデリクは、はぁと深いため息をつくと、ウルリーカをチラリと見る。困りきった様子で頭を掻《か》いた。

「これだけの事をしたんだ。遠慮しないで正直に言ってくれ。ルゥが俺の事を大嫌いなら、しばらく触れない。……これから好きになってもらえるように、全力で頑張るだけだし」

ぼそっと言われた後半のセリフに、ウルリーカは目を丸くしてしまった。

「え？　……ええっ⁉」

思わず驚愕《きょうがく》の声をあげると、フレデリクが苦笑する。

「ごめん、俺はかなり諦めが悪いんだ。またルゥを抱き締められるなら、何だってする」

「あ、あの……」

上手く返答が出来ず、ウルリーカはハクハクと口を開け閉めした。

彼がいつ自分を見かけていたのか知らないが、貴族のくせに魔力なしと蔑《さげす》まれ、人目を避けて地味に装っていた娘の、どこが良かったのか理解出来ない。

この賑《にぎ》やかな王都には、それこそ数え切れないほどの美しい女性がいる。華やかな王宮とあらば、なおさらだ。

だが、自分を真摯《しんし》に見つめるフレデリクは、ウルリーカを見下す事なく対等に扱い、きちんと自分の過《あやま》ちを認めて、詫びている。失敗を悔いながらも、そこから挽回を目指すとまで言ってくれた。

――一体、自分はこの人の何を見ていたのだ。過去に囚われて、無責任な人の言動に惑わされて……フレデリク自身は、一度たりともウルリーカを傷つけなかったのに。

ありもしない罠を疑い、今度は自分がこの人を傷つけるなんて、それこそ大馬鹿者だ。

ウルリーカは固く目を瞑《つむ》り、やっとの事で声を絞り出した。

「昔……夜会で助けて頂いた時からずっと、デリク様をお慕いしておりました。求婚の理由を誤解していた間も、貴方を嫌いになれなくて困るほど……っ!?」

一世一代の告白は、途中で抱き締められて唇を塞がれたせいで、最後までは言えなかった。唇の合間からフレデリクの舌が侵入し、続く言葉を絡めとってしまう。

「ん、ふ……ぅ」

熱い舌が絡まり、息が止まりそうなほど吸い上げられる。そのまま体重をかけてのしかかられ、ポフンと寝台に背中が押しつけられた。

濡れた音をたてて唇が離れ、驚愕《きょうがく》のまま視線を上げると、息を荒くしたフレデリクが、熱に浮かされたようにウルリーカを見つめかえしてくる。

「は……ルゥは、俺を有頂天《うちょうてん》にさせるのが上手すぎる……」

そしてフレデリクは、自分の衣服を見て埃《ほこり》だらけなのに気づいたらしく、顔をしかめて早口に呪文を唱えた。

オレンジ色の炎で瞬時に汚れを焼き消した彼は、マントと上着だけを手早く脱ぐと、再びウルリーカに覆《おお》いかぶさって唇を重ねる。

今度は柔らかく表面を擦りあわせ、時おり啄《つい》ばむように軽く吸い上げた。薄い皮膚のこすれあう感触と、柔らかなぬくもりに、ウルリーカはくらくらと陶酔を覚えた。

徐々《じょじょ》に口づけは深くなり、自然と唇がほどけてフレデリクの舌を迎え入れる。ピチャピチャと、猫がミルクでも飲むように口内で彼の舌が蠢《うごめ》き、あますところなく味わわれる。

何度も角度を変え、ウルリーカに息継ぎをさせながら、フレデリクは執拗《しつよう》な口づけを続けた。

「う、ん……ふ、ぅ……」

熱を帯びてきた舌に口腔を嬲《なぶ》られるうちに、ウルリーカの舌や口内も同じくらい熱くなっていく。火照《ほて》りを帯びてきたのはそこだけではなく、触れられてもいないのにそこかしこで肌がざわつき、ゾクゾクと身体を駆け巡る快感が、背筋を震わせる。

「ん……デリクさ、ま……あっ……ふ……」

衣服のボタンを外され始め、ウルリーカはくぐもった焦りの声をあげた。

外出から戻ったばかりで、まだ湯浴みもしていないのだ。

しかし、抗《あらが》おうとしても手足はすっかり痺《しび》れて上手く動かない。

「はぁ……待っ……ぁ！」

唇がわずかに離れた瞬間に、待ってくれと必死で訴えようとしたが、耳朶《じだ》をパクンと噛まれて声が裏返る。

「ルゥ……頼むから、このまま続けさせて」

情欲の篭《こ》もった声に、また背骨が甘く震えた。

「あ、ん……ぁ、ですが……」

耳朶《じだ》を舐めしゃぶる淫《みだ》らな濡れ音と、軟骨をコリコリと緩く齧《かじ》られる感触が、ウルリーカの頭を痺《しび》れさせていく。瞳が潤み、身体の芯がじりじりと疼《うず》き始めた。

「駄目？」

そう尋ねつつ、フレデリクに止める気はまったくないらしい。咥《くわ》えた耳を嬲《なぶ》りながら、片手でウルリーカの衣服のボタンを器用に外していく。

「は……はぁ、その……湯浴みも、まだ……」

だが、フレデリクは喉を鳴らして笑うと、ウルリーカの首筋に顔を埋めた。

「気にする事ないのに。ルゥの身体、すごくいい匂いだ」

「やっ……！　そん、な……」

首筋を嗅ぐように鼻を鳴らされて、羞恥《しゅうち》に頬がいっそう熱くなる。

「デリク様……や……」

目端に涙を滲《にじ》ませて訴えると、フレデリクはようやく身体を離してくれた。

「わかった。それじゃ、こうすれば良いかな？」

上体を起こした彼は、また早口に浄化の呪文を唱えた。

「っ!?」

ウルリーカの身体が、瞬時にオレンジ色の炎に包まれる。

まったく熱くはないし、浄化魔法ならベリンダにかけてもらった事もあるが、いきなり全身を炎に覆《おお》われると、やはり驚く。

思わず片肘をついて上体をわずかにあげると、そのまま背中に手を回され、引き起こされた。

フレデリクの膝へ、向かいあわせに座る格好になってしまう。

「これで綺麗になったけど、まだ足りないなら、俺が風呂に入れようか？　うん、良いなそれ。すごくやってみたい」

愉快そうに発された言葉に、ウルリーカはぎょっと目を見開く。

同時に、浴槽の中でフレデリクと素裸で絡みあうとんでもない光景が頭に浮かんでしまい、ブンブンと激しく首を横に振った。

「い、いえっ！　もう……」

「もう、何？」

顎《あご》を片手で掴まれ、正面から見つめられた。ウルリーカの大好きな色をした両目が、灯火を反射してキラリと光る。まるで、待ち焦がれた獲物を捕らえたとばかりに。

「も……もう……いい、です……」

呆然としたまま、つい彼の望むであろう言葉を口走ってしまうと、フレデリクが嬉しそうな笑みを浮かべた。そんな彼の表情一つにも、ドキリと胸が高鳴る。

「じゃ、それはまた今度だな。……髪を解くから、じっとして」

何だか不穏な言葉を聞いた気がすると、ウルリーカは困惑して押し黙る。

本気だろうか、と考えている間に、ゆっくりと差し入れられた指が、髪留めのピンを抜き始めた。

「ん……」

ウルリーカは思わず、鼻に抜けるような甘い呻《うめ》きを零《こぼ》してしまう。肌をまさぐられている訳でもないのに、長い指が頭皮を探り、編みこんでいた髪をほぐされると、おかしくなりそうなほど心音が上がっていく。

息を詰めたまま、身じろぎも出来ないでいるうちに、最後のピンがサイドテーブルに置かれた。

頬の横に垂れた髪をそっと掻《か》きあげられ、ウルリーカの口から吐息が零《こぼ》れた。フレデリクが顔をよせ、掻《か》きあげた髪に口づける。

「ルゥの髪……すごく綺麗だから、いつかこうして解きたいと思ってた」

耳に吐息を吹きつけながら、耳奥に沁《し》みこむような甘い声で囁《ささや》かれ、ウルリーカはビクンと肩を竦《すく》める。

長い髪を指の合間に絡めて弄《もてあそ》びながら、フレデリクはもう一方の手で、ウルリーカのボタンの残りを器用に外していく。

次第に肌が露《あらわ》にされていき、ウルリーカは苦しいほど胸が高鳴る。頬が羞恥《しゅうち》に赤く染まり、瞳が潤んだ。

せめて、フレデリクの膝から下りたいと思うのだが、髪を撫《な》でていた方の手が腰に回り、しっかりとウルリーカの身体を固定して逃がしてくれない。

コルセットの紐を解かれ、ふるんと零《こぼ》れ落ちた乳房の頂《いただき》を、舌先で舐められる。途端に、ビリリと鮮烈な刺激が走り、ウルリーカは高い声をあげた。

「ああっ！」

「……やっぱり、ここ感じやすいんだ」

含み笑いをしたフレデリクが、膨《ふく》らみをよせるように掴むと、淡く色づいた先端をパクリと咥《くわ》えた。尖り始めていた乳首が熱い舌にねぶられ、彼の口の中でみるみる硬く膨《ふく》らんでいく。

「んんんっ」

羞恥《しゅうち》に唇を引き結び、ウルリーカは必死に首を振る。しかし、身体を這い上がる疼《うず》きをやりすごそうと背を仰《の》け反《ぞ》らせれば、自分から胸を突き出す姿勢となってしまう。

咥《くわ》えられた突起を、執拗《しつよう》に舐められた。淫《みだ》らな音をたてて吸われ、時おり軽く歯をたてられると、胸の奥まで快楽が突き抜ける。

チュプン、と音をたててフレデリクが口を離し、赤く充血して膨《ふく》らんだ先端が空気に晒《さら》された。ヒヤリとした感触にさえもウルリーカが身を震わせると、フレデリクが唾液に濡れたそれを指で挟み、もう片方を口に含んだ。

「あっ！　ふ、ぁ……ああっ」

片方を熱い舌でチロチロと嬲《なぶ》られながら、もう片側も指でコリコリと揉まれると、胸からの刺激が下腹の奥へと響く。腰に絡みついている衣服と、その奥を覆《おお》う下着の中で、フレデリクに開花された秘所がヒクリと疼《うず》いた。腹の中から、じんわりと蜜が溢《あふ》れて下着を滲《にじ》ませていく。

「ひ、あ、あぁ……」

フレデリクの両肩に掴まり、刺激の強すぎる両胸への愛撫にウルリーカが身を捩《よじ》ると、胸に吸いついていた唇が名残惜しそうに離れた。

今度はビクビクと痙攣《けいれん》している腰を撫《な》でながら、反らした喉へ軽く噛みつかれる。

急所に当たる硬い歯の感触に、ゾクリと肌が粟だった。

このまま喉を食い破られてしまえば良いのに……と、ウルリーカの脳裏で囁《ささや》く声がする。

幸せを掴むのが怖いのは、失うのを恐れているからだ。

最初から諦めていれば、なくても満足していられたのに、一度手に入れてしまったらきっと、失うのが耐えられなくなる。それならいっそ、幸せな瞬間で、何もかもを終わりにしてしまいたい。

ふと、目の端から零《こぼ》れた涙が、フレデリクの指に拭《ぬぐ》われた。

「つらそうだ……俺に抱かれるのは嫌？」

心配そうに尋ねられ、ウルリーカはゆるゆると頭を振った。

「違います……幸せすぎるのが、なぜか怖くて……」

思い切って白状すると、柔らかい唇が重なってきた。啄《つい》ばむような口づけを、何度も落とされる。

「俺も、怖くてたまらないほど幸せだ」

ウルリーカの額や頬にも口づけの雨を降らせながら、フレデリクが言う。

「求婚するべきか、本当は何度も迷った……もし、ルゥを手に入れられたら、いつ失《な》くすか脅え続けなくちゃならないから……」

まるで、自分の気持ちをそのまま口に出されたみたいな気がして、ウルリーカは目を見開いた。

「デリク様が……怖い？」

呆然と呟《つぶや》くと、フレデリクが苦笑いした。

「ついさっき、往来でみっともなく取り乱したのを忘れた？　まぁ、出来れば忘れてほしいけど」

「あ……」

「ルゥが出て行く気だと思いこんで、生きた心地がしなかった」

首筋を吸われて、ツキンと微《かす》かな痛みが走った。

「んっ……」

「だけど……怖くてもルゥの傍《そば》にいられるのと、何も持たなくて怖がる必要がないのと、どっちが良いか考えてみたら、ルゥの方がずっと重かったんだ」

そう言ったフレデリクが、今度は鎖骨の下に吸いつく。唇が離れると、薄赤い痕《あと》が刻みこまれていた。そのまま何箇所も強く吸われ、赤い痕《あと》が増え続ける。

「ん、あ……ぁ……」

　ぷっくり膨《ふく》らんでいた胸の先端をまた吸われ、自分でも驚くほど甘ったるい声があがる。

　胸に吸いつく彼の髪を掻《か》き抱き、ウルリーカは身悶《みもだ》えた。痕《あと》が増えるたびに、腰の奥が疼《うず》いて熱が溜まっていく。

　上気した肌がしっとりと汗ばみ始めた。心臓は壊れそうなほど速く拍動しているのに、胸に浮かんだ不安は次第に薄れていく。

——何も持たない平穏と、失う不安の伴う幸せ。どちらが良いか……

　ウルリーカの内部で見えない天秤が、ゆっくりと、フレデリクの方へと大きく傾いていった。

　それも当然かもしれない。自分は彼の手をとり、甘美な愛の味を知ってしまった。一度でも味わったら、もうなしではいられない蠱惑《こわく》の味だ。

　再び寝台に押し倒され、覆《おお》いかぶさったフレデリクに、肩やわき腹や臍《へそ》にまでも口づけられる。

　絡みついていた衣服を脚から抜かれ、フレデリクも素肌を晒《さら》した。

　熱を帯び始めた肌を触れあわせ、フレデリクはウルリーカの首筋や鎖骨、乳房へと、丹念に舌を這わせていく。

「はっ、ぁ、あ……はぁ……」

いくら声を殺そうとしても、どうしようもなく唇がほどけて、ウルリーカは甘ったるい吐息をたて続けに零《こぼ》してしまった。

わき腹や臍《へそ》の周辺へと、フレデリクの唇が移動していく。敏感な箇所を舐められ、あるいは吸いあげられて、ウルリーカは唾液に濡れ光る胸を揺らして悶《もだ》える。

やがて片脚に手をかけられ、大きく上に開かされた。秘所はもうとっくに蜜を潤ませ、火照《ほて》ったそこがヒヤリと外気に触れる。

「はっ、やぁ……っ」

とっさに脚を閉じようとしたが、素早く脚の間にフレデリクが身体を割りこませてそれを阻んだ。

「一度、もう見せてるじゃないか」

フレデリクが情欲の篭《こ》もった声で笑い、ほころびかけた花弁のぬめりを指で掬《すく》い取る。花芽を指が掠《かす》め、ウルリーカはビクンと身を竦《すく》めた。

「そ、そういう問題では……っ」

充血したそこをクニクニと嬲《なぶ》られると、強烈な快楽が湧き上がる。ウルリーカは噛み殺せない嬌声《きょうせい》をあげて、何度も身体を跳ねさせた。

花弁を掻《か》き分けて指を差しこまれると、そこはもう痛みを感じるどころか、快楽に疼《うず》いて蜜を溢《あふ》れさせている。

内壁が淫《みだ》らにひくついてフレデリクの指に絡みつく。たまらない愉悦に腰が揺らめいた。

フレデリクは差しこむ指を増やし、蜜壷をジュブジュブと掻《か》き回しながら、再びウルリーカの肌へと唇を落とす。

柔らかな内腿を吸い上げられ、徐々《じょじょ》に際どい箇所へと唇が近づいていく。

蜜壷から指が引き抜かれ、衝撃にウルリーカが大きく喘《あえ》いだ隙に、両脚をさらに大きく開かされた。熱い息が、ふぅっと秘所に吹きかけられる。

「っ……デリク様……っ？　あっ、や、あぁっ！」

まさか、と思っていると花芽を舐められた。ぬめる感触と頭の先まで駆け抜けた快楽に、ウルリーカの腰がガクガクと震える。あまりの羞恥《しゅうち》に、目の前で火花が散った。

「や、め……っ！　そんな、駄目……ですっ、あ、赦《ゆる》し……」

涙声で訴えても、抱えこんだ太腿を離してもらえない。

「今日はそれほど痛くないだろうけど、この間より丁寧に慣らすから……それに、気持ち良くなっているルゥをいっぱい見たい」

花弁の隙間に舌を差しこまれ、溢《あふ》れる蜜を啜《すす》られる。襞を一枚ずつ丁寧に舐められ、唇で食《は》まれて、体内に疼《うず》く熱が急速に膨《ふく》らんでいく。

この先に何があるか、どれほど気持ち良くなれるか、ウルリーカの身体はもう教えこまれていた。

もどかしい熱に苛《さいな》まれる秘所が、あの強烈な快楽を期待して蜜をとめどなく溢《あふ》れさせる。

蜜壷の内部は収縮を繰り返し、奥が熱くてたまらない。ウルリーカの足がビクビクと痙攣《けいれん》し、つま先がぎゅっと丸まった。

けれど、そんな場所へフレデリクに口づけられながら達するなど、とても許容出来るものではない。快楽に頭の芯が痺《しび》れかけながらも、わずかに残った理性が流されるのを拒否する。

「はぁっ……ん……あ、う……くぅ……」

淫《みだ》らに啼《な》きながら、頭を左右に振って快楽の波をやり過ごそうとするが、フレデリクは執拗《しつよう》な愛撫の手を緩めない。

蕩《とろ》けた蜜壷に指を差しこみ、粘着質な音をたてて抜き差ししながら、花芽を舌でねぶる。

敏感なそこを強く吸われた瞬間、堪《こら》えきれず、ウルリーカの背が限界までしなった。

「ひゃ、んんっ、あっ、ア……だめ、あれが……や、離し……あ、ぁあ――っ‼」

高い嬌声《きょうせい》をあげ、ウルリーカは激しく身体を痙攣《けいれん》させる。花弁の隙間から噴き出た熱い飛沫《ひまつ》が、フレデリクの指を伝って滴《したた》り落ちた。

シーツにぐったりと身体を落とし、絶頂の余韻に浸っていると、身体を起こしたフレデリクに腰を抱えあげられた。

クチュリ、と小さく音をたてて雄の先端が花弁にこすりつけられる。

「あ……」

背筋がゾクリと震え、ウルリーカがため息のような声を零《こぼ》してしまうと、そのまま熱い塊がズブズブと侵入を始めた。

「んんっ、く……」

あの裂けるような激痛こそなかったが、それでも身体を開かされるのはまだ二度目だ。蜜洞《みつどう》をいっぱいに押し広げられる圧迫感に、ウルリーカは息を詰める。

熱い塊は乱暴に押し入る事なく、ぬめる愛液の助けをかりながら、ゆっくりと埋めこまれていく。

何度も小刻みに息を吐き、ようやく全てを呑みこむと、とても愛しげに口づけられた。

「ルゥ……愛してる」

啄《つい》ばむような口づけの合間に囁《ささや》かれ、心臓をぎゅっと掴まれたような気分になる。

我慢出来ず、フレデリクの背に手を回して抱きついた。密着した素肌から、互いの鼓動が伝わる。

「わ、私も……デリク様……愛しております」

消え入りそうな声で告げると、フレデリクが短く息を呑む音が聞こえた。

「自重するつもりだったのに……また、浮かれそうだ」

苦笑交じりに呟《つぶや》かれる。フレデリクが腰を引き、先端近くまで引き抜いてから、また深く埋めこんでいった。ウルリーカの内部をなじませるように、緩慢な動きで単調な抜き差しを繰り返す。

「ふ……ッ……あ、ぁ……ぅ、あん……んっ」

次第に圧迫感が薄れ、代わりに快楽が増していく。ウルリーカの腰が自然と揺れ、擦りあげられる膣壁が、ねっとりと雄に絡みつき始めた。

うねるように蜜壷が雄を愛撫するせいか、打ちつけられる腰の動きが徐々《じょじょ》に激しくなっていく。動きにあわせて揺れるウルリーカの胸をフレデリクが掴み、赤く尖った先端をむしゃぶる。

「はっ、あ、あ……」

胸からの刺激は下腹へと直結し、快楽に喜んだ濡れた壁が、雄をさらに締め上げる。無意識のうちにウルリーカは彼の腰に両脚を絡め、快楽を搾り取るように抱きついていた。

自分でも知らなかった内部の感じる場所を探りあてられ、抉《えぐ》るようにそこを何度も突かれて、頭の中が白んで理性が霞《かす》む。

唇が重ねられ、舌を甘く吸われると、もう駄目だった。

身も心も蕩《とろ》けそうで、気持ちいいとしか考えられなくなる。重なる唇も、大きな手も、体内を侵す雄の熱さも、フレデリクの全てが愛しくて心地良い。

「っ……あ、アッ、あ、ああ!!」

子宮口の窄《すぼ》まりを先端でグリグリと突かれ、弾けた快楽に瞼《まぶた》の裏が赤く染まった。

フレデリクはウルリーカの腰を掴むと、叩きつけるように肉の凶器で穿《うが》ち始める。

余韻に脈打つ中を、猛《たけ》った雄に容赦なく掻《か》き回され、ウルリーカは強すぎる快楽に涙を零《こぼ》した。

「んあっ！　デリクさ、まっ！　あぁっ、デリ、クさまぁっ！」

両手両脚を絡めてフレデリクにしがみつき、何度も夢中で彼を呼ぶ。

やがてフレデリクが呻《うめ》き、奥深くに打ちこまれた欲望が弾けた。

注がれる精の熱さに、ウルリーカはビクビクと身を引き攣《つ》らせる。

「はぁ……はっ……?」

大きく胸を喘《あえ》がせながら、まだ離れ難くて身を擦りよせると、唇をそっと塞がれた。

口の中まで過敏になっているのか、舌を緩やかに絡ませられるだけでも強烈な快楽を感じてしまい、全身がまたカッカと火照《ほて》ってくる。

飛沫《ひまつ》を浴びせられた蜜襞が雄を締めつけるうちに、欲望を放ったそれが再び硬度を取り戻し始めた。

「んっ!? ん、っは、ぁあ……っ」

埋めこまれた怒張が動き出し、先ほど吐いた精をこねるようにグチャグチャと中を掻《か》き回す。

抜き差しのたびに、白濁と愛液が混ざり合って結合部から飛び散り、二人の腹や腿を汚した。

粘着質な水音が聴覚を刺激し、敏感になったウルリーカの身体をまた追い上げていく。

「あっ！　あッ！　あああ！」

快楽を堪《こら》える余裕も理性もすでになく、奥深くを強く突き上げられて、艶《つや》めいた悲鳴をあげる。

ドクドクと身体中を愉悦と血が駆け巡り、耳鳴りがした。

そして、何度目かの絶頂を感受した蜜壷が雄をきつく締めつけ、大きく身を震わせたフレデリクが精を放った。そのまま彼は、ウルリーカをしっかりと抱き締める。のし掛かられた身体は重かったが、心臓の奥底からこみあげた幸福感に、ウルリーカは瞼《まぶた》を閉じたまま、いく度も身体を震わせた。


――翌朝、フレデリクが目を覚ましたのは、ちょうど陽の出る頃だった。

普段ならまだ薄暗い早朝から起きて、イゴールに剣の相手をさせるのだが、流石《さすが》に疲弊した状態で一昼夜の騎行は応《こた》えたようだ。

もっとも、疲れた原因がそれだけでないのは家令も十分に察して、起こしに来なかったのだろう。

ぼんやりと目を開くと、隣にはまだぐっすりと眠っているウルリーカの姿がある。

寝衣から覗く首筋や胸元には、フレデリクのつけた情事の証《あかし》がしっかりと残っており、ついまた欲情をそそられそうになった。

「ん……」

今朝はこの季節にしてはやや冷える。少し寒いのか、眠ったままウルリーカがもぞもぞとフレデリクに身をよせてきた。

「ル……っ」

ゴクリと喉が鳴る。なめらかな肌の柔らかな感触や、フレデリクを包みこむ熱く潤んだ感触を思い出してしまい、下肢に血が集まりそうになった。

「――っ!!」

自分の顔を一発殴り、フレデリクは欲望を何とか駆除して起き上がる。

ウルリーカが自分を許してくれたのは、奇跡だと思う。昨夜は本気で、彼女が天使に見えた。

しばらくは、やたらに浮かれないよう慎重に過ごそうと誓い、フレデリクはウルリーカを起こさぬよう、静かに着替え始めた。

団長やエミリオたちの帰還は、本日の夜遅くか、翌朝になる予定だ。

それまで自宅待機という命令なので、本当なら今日は休日になるはずだが、王宮に届けた毒物の正体からして、そうもいかなくなりそうだった。

シャツのボタンを留めていると、フレデリクの考えを見越したかのように、伝令魔法の蝶が窓ガラスを突き抜けてヒラヒラと飛んでくる。

人使いの荒い、女王陛下の呼び出しだ。

フレデリクは軽くため息をつき、衣装棚から洗濯済みのローブを取り出して羽織《はお》る。

（仕方ないか。どのみち、アナスタシアには問い詰めたい事もあるしな……）

ウルリーカの寝顔を名残惜しく見つめ、口づけたいのを我慢して、フレデリクは寝室を出て行った。

4　喜劇の締めくくり

「――貴方も小難しい本ばかりじゃなく、たまには娯楽作品も読む事ね」

執務室の椅子に腰掛けた女王は、机の向かいに立つフレデリクへ、悪びれもせずニンマリ笑った。

上品な調度品で整えられたこの執務室は、謁見用の大広間とは違い、女王がごく少数の相手と、内々の会話をするために用いられている。

「精進いたします」

フレデリクは不貞腐《ふてくさ》れ気味に答える。

彼が思ったとおり、チュレク男爵夫人の曲解について、女王は予想済みだった。絶対とまではいかないが、そう取られる可能性が高いと思っていたそうだ。

何でも、有閑《ゆうかん》夫人たちの間で人気の歌劇や小説には、ロクサリスの結婚制度に苦しむ男女が偽装結婚をして自分たちの恋を貫《つらぬ》くといった筋書きがよくあるらしい。

フレデリクも女王の密偵を務める以上、市井《しせい》の事柄にはなるべく通じているように心がけてはいるが、流石《さすが》に女性向けのそういった分野にまでは詳しくなかった。

まして、母親が、嬉々として実の娘に流行の物語の道化役を押しつけるなど、信じ難い。

「しかし、自己の欲望のために偽装結婚をし、その相手を見下すなど、随分と胸の悪い設定だと思いますね。これが流行とは……陛下もこういった話がお好きですか？」

嫌味たっぷりに言ったが、扇を口元にあてた女王は、悠然と唇を吊り上げる。

「ええ。実に正直で好ましいわ。誰しも、自分のために生きるのが当然ではなくて？　もっとも、私ならそんな愚かな手段は使わないし、貴方を恋人に選ぶのもご免だけれど」

「そうでしょうね」

フレデリクは肩を竦《すく》めた。確かにアナスタシアなら、欲しい相手は確実に手に入れるだろうし、こんな手段より遥《はる》かに上手くやるだろう。

「ところで……例の旅商人は、魔術師ギルドを追放された者とみて、間違いないようです」

女王との間にある重厚な執務机に視線をやり、フレデリクは話題を移した。

机に置かれたガラス製のケースには、紐で束ねられた、一房の長い髪が入っている。

これが、辺境の井戸に投げこまれた猛毒物の正体だ。放っておけば、あの一帯の井戸は全て使えなくなっていただろう。

これは、かつて魔術師ギルドでつくられていた『毒姫』と呼ばれる者の髪だ。

生まれたての女児に、ある種の毒草を少量ずつ与える事で、全身の体液が猛毒と化した少女が育つ。少女の汗も涙も血も、たった一滴で触れた相手を死に到らしめる。髪や爪のかけらもだ。

毒姫として育てられる少女が十歳以上に成長した例は少ない。まともな感覚を持っていれば、毒姫の製造は吐き気のする非道な行《おこな》いである。

しかし、ロクサリスの魔術師ギルドでは、前王の時代まで毒姫にかぎらず様々な人体実験が行《おこな》われていた。

アナスタシアは女王に就任後、ただちにそれらを全て廃止し、主だった魔術師ギルドの幹部たちを一掃した。だがそれは、決して慈悲からなされたのではない。

隣国フロッケンベルクの王に、魔術師ギルドが近隣諸国から誘拐した子どもを実験体としていた事が露見し、弱みを握られた形になってしまったからだ。

アナスタシアは王と密かに契約を結び、多額の口止め料を払った。そうしなければ、魔術師ギルドの悪行をばらされ、この国は諸外国からの集中砲火を喰らい、今頃は滅びていただろう。

このギルド幹部の一掃は、ロクサリス王家が力を取り戻すきっかけを生む。

魔術師ギルドは本来、王家の庇護の下に魔法研究へ取り組む機関だ。だが、魔法を何より重んじるこの国で、支配関係は覆され、王家は魔術師ギルドの傀儡《かいらい》となって久しかった。

そこで幼いアナスタシアは一計を案じる。

彼女は隣国フロッケンベルクと組み、父王と異母兄《いぼけい》たちを殺した。そして、王殺害の罪を魔術師ギルドに着せ、王家の地位を奪還したのだ。

もちろんその後の処理も困難を極めた。

王殺害への関与を告発され、処刑を宣告された魔術師の大多数は、国内各地の貴族の庇護を受け、まんまと逃げてしまったからだ。当時の王家が、いかに力を弱めていたかという証拠でもある。

逃げた魔述師たちは、事の首謀者が当時五歳のアナスタシアであるなどとは思っていない。凡庸な貴族にも出来るはずはないので、女王の伯父であるアイゼンシュミット侯こそが黒幕だろうと、彼を憎んでいる。

魔術師ギルドはかつて、侯爵の妹……アナスタシアの母である側后を、宮廷闘争の末に毒殺していた。その心当たりがあるから、余計に間違いないと思ったのだろう。

侯爵はいく度も命を狙われ、ついには両足の自由を失った。アナスタシアも即位以来、命を狙われた回数は数え切れない。

フレデリクはずっと、各地に散った復讐を企《くわだ》てるギルドの残党を見つけ出しては殺してきたのだ。そのために魔法のみならず、血を吐くような鍛錬を重ねて剣の腕も磨き続けた。

即位から十七年が経ち、アナスタシアが十分な力をつけた今では、王家に歯向かう者もだいぶ減ってきたのだが……

昔の苦労を思い出すように、女王は小さく息を吐き、扇の先でケースを押しやった。

「いつ見ても嫌なものね。これは倉庫に戻して頂戴。いつものとおり、普通に犯人を捕まえられればよし。厄介ごとがあれば、貴方に任せるわ」

「かしこまりました」

フレデリクは丁寧に一礼し、ケースを取る。踵《きびす》を返して退室しようとした時、後ろからもったいぶった咳払いが聞こえた。

「デリク、何か私に頼み忘れているのではなくて？」

女王は軽く眉を顰《ひそ》め、拗《す》ねたように口を尖らせていた。

「さて、何でしょうか？」

フレデリクが意地悪く尋ね返すと、女王はますます顔をしかめる。

「わかったわよ。貴方が新婦の誤解にいつ気がつくか、面白がっていたのを謝れというなら、謝ってあげても良くてよ」

ツンと顎《あご》を突き出す女王に、フレデリクは苦笑した。この国の君主たる顔を引っこめたアナスタシアは、まるで友達とケンカした子どものような顔をしている。

「いいえ。あの件は、私の失態によるものです。それと……馬鹿げた噂を流した者も悪い」

それを聞くと、女王はとても満足そうに頷いた。

「それで、貴方は酷《ひど》い噂をたてられた妻の名誉を回復するために、どうするのかしら？」

あのけたたましい男爵夫人への、最も効果的な対処法は、フレデリクもちゃんと考えてある。

そしてアナスタシアも、その方法が一番と見抜いているから、フレデリクが助力を求めないのに慌てたのだろう。喜劇が一番盛り上がる締めくくりに、自分を除け者にする気かと。

わくわくと期待に満ちた目でフレデリクを見る女王は、昔から変わらない。彼の知るかぎり、彼女は最もしたたかで、残忍で、冷酷で、享楽的《きょうらくてき》で……

そんな彼女の期待へ応《こた》えるべく、フレデリクは口端を上げた。

「陛下。チュレク男爵夫人と、どこかの夜会で会えるように、取り計らって頂けますか？それから陛下のお名前を借りる事を、お許しください」

──フレデリクが女王とそんな会話をしていた頃、屋敷では……

「く、お、おおおぉっ！　私が余計な口を挟んだばかりに……っ!!　奥様、誠に申し訳ございません!!」

「い、いいのよ。気にしないで。私も自分の思いこみで、会話を成りたたせてしまったのだから」

身支度を整えて部屋を出た途端、イゴールから床に頭を打ちつけんばかりの号泣をされてしまい、ウルリーカは必死で彼を慰《なぐさ》めていた。

フレデリクと誤解があったように、家令と交わした会話も、すっかり行き違っていたのだ。言葉の危うさというものを、つくづく思い知った。

「さぁさぁ、イゴールさん。とにかく、奥様に朝食を召し上がって頂きましょう。食堂の確認をお願いいたします」

家政婦がほがらかな声で言い、イゴールは慌てて食堂に向かう。

ウルリーカはほっとして巨体の後ろ姿を見送り、助け舟を出してくれた家政婦に微笑みかけた。

「すっかり思い違いをしていたのね、恥ずかしいわ。皆からこんなに良くしてもらっていたのに」

「こちらこそ、とんだご無礼を。どうぞこれからも、旦那様を宜《よろ》しくお願いいたします、奥様」

丁寧にお辞儀をした家政婦は、顔をあげると、ウルリーカの髪に目を留めた。

「髪を下ろしていらっしゃいますのね。よくお似合いです」

いつもきっちりと編みこんでまとめていたウルリーカの髪は、今日は上半分を綺麗な水色のバレッタで留め、残りは緩やかなウェーブを描いて首筋や背に垂らされている。

「あ、これは……」

ウルリーカは思わず頬を染め、とっさに垂らした髪で首筋を押さえる。

今朝、目を覚ました時には、すでにフレデリクは出仕したあとで、ウルリーカは一人で寝台にいた。

また浄化魔法をかけてもらったのか、身体はすっかり綺麗になっていたが、胸元や首筋には情事の痕《あと》がいくつも刻まれ、あれが現実だった事を示していた。

鏡を見れば、赤い痣《あざ》は顎《あご》のつけ根に近い部分にまでついており、いつも着ている襟《えり》の詰まった衣服でも、ふとした拍子に見えてしまうのではと不安になる。

――念のために髪を下ろして隠そうとしてるんです。……とは流石《さすが》に言えず、ウルリーカは曖昧に微笑んで答えた。

「その……デリク様がせっかく、素敵な髪飾りを沢山ご用意してくださったから、使わせて頂こうかと思って」

結婚式には華やかな装いをしたが、あの時は沈んだ気持ちのまま、用意されたものを人形のように装着させられただけだった。

必要に迫られての事とはいえ、こんな風に自分で髪飾りを選んだりしたのは実に久しぶりだ。

正直に言えば、とても気分が弾んだ。

フレデリクに受け入れられた事で、自分も人並みにこういう飾りを楽しんでも良いのだと許された気がして、嬉しかった。

襟元《えりもと》には、銀猫のブローチもちゃんとついている。これがヴィントに似ていると気づいてからは、余計に愛着が増して毎日身につけていた。ちょっとしたお守りのようだと思う。

「デリク様も、大喜びなさると思いますよ。奥様に贈る衣装や小物を選ぶのが、それはもう楽しそうでしたから」

そう嬉しそうに言った家政婦は、この家で一番年長で、イゴールと同じく侯爵家に長年仕えていたそうだ。フレデリクが幼少の時から彼の世話をしていたらしい。

メイドとコックの夫妻も、一部始終の事情を聞き、「改めて、これからもお仕えさせて頂きます」と、にこやかに挨拶《あいさつ》をしてくれた。

幸せすぎて、信じられない。

すぐにでも実家へ真相の報告に行くべきなのだろうが、母がウルリーカの言葉を素直に信用するとは期待出来そうにない。

そこで朝食後、まずはベリンダと父に宛てて手紙を書く事にした。

父への手紙には、フレデリクの意向に誤解があったようだと、あっさり記して封を出来たものの、ベリンダ宛ての手紙はそうもいかない。

何しろ妹は家族の中でただ一人、フレデリクの真意を当てていたのだ。

事の次第をつぶさに報告しようとしたのだが、うっかりすると幸せにノロケまくった恥ずかしい文章となってしまう。

何度も書き直して、昼近くにようやく書き上げた手紙を手に、ウルリーカは庭へ出た。

封をしてしまう前に、もう一度内容を確かめようと思ったのだ。

薔薇《ばら》の茂みの横に置かれたベンチに腰掛け、ウルリーカは封筒から便箋《びんせん》の束を取り出す。

朝はやや冷えこんだものの、今日は晴天で、気温もすっかり高くなっていた。雲一つない青空からは、気持ち良い日射しが手入れされた庭にさんさんと降り注ぐ。

かなりの枚数になってしまった手紙を、慎重に読み返していると、不意に背後から人影がウルリーカを覆《おお》った。

「ただいま、ルゥ」

囁《ささや》き声とともに後ろから抱き締められ、ウルリーカは危うく叫び声をあげるところだった。

「デ、デリク様⁉」

首を捩《よじ》って振り向けば、満面の笑みをたたえたフレデリクの顔がすぐそこにある。

ベンチの背もたれ越しに屈《かが》みこんだフレデリクに、そのまま唇を奪われた。

「んっ、んんっ！」

重ねた唇の奥で、ウルリーカは懸命にくぐもった抗議の声をあげた。

ここは夜の寝室ではなく、明るい日射しの照らす屋外。しかも、往来から庭は見えないとはいえ、屋敷の者たちがいつ庭へ来るかもしれないのに……

幸いにも、フレデリクは口づけからすぐ解放してくれた。しかし代わりと言うように、ウルリーカの垂らした髪を指に掬《すく》いとり、今度はそちらへ軽く口づける。

「いつもの髪型も良いけど、これもすごく可愛い」

そんな事を言われ、かぁっと顔へ血が上っていく。

「っ、デリク様……今日は、お早いのですね……」

「うん。いくつか用事を済ませてきただけだから」

フレデリクは陽気な声で言い、ふとウルリーカの手にした便箋《びんせん》に目を向けた。

「あ、これは……っ！」

フレデリクとの顛末《てんまつ》を綴《つづ》った便箋《びんせん》を、ウルリーカは慌てて折りたたみ、封筒にしまう。

「実家の……妹のベリンダは、私の結婚を随分と気にかけてくれたのです。ですから、もう心配いらないと報告したくて……宜《よろ》しかったでしょうか？」

一連の事柄を実家に知らせるのに、まずフレデリクにも許可をとるべきだったかと、今さらながらウルリーカは心配になってきた。

「ああ。心配をかけただろうしね。だけど……」

フレデリクがなぜか、ちょっと含み笑いをした。

「急な話なんだけど、今夜開かれる公爵邸の夜会へ、俺と一緒に出席して欲しいんだ。君の母上と妹さんも招待されているそうだから、手紙はその時に渡した方が、手っ取り早いんじゃないかな」

あまりの驚きに、ウルリーカは尋ね返す事すら出来なかった。

ロクサリスの貴族社会では、春の終わりから夏にかけてが、社交シーズンだ。この時期には、裕福な貴族が王都に所有している別邸で、毎晩のように夜会が開かれる。チュレク男爵家も、王都にシーズン用の別宅を所有しており、今頃は母とベリンダもそちらに移っているはずだ。

ウルリーカが声も出せないまま目を見開いていると、苦笑したフレデリクから、額にそっと触れるだけの口づけを落とされた。

「夜会用のドレスなら、婚礼ドレスと一緒に仕立てさせてある。それに、周りに何か言われても、俺がきちんとルゥを守るから、心配しないで」

「……私は、別に何を言われようと平気です。慣れておりますし……それより、私と一緒にいては、デリク様こそご迷惑では……」

自分のせいで、フレデリクまで好奇の視線に晒《さら》されるのは忍びない。しどろもどろにそう言うと、子どもをなだめるように頭を撫《な》でられた。

「俺が、ルゥを好きになって求婚したんだよ？　幸せな新婚姿をみせびらかしたいんだ」

きっぱりとした宣言に、ウルリーカの顔はまた真っ赤になる。熱くなった頬に手を当てていると、フレデリクが苦笑して言った。

「みせびらかしたいのも本当だけど……実はこれ、女王陛下からのお心遣いも入っていてね」

「女王陛下の……？」

「あの酷《ひど》い噂を聞いて、陛下も心を痛めているんだ。馬鹿げた噂を信じている連中に、俺たちが仲良く夫婦で出席する姿を見せて、目を覚まさせてきなさいってさ」

「そのようなお心遣いを、陛下が……ありがとうございます」

ドギマギしながらウルリーカは頷いた。

夜会と聞くと反射的に気が重くなるのは確かだ。フレデリクとどんなに仲の良い姿を見せようと、それだけで噂が払拭《ふっしょく》出来るのかも、はたして疑問だが、二人の心遣いが嬉しい。

「それじゃ、急いで準備をしようか」

フレデリクに手を差し出され、ウルリーカはまた鼓動を跳ね上げながら、その手をとって立ち上がる。

屋敷に戻ると、もうメイドたちは夜会の件を聞かされていたらしく、準備に駆け回っていた。なにしろ、複雑なつくりの夜会用ドレスや相応《ふさわ》しい髪結いなどは、普段着とは違ってウルリーカ一人で出来るものではない。彼女たちの本領発揮だ。

「奥様、ドレスを選んでくださいませ。どちらもきっとお似合いですわ！」

ワクワク顔のメイドが、ウルリーカを慌《あわただ》しく衣装部屋に連れて行く。

棚の前には、ラベンダー色と若草色をした二着のドレスがすでに引き出され、それぞれに合った色の舞踏靴やアクセサリーも揃えられていた。

「え、ええと……」

二着のドレスを前にしたウルリーカは、思わず胸元を押さえて後ずさる。

ドレスは色と細部のデザインこそ違うが、どちらもデコルテ部分を美しくみせるため胸元がギリギリまで大きく露出していた。ドレスは正装になるほど、胸元が開くデザインとなるのだから、公爵家の夜会ともなれば、これが正しいのはわかる……が、しかし。

(ま、待って……これ、困るじゃないの!!)

ウルリーカは内心で悲鳴をあげる。どうして自分が今日は髪を下ろしていたか、先ほどまですっかり失念していた。

このドレスでは、胸元に残るあからさまな情交の痕《あと》をとても隠せない。

「うーん。どっちも綺麗だけど……」

ところが、その痕《あと》をつけた張本人ときたら、ひょいとウルリーカの背後から首を伸ばして、のん気にドレスの色を悩んでいるのだ。

「デリク様！　少々、こちらへ‼」

ウルリーカは、自分でも驚くような大声を発して、フレデリクを廊下へと引きずり出した。

「え⁉　いきなりどうしたの？」

困惑顔のフレデリクに、ウルリーカはつま先立ちで伸び上がって、ひそひそと耳打ちをした。

「ドレスは……困るのです。も、申し上げにくいのですが、あの……昨夜の、痕《あと》、が……」

消えてしまいたいほどの羞恥《しゅうち》に耐えて訴えると、フレデリクはようやく理解したらしい。

「あ、そうか。ごめん」

照れ笑いをして頭を掻《か》き、ウルリーカの首元へ両手を添えると、呪文を唱える。

白っぽい暖かな光がその両手から溢《あふ》れて、ウルリーカの中へと吸いこまれていった。

「単純な鬱血《うっけつ》だから、これで消えたはずだよ」

「え……」

フレデリクに背中を向け、そっと襟元《えりもと》をひっぱって中を覗くと、確かに今朝はくっきり刻まれていた箇所から、情事の痕跡が消えている。

「はぁ……良かった……ありがとうございます」

安堵に座りこんでしまいそうな気分で礼を言うと、フレデリクはニヤリと口元を緩ませ、ウルリーカの耳元に唇をよせた。

「反省した。今度は、もっと見えづらい部分にだけつけるようにする」

――残念ながらウルリーカは、そこに反省の色をまったく見つけられなかった。


社交シーズンは毎年、王都にある公爵邸の夜会に始まり、最後は王宮の盛大な舞踏会で締めくくられるのが通例だ。

煌《きら》びやかな舞踏ホールの中央では、楽団が優美に舞踏曲を奏で、華やかに装った招待客たちがダンスを楽しんでいた。

久しぶりの夜会へ、ウルリーカは銀の刺繍《ししゅう》とレースをあしらった若草色のドレスを身に纏《まと》い、恐々と足を踏み入れた。

舞踏靴を履いた足が震えるが、逃げ出さずにいられるのは、フレデリクが優しく腕を取ってくれるからだ。

「ルゥ、大丈夫?」

「はい」

気遣わしげなフレデリクへ、ウルリーカは無理やり笑みをつくって答えた。

かつて二人が出会った王宮の夜会では、彼は招待客を接待する宮廷魔術師の立場だったので、魔術師のローブに飾りをつけての正装だった。

しかし今日は純粋な招待客なので、フレデリクが身につけているのは、スッキリと細身につくられた闇色の夜会服だ。赤い髪も丁寧にセットされている。

ちょうど頭一つ背の高い夫の盛装姿を、ウルリーカはつい惚れ惚れと見つめてしまう。

しかし、舞踏ホールに入ると、招待客たちの視線が一斉に、自分へ集中するのを感じた。

『出来損ない男爵令嬢と女王の愛人の結婚』についての噂は、すでに蔓延《まんえん》しきっているらしい。

声を潜《ひそ》めて囁《ささや》きあう客たちには、お飾り妻のはずのウルリーカが、なぜ女王の愛人に連れられて夜会へ堂々と顔を出すのか、不思議で仕方ないのだろう。

まずは大理石の階段を上り、二階席で主催の公爵に挨拶《あいさつ》を済ませて、また階下に戻る。

好奇心いっぱいの視線の中を歩くうち、不意にフレデリクがウルリーカの肩を抱きよせた。ホールの一角に視線をやり、励ますようにウルリーカへ微笑みかける。

「いたよ」

短い言葉だったが、それで十分だった。

「――ウルリーカ！」

数人の貴婦人と談笑していたチュレク男爵夫人が、娘の姿に目を見開く。傍《かたわ》らにいたベリンダも、驚愕《きょうがく》の表情を浮かべた。

「今晩は、男爵夫人。式以来、ご無沙汰しております」

フレデリクがウルリーカの肩を抱きながら、にこやかに話し掛けると、男爵夫人は一瞬うろたえたような表情を出しかけたが、すぐに優雅な笑みを浮かべた。

「まぁ、クロイツ様もいらっしゃるとは……娘はご迷惑をかけておりませんでしょうか？」

数多《あまた》の夜会を渡り歩いた、百戦錬磨《ひゃくせんれんま》の貴婦人らしく、動揺の色は瞬時に引っこめている。

しかし、ほかからは見えないよう、扇で絶妙に隠しながら、母がウルリーカに向けた視線は、非常に剣呑《けんのん》なものだった。

――どういうつもりで、こんな場所にでしゃばったの！

声に出さなくとも、視線は十分に物語っている。

「迷惑など、とんでもない。彼女のように申し分ない妻を得られて夢のようです」

ウルリーカへの熱愛を惜しげもなく滲《にじ》ませるフレデリクの言葉へ、周囲の貴婦人たちは微笑みながらも困惑を隠せないようだ。

先ほどまで喋《しゃべ》りまくっていた噂と、目の前の光景の食い違いに戸惑っているのだろう。

「そ、それは安心しましたわ。娘の幸せこそが、母親として一番の願いですもの」

母の白々しいセリフに、ウルリーカはさほど腹をたてなかった。もう、こういう人だと諦めきっている。

フレデリクがニコリと、そつのない笑みを浮かべた。

「ご心配をおかけしました。実は先日、男爵夫人のお耳に不穏な噂が入っているようだと友人から聞かされたものですから、こうして弁明に参った訳です」

「え？　え、ええ……ホホホ」

母の笑い声がわずかだが上擦《うわず》った。フレデリクの方は、にこやかな表情と声を微塵《みじん》も崩さない。

「女王陛下と私は、幼少からの知己《ちき》という事で、以前から妙な噂をたてられておりましてね。男爵夫人がご承知のように、陛下は私の求婚の際、噂が悪影響を及ぼさないようにと、わざわざ紹介状まで書いてくださったのですが……」

そこで言葉を切り、フレデリクは少し憂《うれ》い気なため息をついた。

「一体どこの誰が、あのような悪質な噂を流したのでしょうか？　女王陛下が私に愛人を続けさせるため、ご令嬢を表面上だけ娶《めと》れと命じたなど……罪もない妻とともに、女王陛下も酷《ひど》い悪女と侮辱されたのです。言い出した者は、不敬罪に問われても文句は言えませんね」

その言葉に、ザワリと、周囲の貴婦人たちが目に見えて動揺した。

己のとんでもない失態に気づいたらしい母は、蒼白となり扇を握る手を震わせている。

ベリンダは母とフレデリクを交互に見やり、ウルリーカも息を詰めて冷や汗を浮かべた。

自分の事ばかり気にかけていたが、あの噂がデタラメならば、女王も侮辱された事になるのだ。

ベリンダも母の曲解を聞いた時、『これが本当なら酷《ひど》いやり口だ。女王陛下とフレデリク様には幻滅した』と、言っていたではないか。

母やとりまきの貴族たちにとっては、ウルリーカを踏み台にした二人の空想恋物語は、随分とロマンチックに感じるらしい。それは、フレデリクと女王を主役に見据えていたからだろう。

それに……いつものごとく、出来損ない令嬢にも感情が存在するなどとは考えてもいなかったからこそ、母たちは女王とフレデリクの恋を空想し、まるで芝居のようだと気楽にもてはやしたのだ。

ところが、フレデリクはウルリーカを心ある者として扱い、母の曲解は、女王を人の気持ちを考えない身勝手な悪女とみなしているのだと、きっぱりと言った。彼女たちは一気に目が覚めたのだろう。

周囲の貴婦人たちが、母から離れて後ずさりを始めた。一緒に不敬罪に問われてはたまらないといった様子だ。

「そ、そうですわね……まさか、女王陛下がそのような事を命じるなど……あのような噂、私はまったく信じておりませんでしたから、何も心配なく、娘を嫁がせる事が出来たのですわ」

ホホホ、と母は勝ち誇ったように笑った。

ウルリーカを嫁がせた事こそが、自分の無罪を主張しているといわんばかりだ。

「ええ。男爵夫人が私と女王陛下の誠意を信じてくださって、幸いでした」

フレデリクのにこやかな笑みが、ウルリーカの目にはなぜか、とても冷ややかなものに映った。

「何しろ、チュレク男爵夫人は社交界に顔が広くていらっしゃいますからね。このシーズンにも、夜会の招待が引く手数多《あまた》でしょう？」

「え？　それほどでも……」

「嘆かわしい事に、夜会ではこういった醜《みにく》い噂ほど喜ばれるもの。ですが、良き母である男爵夫人でしたら、娘のために懇切丁寧に周囲へ真実を話してくださいますよね？　すぐに陛下の憂《うれ》いも晴れるに違いありません」

「わ、私がっ!?」

「もっとも、一番助かるのは噂を流した者ですがね。女王陛下はこの噂を、一人の女性として赦《ゆる》し難いものと立腹なさいましたが、今年のシーズン中に残らず噂が消えたならば、犯人探しはせず、不問にしようというおつもりですから」

母は扇を口元に当てたまま硬直し、ウルリーカも傍《かたわ》らのフレデリクを凝視した。

（えええっ!?　デリク様!?）

フレデリクはウルリーカから、チュレク男爵夫人こそが勝手に自分の求婚を曲解して噂をふりまいた張本人だと聞いている。

彼は、暗にこう命令しているのだ。

不敬罪で処罰されたくなければ、このシーズン中にあちこちの夜会を駆け回り、自分のまいた噂を残らず消して来いと。

フレデリクの視線が、またわずかに温度を下げた。

「私個人としましては、噂が消えようと消えまいと、愛妻にこのような屈辱を与えた輩《やから》を探り当てて、この手で処罰してやりたいのですが……家臣の身として、女王陛下の意向に沿うしかございません」

「ほ、ほほ……もちろん私も、微力ながら女王陛下のお役にたてるよう、尽くさせて頂きますわ」

扇の内から漏れる母の声は、ウルリーカが初めて聞くほど弱々しいものだった。

「そ、それに、娘のためにも……わ、私はウルリーカの母親ですのよ。愛する娘が、日陰の身に甘んじているなどと世間に思われるのは、まったく心外ですわ！　一体、誰があんな噂など……ねぇ、ウルリーカ？　私はいつだって、貴女の幸せだけを願っていますものね？　そうでしょう？」

これほど縋《すが》るような視線を母から向けられたのは、生まれて初めてだ。

ウルリーカは深く息を吸い、母と取り巻きたちへにこやかな笑みを向ける。

「お母様が魔力のない私を、どれほど可愛がってくださいましたか、こちらにいる皆様も、昔からよくご存知ですもの。今回の事も、お母様が周りの方に、どう説明していたか、ご存知でしょう。きっと、お母様に協力してくださるでしょうね」

すると、息を呑んで成り行きを見守っていた貴婦人たちは、途端に引き攣《つ》った笑い声をあげた。

「ホ、ホホホッ！　そ、そうですわ。あのような噂、まったく信じ難いと話しておりましたところですの」

「ええ、男爵夫人は昔から、母親の鑑《かがみ》のような方でしたものね！」

「ご夫婦で、仲睦《むつ》まじく夜会に出席なさっているのですから、疑う余地もございませんわ！」

貴婦人たちは口々に申したてると、そろそろほかの方にもご挨拶《あいさつ》しなくては……などと言いながら、一斉に散っていった。特に母は、誰よりも必死で。

「やるじゃない」

取り残されたベリンダが、感心した様子でフレデリクとウルリーカに声をかけた。

「ベリンダ、本当に貴女の言うとおりだったの。貴女の忠告を聞いて、デリク様と最初からよく話しあうべきだったのよ。……ごめんなさい」

「良いのよ。おかげで、痛快なものが見られたし。夜会に来て良かったって、初めて思ったわ」

満面の笑みを浮かべる双子の妹に、ウルリーカは今すぐにでも抱きつきたい気分だった。

「ベリンダ嬢にも、大変なご迷惑をおかけいたしました。誠に申し訳ございません」

フレデリクが丁重に謝罪を述べると、ベリンダはその美しい顔をツンとしかめた。

「馬鹿げた噂を払拭《ふっしょく》したいのなら、義妹にそんな余所余所《よそよそ》しい態度をとらないでほしいわ。フレデリクお義兄様」

「ベリンダったら！」

ウルリーカがたしなめようとしたが、フレデリクは愉快そうに噴き出した。

「君の言うとおりだ、ベリンダ。デリクと呼んでくれ。親しい間柄では、そう呼ばれてる」

「そうさせてもらうわ。あの様子じゃ、シーズン中はお母様のお守りで忙しくなりそうだけれど、そのうちウルリーカに会いに行っても良いかしら？」

ベリンダが二人を交互に眺めて尋ねた。

「いつでも歓迎する」

フレデリクが、今度は本当ににこやかな顔で答える。

ちょうどその時、楽師たちの奏でる音楽が、踊りやすい緩やかなテンポのものに変わった。

「ほら、ついでに二人で、仲良く踊る姿もみせつけてきたらどう？」

ベリンダがぐいぐいとウルリーカをフレデリクに押しやる。

「ああ。せっかくの夜会だから、俺もルゥと踊りたいな」

「あ、あの、嬉しいのですが……ベリンダは？」

フレデリクと一緒に踊れるなんて、とても魅力的だが、この騒ぎのあとでベリンダを一人残すのも心配だ。ところが、ベリンダは涼しい顔で扇をパタパタと煽《あお》いでみせた。

「ご心配なく。私がずっと壁の花になる訳ないじゃない」

自信満々な妹の言葉は事実だった。よく見れば、数人の青年がチラチラとベリンダに視線を向けている。ウルリーカたちが傍《そば》にいては、かえって誘いにくいだろう。

ウルリーカは微笑み、おずおずとフレデリクの手を取る。

久々に踏むステップは、ややぎこちないものだったが、フレデリクと息をあわせて踊るのは素晴らしかった。こんなに楽しいダンスは生まれて初めてだ。

ベリンダもすぐにダンスを申しこまれたらしく、どこかの青年貴族と優雅に踊っているのが見えた。

盛大な夜会は、夜が更けるにつれて、さらに賑《にぎ》やかになっていく。

――ウルリーカとベリンダが、賑《にぎ》わいの中から自分たちを睨《にら》む憎悪のこもった視線に、気づく事はなかった。

夜会はまだまだ盛況だったものの、あまり時間が遅くならないうちに、二人は帰宅した。

それぞれの部屋で湯浴みを済ませ、ウルリーカは肌触りの良い寝衣に着替える。

静かに寝室の扉を開けると、寝衣姿のフレデリクは寝台に腰掛けて、難しそうな魔術書を読んでいた。

「ルゥ、お疲れ様」

ウルリーカを見ると、フレデリクは本を閉じてサイドテーブルに置いた。牙《きば》の首飾りを外し、銀の小箱へ大切そうにしまう。

あの首飾りに、どういった想いがこめられているのか、ふと尋ねてみたい気分にかられたが、それよりも先に言わねばならない事がある。

「今夜は、本当にありがとうございました」

ウルリーカはフレデリクの隣に腰掛け、改めて礼を言った。

「いや。噂が蔓延《まんえん》する前に気づかなかったのは、俺の失態だ。そのうえ結局は、陛下の威光を借りたにすぎないよ」

彼は困惑したように苦笑したが、ウルリーカは首を横に振った。

「私は自分の事ばかり考えていて、恥ずかしいです。陛下まで酷《ひど》い侮辱を受けていたのにも気づかずに……それを、あのような形で穏便に済ませてくださったのですから、デリク様と陛下の優しさに、心から感謝しております。きっとベリンダも……」

いくら母を好きではなくとも、重い処罰など科されれば、さぞ後味の悪い思いをする事になっただろう。優しいベリンダも父も、心を痛めるに違いない。

今シーズン中に不始末を処理出来れば不問、と譲歩してくださった女王陛下を、心の広い方だと改めて尊敬した。フレデリクもきっと女王陛下に口添えしてくれたのだと思う。

「そうそう、妹さんと仲が良いんだね」

フレデリクがさらりと話題を変え、ウルリーカは頷いた。

「はい。落ちこんだ時は、よく相談に乗ってもらいますし、ベリンダがいてくれて助かった事は数え切れません」

「へぇ、羨《うらや》ましいな」

フレデリクが目を細めて微笑んだ。

彼の家族についてウルリーカはあまりよく知らない。知っているのは、早くに親を亡くし、女王の伯父である北方領主のアイゼンシュミット侯爵が、後見人になっているという事くらいだ。

アイゼンシュミット侯は、若い頃から文武に優れた立派な人格者と聞くが、ウルリーカは会った事はない。病で両足が不自由になり、今は隠居生活をしているそうで、フレデリクとの結婚式にもいらっしゃらなかった。

フレデリクは侯爵をとても尊敬し、慕っているようだ。しかし、実際のところ侯爵とどういう関係なのかさえも、はっきりと口にはしない。

「デリク様……いつか、子ども時代の話などを、聞かせて頂けますか?」

だからつい、ウルリーカはそう尋ねてしまった。

「……俺の?」

「あっ……勿論《もちろん》、デリク様が宜《よろ》しければですが……」

聞き返したフレデリクの声に、どこか拒むような響きを感じて、ウルリーカは慌ててつけ加える。しかし、彼はすぐ、にこやかに微笑んで、ウルリーカを抱きよせた。

「そうだな……でも今日はもう、早くルゥを抱きたい」

耳朶《じだ》をかぷりと軽く噛まれ、思わず高い声が漏れた。

横たえられ、唇を重ねる。引き結んでいた唇を催促するように舐められ、解けた隙間から柔らかな舌が侵入してきた。

ピチャピチャと粘膜のこすれる音が、ゾクリと官能を呼び覚まし、ウルリーカは肩を震わせる。

フレデリクがそっと、寝衣の上からウルリーカの身体をまさぐり始めた。穏かな手つきで肩や腰を撫《な》でられ、ウルリーカの身体に、甘い痺《しび》れが広まっていく。

「ん、あ……デリク様……」

部屋の明るさが恥ずかしくて、天井に向けた視線で訴えると、フレデリクは小さく笑って灯りを弱くしてくれた。

彼はウルリーカの寝衣を脱がせ、零《こぼ》れ出た乳房を掬《すく》いあげると、膨《ふく》らみの下側へと唇をよせる。

「ここなら、胸の開いた服を着ても見えない」

「えっ⁉」

乳房の下側を強く吸われ、そこに情交の証《あかし》を刻まれたのを知る。すでに硬く尖っていた先端を指で弄《いじ》られながら、またすぐ横を吸われた。

「ひゃっ、ん、んん……っ」

強く吸いあげられるたびに胸奥が疼《うず》き、腰へ鈍い快楽が溜まっていく。

胸の下部分に好きなだけ痕《あと》をつけると、フレデリクは仕上げとばかりに、先端を口に含む。

色づいて膨《ふく》らんだ突起を舐めしゃぶられ、まだ覚えたての快楽にウルリーカは翻弄《ほんろう》された。フレデリクは子どもの頃の話をウルリーカに聞かれたくないのではないかという、頭に浮かんだ小さな疑問はたちまち消えてしまった。

ウルリーカに覆《おお》いかぶさったフレデリクは、硬く尖った乳首を舌で転がしつつ、片手に余る豊かな膨《ふく》らみを揉みしだく。

湯上がりの肌は石鹸《せっけん》の良い香りがし、しっとりときめ細かな肌はいくら撫《な》でても飽きない。

手の平に吸いつくなめらかな感触と、指を柔らかく押し返す弾力を楽しみながら、もう片方の手でウルリーカの肩や腕、わき腹に太腿を、まんべんなく撫《な》でていく。

時おり、ピクンとウルリーカの身体が跳ね、そこが感じる場所だとフレデリクにしっかり教えてくれた。残らず頭に刻みこみ、その合間にも赤く色づいた胸の先端を交互に攻めたてる。

「ん、んん……」

頬を朱に染めたウルリーカは両手で口元を覆《おお》い、必死に声を殺そうとしていた。

まだ羞恥《しゅうち》に強ばっている身体を、これから快楽に蕩《とろ》けさせ、思う様啼《な》かせるのだと思うと、背筋をゾクゾクと愉悦が走る。

胸から口を離し、唾液に濡れ光る乳首を摘《つま》むと、ビクリとウルリーカが背を反らした。感じやすい胸の突起を指でくりくりと擦り上げれば、耐えかねたようにつま先が突っ張ってシーツをグシャグシャに踏みしめる。

その様子がたまらなく愛しくて、上気した頬へフレデリクはそっと口づけた。

（ルゥ……ごめん。せっかく俺の事を聞きたいって言ってくれたのに）

先ほど、はぐらかしてしまった事を、胸中で詫びる。

遠慮がちな彼女が、初めてフレデリクにねだってくれた可愛らしい要求だというのに。どうしても、話す気になれなかった。

子どもの頃の良い思い出が何もない訳ではない。幸せな時間も確かにあったのに、それを思い出せば必ず、失った瞬間までも思い出してしまう。それに……

自分の出生の秘密は、彼女にどれほど嘘をついても隠し通さなくてはいけない。ウルリーカを前にして、嘘をつく罪悪感に顔を強ばらせない自信がまだなかった。

「ルゥ……」

いつかそのうち……と、声に出さず呟《つぶや》き、白い首筋に顔を埋める。

石鹸《せっけん》と彼女の香りが混ざった芳《かんば》しい肌を夢中でむしゃぶりながら、頭の隅で自嘲した。

そのうち、なんだ？　君に平然と嘘をつき、上手く騙《だま》せるようになる？

「ルゥ……愛してる」

耳朶《じだ》をヌルリと舐め上げ、吐息を吹きつけながら、せめても、と数少ない自分の真実を告げる。

（これは嘘じゃない！　これだけは……絶対、嘘じゃない！）

酷《ひど》い焦燥感に駆られた。彼女に隠し事をしている。これからもきっと、いっぱい嘘もつく。それでも自分は、絶対に彼女を愛しているんだと、言い張りたかった。

「あっ……ん、ぅ……ふ……っ」

組み敷き、耳の軟骨をコリコリと甘噛みすると、ウルリーカの素直な身体が何度も跳ねる。

まだ口元を覆《おお》っていた手を、手首を掴んで外させて、身体の両側でシーツに押しつけた。豊かなミルク色の双乳が、ふるんと揺れる。赤く膨《ふく》らんだ先端をペロリと舐めれば、さらに大きく乳房が揺れ弾んだ。

しっとりと濡れた長い髪が、敷布に広がってヘーゼル色の艶《つや》やかな模様をつくっている。

その淫靡《いんび》な美しさに見惚《みほ》れ、自分の手で縫《ぬ》い留められた彼女が、綺麗な蝶の標本のように見えた。

フレデリクが実際に標本をつくった事はない。しかし、魅せられた美しい蝶を捕らえ、ピンで留めてガラスケースに押しこみ、自分だけのものにしたくなる気持ちが少しわかったような気がする。

「すごく可愛いよ」

組み敷いた彼女をじっくり眺め、ニコリと笑って告げると、ウルリーカの頬がさらに赤くなった。

どう返して良いかわからないのか、赤みを帯びた唇をはくはく開け閉めしながら、そわそわと視線をさまよわせている。

そんな姿に、より愛しさを掻《か》きたてられ、同時に彼女から人並みの幸せを奪った輩《やから》に、激しい憤《いきどお》りを感じた。

――今夜の夜会で、ウルリーカが少し席を外した隙に、どうして彼女が頑《かたく》なに装飾品や綺麗な衣服を拒むのか、ベリンダに尋ねたのだ。

ベリンダは、自分が勝手に言うのは、と躊躇《ためら》っていた。しかし、子爵家の次男坊に暴行されかけた事と関係あるのかとフレデリクが聞くと、ようやくそうだと頷いたのだ。

フレデリクが思っていたよりも遥《はる》かに、ウルリーカの受けた傷は深かったのだと思い知った。

もともと、夜会に良い感情を抱いていないのは知っていたが、それほど嫌な思いをしたのに、よく今夜の夜会に一緒に行ってくれたものだと思う。

彼女が公爵邸の入り口で、フレデリクの腕を縋《すが》るように掴んでいたのは、頼られていると自惚《うぬぼ》れていいのだろうか……？

そう思うと、表現しきれないほどの歓喜がわき上り、夢中で彼女の唇を塞いだ。舌先で閉じた唇を割り開くと、先ほどより口腔はずっと熱くなっていた。

「っん……ん、んく……ぅ……」

溢《あふ》れる唾液を啜《すす》り、さらに口づけを深くする。口蓋を丁寧に舐め、温度の増した舌を吸いあげると、彼女の喉から甘い呻《うめ》き声が切れ切れに漏れた。

ウルリーカが息も絶え絶えになるころ、フレデリクはようやく唇を離した。

もっと色んな場所で感じさせたくなって、大きく胸を喘《あえ》がせる彼女の片手をとり、そのしなやかな細い指を根元まで口に含んだ。

「あぁっ！」

ビクリと肩を竦《すく》ませ、ウルリーカは手を引こうとしたが、離してやる気はない。しっかり捕えたまま、一本づつ丹念にしゃぶっていく。

「やっ……は、ぁ、デリク様……くすぐった……やめ……ん、あぁ……」

やめて欲しいと訴えつつも、ウルリーカの声はさらに甘く艶《つや》を帯び、呼吸も荒くなっていく。

「ふーん、でもルゥが感じてるみたいだから、もうちょっとだけ」

中指が一番敏感なようなので、もう一度口に含んで舐めしゃぶり、しつこくねぶった。音を鳴らして吸い上げ、時おり軽く歯を滑らせては、根元をチロチロと舌先でくすぐる。

「は、ん、ん……はぁ……」

ウルリーカはぎゅっと目を瞑《つむ》って息を詰め、堪《こら》えられずに吐き出す。

とっくに熱を持っている自分の下肢が、ズクリと待ちきれず疼《うず》くのを感じながら、フレデリクはようやく口から指を抜いた。

唾液にまみれたその指を掴んだまま、彼女自身の秘所へと導く。

「え……っ？　あ、ああっ」

すでに蜜を溢《あふ》れさせていた割れ目をヌルリとなぞらせると、ビクンとウルリーカの身体が跳ねる。

「や、あ、あっ、こんな……だ、だめぇ……あ、あぅ……っ」

「ルゥ、自分で触っても気持ち良くなるんだ？」

手を添えたまま、クチクチと音がたつように花弁を弄《いじ》らせ、膨《ふく》らんで顔を出した赤い真珠のような芽も指先で転がさせる。

「あ、違っ……はぁ、ああ……」

羞恥《しゅうち》に震えながら、蜜を溢《あふ》れさせて喘《あえ》ぐ姿を見ていると、理性が飛んで歯止めがきかなくなりそうだった。今すぐにでも突き入れたくなる。

フレデリクはウルリーカの手を離し、わずかにほどけて震えている秘裂に、自分の指をグチュリと埋めた。

「あうっ！　ん……んんっ……っ」

ウルリーカに添えていたフレデリクの指も、蜜で十分ぬめっている。たちまち絡みついてくる熱くて狭い粘膜の奥へと深く押しこんだ。

指を増やし、中で軽く曲げ伸ばしすると、時おりウルリーカの腰がビクンと突きあがる。

「ここが好き？　良くってたまらない？」

そこを重点的に嬲《なぶ》りながら、わざと意地悪く尋ねた。

「ん……あ、んん……っ！　あ、あ、ああっ！　ん……やぁ……っ！　あ、あぁぁ……」

半泣きのウルリーカが必死に首を横に振る。いやらしく蕩《とろ》けきった顔をして、シーツを濡らすほど蜜を溢《あふ》れさせているにもかかわらず。なんて下手な嘘だ。

(すごく気持ち良さそうなのに。嘘つきだなぁ……ルゥも)

こんな事で自分の罪悪感を誤魔化《ごまか》そうなんて、我ながら、嫌になるほど歪《ゆが》んでいると思う。それでも、許されたような安心感を覚え、フレデリクは忍び笑いを漏らす。

蜜を掻《か》き出すように、ジュプジュプと大きく抜き差しすると、ウルリーカの内腿が引き攣《つ》り始めた。

「あっ、あっ、あ……」

零《こぼ》れ出す嬌声《きょうせい》が、次第に切羽詰《せっぱつ》まったものになり、白い腿に汗が伝う。フレデリクが指を揃えて内部の一点を強く押すと、ウルリーカが一際高い声を放ち、ガクガクと腰を大きく痙攣《けいれん》させた。

ヒクヒクと蠢《うごめ》く蜜壷から指を抜くと、トプリと濃い蜜が溢《あふ》れてシーツの染みを大きくする。

フレデリクは自分の寝衣を取り払うと、しっとり汗ばんだウルリーカの太腿を掴み、腰を上げさせた。

痛いほど張り詰めた肉棒の先端を、蜜孔に押しつけて、熱く潤んだ中に沈めていく。

「……っは、あ……んぁ……」

ウルリーカがフレデリクの首に両手を回してしがみつき、甘えた啼《な》き声をあげた。

普段はごく控えめで、清流のせせらぎのように穏かな彼女の声は、淫靡《いんび》な熱を孕《はら》んで艶《あで》やかに掠《かす》れている。この声を聞くのが自分だけだと思うと、いっそう興奮が増した。たちまち昇りつめてしまいそうになり、フレデリクは息を詰める。

「くぅ……あっ、はぁ……」

全て押しこむと、ウルリーカが長い睫毛《まつげ》を震わせて深い息を吐いた。

蜜壷は狭く、ギチギチと雄を締めつけるものの、もう挿入に痛みは感じていないようだ。唾液に濡れ光る唇からは悩ましげな吐息が漏れ、フレデリクをどうしようもなく煽《あお》りたてる。

ウルリーカの細い腰を抱え、フレデリクは自分の腰を動かし始めた。

ぬるついた熱く柔らかい襞が、誘いこむようにうねっては雄を愛撫する。

快楽に下がってきた子宮口をグリグリとこね回すと、ウルリーカが切なげに身悶《みもだ》え、豊かな胸の膨《ふく》らみが波打つように揺れる。

「ルゥの中……蕩《とろ》けそうなくらい、すごくいい……」

陶然として囁《ささや》き、伝わってくるたまらない感触に堪《こら》えきれず、思い切り腰を打ちつけた。

奥深くへと穿《うが》っては引きずり出す行為を繰り返すと、掻《か》き混ぜられた蜜が、細かく泡だって結合部から溢《あふ》れた。

ていく。

「あっ、ん、あっ！　あぁっ！」

グチュグチュと、濡れ音がたち昇るたびに、ウルリーカから漏れる嬌声《きょうせい》も大きくなっていく。

揺れ弾む乳房を握り、先端を摘《つま》んで刺激すると、膣壁がきゅうと窄《すぼ》まった。

「っく……」

目も眩《くら》むほどの快楽に思わず呻《うめ》き、フレデリクは深く腰を押しこんだまま、胸の先端に口をつける。

強く吸い上げると、ウルリーカが高い声を放ってビクビクと身を震わせた。フレデリクの髪を掻《か》き抱き、膝下を何度も跳ね上げる。

達した内部が不規則にうねり、フレデリクもこみあげる衝動のまま、腰を大きく動かして欲望を解放した。二度、三度と腰を前後させ、白濁を注ぎこむ。

互いに荒い呼吸を繰り返し、しばらく無言で抱き合った。

一呼吸後、少し名残惜しかったが、フレデリクは身体を起こす。

今夜は色々とあって、ウルリーカも疲れているだろうから、あまり無理をさせたくない。

自身を引き抜こうとした時、ウルリーカが薄く目を開けた。

「ん……」

小さく呻《うめ》き、トロリと惚《ほう》けたような目でフレデリクを見上げる。

濡れた視線にゾクリと背筋が震えた。果てたばかりだというのに、彼女の中でまた膨《ふく》らんでいく。

「……ルゥ、愛してる」

隠し事の多い自分のせめてもの真実を告げ、彼女にのしかかってむしゃぶるように口づけた。裸身を密着させ、舌を絡めあう。

ドロドロに溶けて、一つに交わるような快楽を覚えながら、フレデリクはまた彼女を貪《むさぼ》り始めた。

5　社交シーズンの終わりに

——二ヶ月余りが平穏に過ぎた。

夏の長い陽は徐々《じょじょ》に短くなり、風には秋の涼しさが混ざり始める。今年の社交シーズンも、あと数日で終わりという、ある日の午後。宮廷の一角にある魔術師団の執務室にて、フレデリクは書類仕事に従事していた。

夏の社交シーズン中、宮廷魔術師は特に忙しい。王宮で開かれる催しものの準備や賓《ひん》客《きゃく》の接待に加え、この時期は貴族を狙った犯罪も増えるので、城下の警備も手伝う。

しかし、それももう随分と落ち着いてきた。今日はこの報告書を仕上げれば終わりで、久々に日暮れ前に帰宅出来そうだ。

いたって真面目な顔で黙々と書類を片づけながら、フレデリクは家で待つ愛妻の顔を思い出し、口元が緩むのを懸命に堪《こら》える。

あの夜会の直後よりチュレク男爵夫人は、自身のために猛烈な底力を発揮してくれた。

数日後には、お飾りとして娶《めと》ったはずの妻をフレデリクが熱愛しているという、新たな噂を聞いた人々から、真実を確かめようと夜会や園遊会の招待状が続々と届き始めたのだ。

流石《さすが》に、全てを受ける訳にはいかず、重要と思われるものを選び抜いてウルリーカと出席した。

もっとも、行く先々でウルリーカと存分にいちゃついてみせたのは、周囲の期待に応《こた》えてやるというよりも、フレデリクの個人的な欲望によるところが大きい。

ともかく、その甲斐あって忌《い》まわしい噂はあとかたもなく消え、ウルリーカは牙《きば》の魔術師の愛妻として認識されるようになった。

引き換えに、アナスタシア女王の前からは防波堤がいなくなったと認識される。どっと増えた煩《わずら》わしい求愛者に、女王はややご機嫌斜めであった。

だが、あの視察以来、国内では特に不穏な騒動もなく、ロクサリス国民は実に平和な夏を過ごしている。旅商人を名乗った男は捕まらないが、あの領地近くで獣《けもの》に食い荒らされた死体が見つかり、背格好からその男ではないかと報告された。念のために手配書は街の掲示板にまだ貼られているものの、何事もなければまもなく外されるだろう。

加えて、北に住む伯父の侯爵からも、社交シーズンに王都へ赴《おもむ》けないお詫びにと、手紙と贈りものが女王に届き、とりあえずは彼女も気を良くしたらしい。

フレデリクへの腹いせは『フロッケンベルクの王都で人気の限定チョコレート菓子を入手して来い』で、済ませてくれた。その菓子もウルリーカのつてで、ハーヴィスト食料品店から入手出来た。

全てが順調だ。

ウルリーカも忌《い》まわしい過去からたち直れたのか、夜会以外でもフレデリクの用意したドレスや装飾品を身につけるようになった。あの銀猫ブローチも、いつも大切そうにつけてくれている。

結婚の際に用意したものは、あくまでもフレデリクが勝手に選んだものなので、彼女の趣味にあうドレスや装飾品をつくったらともすすめたが、当面は十分だと断られてしまった。

ただ、地味な装いをやめた彼女の美貌《びぼう》は、かなり人目を引いて、一緒に歩くといつもほかの男の視線を感じるのは、やや面白くない。

ウルリーカが普段はあまり出歩かず、フレデリクがいない時は主に屋敷で読書をしたり、モニカを通じて知り合った子どもたちに勉強を教えて過ごしたりしているのでなければ、とても心配になっていただろう。

寝室での、すぐにフレデリクの腕の中で蕩《とろ》けたようになってしまう彼女の媚態《びたい》を思い出し、ニヤけそうになる。

報告書の最後の一行を書き終え、フレデリクは鼻歌まじりに帰り支度を始めた。

「ウルリーカ先生、さようならーーっ！」

夕陽の中、読み書きを習いにきた数人の子どもたちは、元気にそれぞれの家に帰っていく。

「さようなら。気をつけて帰ってね」

ウルリーカも笑顔で手を振る。子どもたちが角を曲がるまで見送ってから、屋敷の中に入り、一階の角部屋を開けた。

長らく空き部屋だったそこは、細長い数個の机と椅子、教本を揃えた書棚に、壁にかけられた大きな黒板などが揃い、いまや立派な教室となっていた。

学校に行けない子どもたちに、屋敷で読み書きを教えても良いかとフレデリクに尋ねたところ、彼は快《こころよ》く了承してくれ、部屋の改装までしてくれたのだ。

もっとも、学校に通わない子たちの殆《ほとん》どは、家の手伝いや仕事などで忙しいし、自主的に勉強したいという子も少ない。

だから、ウルリーカのもとに来るのは数人で、授業も週に一度くらいだが、それでも熱心に通ってくれる子たちがいて嬉しかった。

ウルリーカは机の前に立ち、教本を手に取る。書棚に戻す前に、来週に教える部分を確認しようとページを捲《めく》っていると、不意に後ろから抱き締められた。

「っ！」

教本を取り落とし、危うく叫びそうになったウルリーカは、バクバクと心臓を高鳴らせたまま、首をひねって自分を抱き締める者を振り仰いだ。

「おかえりなさいませ、デリク様……」

出来ればウルリーカとしては、夫の帰宅をきちんと出迎えたいと思うのだが、フレデリクはいつも、家人の誰も気づかぬうちに、こうして猫のように音もなく部屋に入ってくるのだ。

「ただいま、ウルリーカ先生」

驚かせた犯人は、まるで悪びれずにウルリーカを後ろから引きよせ、軽く唇を触れあわせた。

「すぐそこの通りで、ルゥの生徒たちとすれ違ったけど、嬉しそうに店の看板を読んでいたよ」

ウルリーカは幸福感で頬を緩ませる。

「皆、とても熱心ないい子たちです。……デリク様が力を貸してくださったおかげで、私も夢が叶いました」

「俺は、大した事はしていないけど……」

フレデリクは照れたように笑ったが、ふと、その笑みがちょっと悪いものになった。

ウルリーカに悪戯《いたずら》をしかけてくる時の顔だ。

「せっかくこうしているんだから、俺もウルリーカ先生に構ってほしいな」

「えっ⁉」

うろたえるウルリーカの耳朶《じだ》を、フレデリクがペロリと舐めた。

今日は子どもたちを教える日なので、ウルリーカは邪魔にならないよう髪をきっちり編みこみ、小さな髪飾りだけをつけていた。着ている空色のドレスも、フレデリクが用意してくれたものだったが、装飾や露出の少ない教師らしいものだ。

フレデリクに襟元《えりもと》のボタンを一つ外され、白い首筋に吸いつかれると、ウルリーカの背筋を、ゾクリと愉悦が走った。すっかり快楽を教えこまれた身体は、たったこれだけでも情欲の火を点けられそうになる。

「ん、ん……だめ、です……や……」

快楽に流されそうになるのを懸命に堪《こら》え、ウルリーカは身を捩《よじ》って抗《あらが》おうとした。

この部屋のすぐ近くでは、家人たちが夕食の準備をしているし、そもそも寝台以外で触れあうのは、未だに恥ずかしすぎる。

しかし、細身に似あわず力強い彼はびくともせず、ウルリーカを抱き締めたまま不埒《ふらち》な笑みを浮かべる。

「心配しなくても、結界はちゃんと張るから」

しれっと言われ、ウルリーカは軽い眩暈《めまい》を覚えた。

「デリク様っ！」

そういう問題ではないと抗議しようとしたが、フレデリクは素早く結界の呪文を唱え、外からは部屋に誰も入れず、中の音も聞こえないようにしてしまった。

そして彼は背中越しに手を伸ばし、ドレスの上からウルリーカの身体をそこかしこ撫《な》で始めた。

肩も、肘も、わき腹も、直接に触れられてはいないのに、フレデリクにされているのだと思うと、ウルリーカの身体にどうしようもなく甘い歓喜が走る。

「ルゥが子どもたちから慕われるのは結構だけど、俺はすごく嫉妬《しっと》深いから。いつでもルゥを一番愛してるのは俺だって、気を引きたくなる」

本気とも冗談ともつかぬ口調でフレデリクは言い、また一つウルリーカのボタンに手をかける。

ドレスは秋物だが生地が薄く軽やかなもので、下のコルセットも襟《えり》ぐりが大きく開いたものだ。

ボタンを胸の上まで外され、その隙間にフレデリクの手が忍びこんできた。

長い指が、衣服の下をまさぐり始める。鎖骨を優しくなぞって、次第にその下へ滑りこんだ。

フレデリクはコルセットの上部から盛り上がっている柔らかな膨《ふく》らみを、悪戯《いたずら》するように指でぷにぷにとつつき、硬い布越しに乳首の位置を探りあててはそこを丹念に擦る。

「お、おやめくださ……い、ぁ……っ」

自然と、淫《みだ》らな声をあげそうになり、慌ててウルリーカは手で自分の口元を覆《おお》った。

コルセットの上から指で押されるたび、胸の先端がもどかしく疼《うず》き、硬く膨《ふく》らんでいく。

交互に弄《いじ》られた乳首が、内布にこすれてチリチリと淫靡《いんび》な疼痛《とうつう》を訴えるにつれ、膝に力が入らなくなって、ガクガクと脚が震える。

フレデリクにもたれ掛かるように抱かれながら、残暑とは別の熱に全身が火照《ほて》り始めた。

首筋やうなじを彼の舌が這い、耳朶《じだ》を食《は》むグチュグチュと濡れた音がウルリーカの聴覚を犯す。

「ん……ぅ……ぅ……」

両手を口元に強く押しつけ、必死に嬌声《きょうせい》を呑みこんでいると、フレデリクが耳元でクスリと笑った。唾液に濡れた耳の穴に、吐息を吹きつけながら囁《ささや》かれる。

「声を出しても外には聞こえないのに……そんなに可愛く我慢されると、ウルリーカ先生に悪い事をしている気になって、余計に興奮する」

――いや、間違いなく悪い事をしているのだが。

こうなってはもうフレデリクを止められない事を、ウルリーカはこの二ヶ月で思い知っている。

フレデリクに腰を押しつけられる。スカートの上から臀部《でんぶ》に感じる硬い感触に、ウルリーカはブルリと身を震わせた。

「……でも、このままじゃウルリーカ先生にキス出来ない」

甘えるような声で言いながら、フレデリクはウルリーカの口元を覆《おお》っている指をペロリと舐める。

衣服の下に忍びこんだ手に悪戯《いたずら》され、中指のつけ根から爪までを柔らかな舌でなぞられると、ゾクゾク湧きあがる愉悦にウルリーカの瞳が潤んでいった。

フレデリクが胸元から手を引き抜き、力の抜けたウルリーカの両手首をそっと彼女の口元から引き離す。

「っは……」

思わず吐息が零《こぼ》れると、彼と向かいあわせになるように、ウルリーカの身体が反転させられた。ふわりと舞ったスカートの裾が落ちるよりも早く唇を塞がれる。

彼の舌が、待ち焦がれていたようにウルリーカの唇をこじ開け、口腔に侵入してきた。舌を絡めて吸い上げられ、呼吸ごと貪《むさぼ》ろうとする激しい口づけに翻弄《ほんろう》され、頭の芯がじんと痺《しび》れてくる。

いつしか、ウルリーカも彼に応《こた》えるように、おずおずと舌を動かしていた。何度も唇の角度を変えて互いに貪《むさぼ》り、混ざり合った唾液を、喉を鳴らして嚥下《えんげ》する。

すっかり舌が痺《しび》れきった頃に、ようやく唇を解放された。

彼は再びウルリーカに背を向けさせ、両手を机につかせると、腰を掴んで後ろに突き出させる。

そのまま長いスカートを腰までたくしあげられ、口づけの余韻にぼうっとしていたウルリーカも、流石《さすが》に我に返る。

「あっ、や、やぁっ……！」

羞恥《しゅうち》に声を震わせて首を振るが、フレデリクは構わず、白い小さな下着に指を這わせた。

「濡れてる。ちゃんと気持ち良くなってたんだ」

溢《あふ》れた蜜で秘所に貼りついている薄布をなぞりながら、嬉しそうに言われ、かあぁと顔に血が集まっていく。

こんな場所でと思っているのに、ウルリーカの身体はしっかり昂《たか》ぶってしまい、快楽に正直な反応を示していた。

「い、いや……あ、んんっ」

濡れた下着の上から、円を描くように指を動かされると、じゅわりと奥から蜜がまた溢《あふ》れ出た。

くっきりと布地に形を浮かせている花芽を摘《つま》まれ、くりくりと転がされ、耐え切れずにウルリーカは喉から高い嬌声《きょうせい》を放つ。

「あ、ふ、ァっ！」

ヒクヒクと膣襞が蠢《うごめ》き、これ以上吸水出来なくなった下着から熱い蜜が溢《あふ》れる。透明な体液が内腿をつぅと伝い、ガーターベルトで留めたストッキングを濡らした。

「ルゥ、お願い……このままさせて」

フレデリクが情欲に掠《かす》れた声で言い、下着の紐を解いて剥《は》ぎ取ると、潤みきった秘裂に指を埋めた。グチュグチュと掻《か》き回され、ウルリーカの上体を支える腕がガクガクと震える。

感じる場所を時おり掠《かす》めながら、強くは刺激せず、巧《たく》みに焦《じ》らされると、もうたまらない。

「あっ、あ、あ……」

無意識のうちに、ウルリーカは腰を高くあげ、誘うように揺らしてしまった。

それを肯定と受け取ったフレデリクが、手早く己の下肢を寛《くつろ》げると、ウルリーカの腰を掴んで肉杭の先を押し当てた。

「あああ！」

一気に貫《つらぬ》かれ、ウルリーカの目の前が真っ白になる。昇りつめた身体が強ばり、膣内が大きくうねって雄に絡んで絞り上げる。

「っは……」

短く息を吐いたフレデリクが、絶頂に打ち震えている腰を掴み、奥まで叩きつけるように穿《うが》ち始めた。

「ひっ！　あ、ああっ！　待っ……まだ、あ、ああああっ!!」

達したばかりの内部を激しく擦り上げられ、強烈すぎる快楽がウルリーカの脳を焼く。

目の前に火花が散り続け、机に上体を伏せて揺さぶられながら、たちまち快楽が膨《ふく》れ上がる。

子宮口を抉《えぐ》るように突かれ、また絶頂に駆け上った。

余韻にビクビクと痙攣《けいれん》する中、フレデリクが二度三度と腰を打ちつけ、熱い飛沫《ひまつ》をその奥へと浴びせかける。その衝撃にウルリーカは身を震わせ、はぁはぁと荒い呼吸を繰り返しながら、ぐったりと目を閉じた。


「――デリク様。いくらなんでも、あのような真似は、感心出来ないのですが」

浄化魔法で身を清められたウルリーカは、教室の椅子に腰掛けて、コホンと咳払いをする。

その向かいで、やはり小さな子ども用の椅子に身を縮ませたフレデリクは、非常に気まずそうな顔で冷や汗を滲《にじ》ませていた。

「う……その……真剣に本を見てるルゥの横顔が、あんまり色っぽかったから……つい……いや、俺が全面的に悪いな。……ごめんなさい」

ペコリと頭を下げた彼に、ウルリーカは噴き出しそうになってしまった。いくら困った悪戯《いたずら》をしかけられても、どうしても怒る気にはなれない。

「わ、わかってくださったなら宜《よろ》しいのです。それに、心配なさらなくとも……デリク様は、いつでも私の一番で特別ですわ」

最後の方は消え入りそうな声で告げると、フレデリクの顔がパッと輝いた。

「ルゥ！　愛してる!!」

感激の篭《こ》もる声とともにぎゅうぎゅう抱き締められ、これだから、何回も悪戯《いたずら》をされてしまうのではないかと、ウルリーカは困惑混じりの笑みを浮かべる。

しかし、二ヶ月前の憂《うれ》いが信じられないほど、幸せな新婚生活には違いない。

おまけにベリンダから、ようやく時間が空いたので明日の昼に訪問したいと手紙が届いたのだ。

妹の顔を思い浮かべ、ウルリーカはさらに笑顔になった。

――翌日の午後、よく晴れた陽射しの中を、ベリンダが実家の馬車に乗ってやってきた。

ウルリーカは私室にお茶を運んでもらい、久しぶりに姉妹水入らずの時間を過ごす。

ベリンダは、母が噂の書き換えに忙しかったおかげで、このシーズン中の夜会では好きなように過ごせたと告げた。ウルリーカも幸せな新婚生活を報告し、しばらく積もった話に花が咲く。

しかし、ベリンダがしきりに何か言いかけては躊躇《ためら》っている事に、ウルリーカは気づいた。

「……何か困った事でもあるの？」

思い切って水を向けると、ベリンダの白い頬が微《かす》かに赤くなった。

「実は、ウルリーカに会って欲しい人がいるの。でも……きっと、迷惑だから……」

いつも勝気な妹の、信じられないほど気弱な様子に、ウルリーカは驚いた。

ベリンダは社交界での『顔見知り』こそ多いが、友人といえる相手は非常に少ない。

それはウルリーカをあからさまに嘲笑《ちょうしょう》する相手を、決して友人に数えないせいだ。

「迷惑だなんて！　ベリンダが紹介したいなら、きっと良い人でしょう？」

「ウルリーカ……本当に、怒らないでくれる？」

眉を下げ、ウルリーカを見上げたベリンダは、困りきった子犬のようだった。

「あのね、会って欲しいのは……シモン・フェダークなの」

誰であっても歓迎しようと思っていたのに、ウルリーカは顔を強ばらせてしまった。

――フェダーク子爵家の次男シモン。

ウルリーカを夜会で暴行しかけ、暴言を浴びせかけた男だった。

「い、嫌に決まってるわよね！　無理しなくていいのよ。彼も嘆いていたもの。ウルリーカに一生恨まれても仕方ないって……」

椅子から腰を浮かせたベリンダが、慌てて両手を振り、必死で言い募《つの》る。

「っ……ベリンダは……どうして、彼と？」

ウルリーカは上擦《うわず》った声で尋ねた。ベリンダも、彼を軽蔑しきっていたはずなのに……

「私だって、彼を二度と許すものかと思っていたけれど……」

ベリンダがおずおずと言うには、あの公爵邸の夜会でウルリーカたちが帰ったあと、同じく招待されていたシモンから、突然に話しかけられたらしい。

あの時はすまなかったと平謝りする彼を、ベリンダは最初こそ洟《はな》もひっかけず、どうせ口先だけの謝罪だと、手酷《てひど》く罵《ののし》ってやったそうだ。

だが、このシーズン中、夜会で会うたびに真剣に謝られ、次第に話を聞く気になったのだという。

「……彼に、ウルリーカが羨《うらや》ましかったと告白されたの」

突拍子もない言葉に、ウルリーカは耳を疑った。

「私が？」

「彼はお兄さんよりも魔力が低かったせいで、ご両親からずっと冷たくされていたらしいのよ。そこへ、お母様がウルリーカと私を平等に扱っていると、夜会でいつも話しているのを聞いて……ウルリーカが羨《うらや》ましくて、八つ当たりしてしまったんですって」

「……そう」

針山のようだった、かつての夜会を思い出し、ウルリーカは小さく呟《つぶや》いた。

それでもシモンからすれば、魔力のないウルリーカが親に愛され、彼より恵まれていると思えたのだろうか。周囲の貴婦人たちが、母を慈悲深いと褒めそやしていたみたいに。

ベリンダは気まずそうに目を伏せ、言葉を続けた。

「彼には、ウルリーカがつらくても諦めないで、幸せになろうと努力してた事を教えたわ。そうしたら泣き出して……本当に真剣に謝ったの」

「え、ええ……その気持ちだけで十分よ」

戸惑いつつ、ウルリーカは頷いた。

単に反省したと言われただけなら、あっさり許せたかわからない。

しかし、自分ではどうしようもない魔力値で蔑《さげす》まれる苦しみなら、十分すぎるほど知っている。

昔、ベリンダに酷《ひど》い嫉《ねた》みを抱いていた事を思い出し、胸が痛んだ。そんな自分を許してくれた妹から、同じような彼の謝罪を伝えられ、どうして撥《は》ねつけられようか。

「反省してくれたなら、もう気にしていないと、あの方に伝えてくれるかしら？」

そう言うと、ベリンダの表情がパッと明るくなった。

「本当!?　あの……彼はウルリーカさえ良ければ、私と一緒に明日、昼食会に来てほしいそうなの。どうしても、直接謝りたいらしくて……ぜひ、もてなさせてもらいたいって」

「え……」

そこまでしてくれなくても……と、ウルリーカは困惑した。

「……やっぱり、嫌かしら？」

おずおずと言うベリンダは、まるで彼女自身が罪を償《つぐな》おうとしているように悲しげだ。

しかも、『彼』と言うたびにベリンダは淡く頬を染める。彼女がシモンに特別な想いを抱いていると、すぐに察せられた。

正直に言えば、招待を受けるのはあまり気は進まなかった。唐突すぎて、気持ちの整理がつかない。

しかし、行かなければ、ベリンダはがっかりするだろう。

それに自分とて、ハーヴィスト家の人たちは突然の辞職を怒らなかったと実家の家令から聞いていても、自身で直接謝罪に行くまで、ずっと心が重かった。

きちんと謝る事で本人が楽になる事もあるのだ。

しばし悩んだ末に、ウルリーカはニコリと微笑んだ。

「……ベリンダが許したくらいだもの。喜んでご招待をお受けするわ」


その夜。ウルリーカはそわそわとフレデリクの帰宅を待っていた。

時刻はすでに深夜近いが、子爵邸の昼食会に招かれた事を今夜中に彼へ話しておきたかった。

読みかけの歴史書を手に寝台へ腰掛けて、ウルリーカは懸命に睡魔《すいま》と戦う。

ウルリーカが招待を受ける旨《むね》を、ベリンダは伝令魔法でつくった鳩に託してシモンへ飛ばすと、とても安心したような表情で帰っていった。

明日の朝、子爵邸からの馬車が、ベリンダとウルリーカを迎えに来る手はずになったそうだ。

ごく内輪の昼食会という事で、招待客はウルリーカとベリンダだけだが、シモンの兄夫妻と、彼の両親のフェダーク子爵夫妻も参加するらしい。

ベリンダが言うには、シモンは両親に愛されなかった傷心から、かなり荒れた生活を送っていたが、ウルリーカとの一件のあとで、流石《さすが》に己の行為を反省したそうだ。

さらに、ベリンダと和解出来た事で、家族ともう一度、きちんと向き合おうと思うようになり、昼食会を提案したところ、意外にも賛同してもらえたという。

特に忙しいはずのシーズン末に、内輪の昼食会を開きたいという要望を聞くのだから、シモンの家族は彼をそう嫌ってもいないような気がする。

ウルリーカたちはシモン以外、フェダーク子爵家の者とは面識がなく、彼らが化粧品や香水の事業をしているとしか知らない。

もしかしたら、彼が両親から愛されなかったと思ったのは、兄への劣等感による感情のすれ違いが重なっての勘違いではないだろうか。

希望的な憶測にすぎないが、こうしたきっかけでシモンが家族とも和解出来、たち直れるのなら、それはとても喜ばしい事だ。ウルリーカは素直にそう思うし、ベリンダも期待しているようだ。

別れ際の、胸から重いつかえが取れたような妹の表情を思い出し、招待を受ける事にして良かったと心から思った。

そんな事を考えているうちに、いつの間にか本を持ったまま、うとうとしていたらしい。

「――ただいま、ルゥ」

唐突に抱きすくめられ、ウルリーカはハッと覚醒する。整った顔立ちをニコニコと緩ませた夫が、すぐそこにいた。まだローブ姿で、たった今帰宅したばかりらしい。

「あ、デリク……様……」

まだ頭がぼんやりとした状態で、唇を奪われる。

「ん、ん……待って、お話が……」

そのまま押し倒されそうになり、慌てて両腕をつっぱねると、しぶしぶといった調子で、フレデリクは身体を引いてくれた。

「話？」

「はい。実は昼間、ベリンダが来て……」

フレデリクには、流石《さすが》に例の夜会での事件を話す気にはなれず、ベリンダがシモンと親しくなり、フェダーク子爵家から姉妹で昼食会の招待を受けた事だけを簡潔に話した。

ところが、話している途中から、フレデリクの表情は見る見るうちに険しくなる。

「絶対に、行っちゃ駄目だ」

鋭い声できっぱりと言われてしまい、ウルリーカはうろたえた。

「勝手に招待をお受けしたのは、申し訳ありませんでしたが……デリク様に許可を頂こうにも、急な話だったので……」

フレデリクの許しなく招待を受けたのを叱責されたのかと思ったが、緑色の双眸《そうぼう》に見た事もないほど怒気をたぎらせた彼は、低い声で唸《うな》った。

「そうじゃない。安全な場所なら、ルゥがどこに出かけようと、誰の招待を受けようと自由だ」

「で、でしたら、どうして……」

「シモン・フェダークに、何をされかけたか、忘れたのか!?」

フレデリクの怒鳴った声の大きさよりも、その内容こそが、ウルリーカを蒼白にさせた。

「……ご存知……だったのですか……」

何度も深呼吸し、喘《あえ》ぐようにしてやっと言うと、フレデリクがハッとしたように息を呑んだ。

「偶然に聞いたんだ。話を蒸し返して、ルゥを傷つけたくなかったから黙っていたけど」

やや気まずそうに白状して、彼はいっそう表情を険しくした。

「だから、俺が反対するのもわかるだろう？　なんだってアイツの招待を受けたりしたんだ」

そう詰められれば、ウルリーカも一部始終を話すしかない。

シモンがベリンダを通じて和解を望んでいる事や、彼がウルリーカに凶行を働いてしまった経緯までも、すっかり話して聞かせた。

「……そういう事情らしいのです」

きっとわかってくれると、期待をこめてフレデリクを見上げたが、返ってきたのは驚くほど冷ややかな視線だった。

「そんな言い訳を本気で信じてるのか？　お人好しにも程があるよ」

「そんな……」

「アイツが改心する訳ない。何か企《たくら》んでいるに決まってる。そんな胡散臭《うさんくさ》い招待なんか、絶対に駄目だ」

一方的に決めつけられ、ウルリーカも流石《さすが》に腹がたってきた。

「誰にでも、過《あやま》ちはあるのではないでしょうか？　ベリンダも、最初は何度も冷たくはねつけたそうですが、それでも真摯《しんし》に謝罪を繰り返されて彼を信じたのです。ですから……っ!?」

唐突に、フレデリクの両腕が伸びてウルリーカを寝台へと組み敷いた。

フレデリクは強い力でウルリーカの両手首を一まとめにし、早口で拘束魔法を唱えると、寝台の上部にくくりつけてしまった。そして、身動き出来ない身体の上にのしかかる。

「こうやって犯されかけたのに、許してあげるの？　あんな暴言まで吐いた男を？　ルゥは本当に優しいよ。魔力なんかなくたって、皆が君を好きになって当然だ」

見上げたフレデリクの口元は笑っていたが、鋭い緑の双眸《そうぼう》は欠片《かけら》も笑っていない。

彼に触れられると、ウルリーカの鼓動はいつも高鳴るのだが、今はそれが酷《ひど》く不穏なものに感じた。冷たい汗が全身から噴き出し、何度も苦い唾を呑みこむ。手足の先が痺《しび》れて、氷のように冷えていく。

「っ……違います！」

たまらずに、ウルリーカは叫んだ。

「優しくなどありません！　わ、私は、とても醜《みにく》い……っ、自分が救われたいだけなのです！　あの人を許さなければ、昔の自分も許せないの！」

視界がみるみるうちにぼやけて、仰向けになった目尻から零《こぼ》れた涙が、顔の横へと流れていく。

「ルゥ……？」

フレデリクの表情から険しさが消え、困惑交じりの声で呼ばれた。

「私は昔……表面はベリンダと仲良くしながら、酷《ひど》く彼女を嫉《ねた》んでいました。なぜ、あの子だけが魔力を持てたのかと……だからせめて、ほかの勉強では負けまいと頑張り、ベリンダより優れた点を取ると、お母様の目につくようにし、あの子が叱られるように仕向けました。ベリンダは私を純粋に姉と慕ってくれていたのに……あの子が私より恵まれていると憎み、魔力を独占した妹には、意地悪をしても良いのだなどと考えて……」

しゃくりあげながら、ウルリーカは隠しておきたかった自分の醜《みにく》さを告白する。

「七年前にデリク様は、心を踏みにじられたら怒って当然だと、私に教えてくださいました。私はようやく、自分が怒りを向ける先を間違えていた事に気づき、ベリンダの優しい心を踏みにじっていた卑劣さを思い知りました。あの夜会の翌日、私はベリンダに全てを白状して謝り、それから本当に仲良くなれたのです」

「ルゥ……俺は、君を責める気なんか……ただ、あの男は信用出来ないと……」

フレデリクが戸惑った声を発し、拘束魔法を解いた。そっと頬に触れようとした彼の手を、ウルリーカは払いのける。

「……でも、優れた魔術師の貴方には、魔力の低い者のつらさを、本当にはご理解出来なかったのですね。一度のやり直しすら許さないなど、あまりにも冷たいではないですか！」

荒い呼吸を吐いて、ウルリーカがフレデリクを睨《にら》みあげると、彼女を見下ろす彼は、まったくの無表情となっていた。

「……そうだな。俺は同情こそ出来ても、理解は出来ていないと思う」

静かな低い声からも、一切の感情がそぎ落とされている。

彼は寝台から立ち上がると、乱れたローブを手早く直した。

「俺には理解出来ない事だから……ウルリーカが決めればいい。アイツを信じて許す価値があると思うなら、行けばいいんじゃないか？」

背中を向けた彼の顔は見えなかったが、放たれた声は感情の篭《こ》もらぬ冷たいものだった。

「俺はすぐに宮廷へ戻らなきゃならないし、明日も仕事だから。……またあとで、昼食会の感想を聞かせてくれ。その結果次第で、君に謝るかを決める」

そう言うと、フレデリクはさっさと寝室を出て行ったが、チラリと見えた横顔は、泣き出しそうに歪《ゆが》んでいた。

廊下を歩く足音が遠ざかり、やがてすっかり聞こえなくなってしまうと、またどっと涙が溢《あふ》れてきて、ウルリーカは両手で顔を覆《おお》う。

フレデリクからあんな風に、一方的に間違っていると決めつけられたのもショックだったし、自分の言葉が彼を酷《ひど》く傷つけてしまったのも、耐え難かった。

生まれ持った魔力。この差ばかりは、どうしても埋められない。

その部分において根底から違うフレデリクとは、本当にはわかりあえない者同士なのだろうか……

6　赤毛猫と謎の従者

翌朝の天気は、ウルリーカの心を映したかのような、どんよりとした曇り空だった。

「奥様、迎えの馬車が参りましたが……どうしてもお供してはいけませんでしょうか？」

扉を開けたイゴールが、やや言い難そうに、また打診してきた。

ウルリーカがフレデリクと諍《いさか》いになった訳を聞くと、彼も心配してくれ、それなら自分が護衛としてつき添うと言ってくれたのだ。

親切な家令の気持ちはありがたいと思うものの、ウルリーカは首を振る。

「ごめんなさい。私が従者を連れて行くのは、失礼になってしまうでしょう？　デリク様の評判まで落とす事になってしまうわ」

格式に厳しいロクサリスの社交マナーでは、身体が不自由など何か特別な事情がないかぎり、爵位が上の家へ招かれた者が従者を伴うのは、非常に失礼に当たる。

ウルリーカは一番格下の男爵位出身だし、フレデリクも侯爵が後見人とはいえ、自身の爵位は持っていない。子爵家へ従者を連れて出向くのは無作法だ。

「デリク様は世間体より、奥様の方を案じなさると……いえ、やはりいけませんね……」

残念そうにイゴールは引き下がってくれた。侯爵家に長年仕えていたという彼も、その辺りの事情を承知のうえだ。それでも言わずにいられなかったのだろう。

ウルリーカは申し訳ない気分で、巨漢の背中を眺める。

本音を言えば、昼食会などもう遠慮したいほど、心身ともにクタクタだ。

昨晩は結局、ろくに眠る事も出来ずに泣き明かした。朝には目がすっかり腫《は》れて、酷《ひど》い顔になっており、冷たい水で冷やして化粧を厚めにして、何とか誤魔化《ごまか》しているのだ。

（っ……！　昼食会が無事に済めば、デリク様もきっとわかってくださるはずよ！）

ウルリーカは頬を軽く叩いて気合を入れ、バッグを手に玄関へと向かう。

無意識に選んでしまった衣服は、家庭教師時代に着ていた、肌の露出が少ない非常に地味なものだ。それでも髪飾りを少し華やかにして、銀糸レースのショールを羽織《はお》れば、訪問着として問題はない。

大丈夫……と、襟元《えりもと》へつけた銀猫のお守りブローチへ、そっと指を触れた。

門の外には二頭立ての馬車が停まっており、老年の男が御者《ぎょしゃ》席で手綱を握っている。

馬車の中で座席に腰掛けたベリンダが、こちらを見て晴れやかな笑みを浮かべた。ぎこちなくならないよう気をつけつつ、ウルリーカも妹に微笑みかける。

「いってらっしゃいませ」

後ろから声をかけるイゴールは、やはり心配が拭《ぬぐ》えない様子だ。

ウルリーカが馬車に近づくと、御者《ぎょしゃ》は素早くたち回って扉を開けてくれた。髪は殆《ほとん》ど白く、かなり年配なのだろうと思ったのに、腫《は》れぼったい瞼《まぶた》と丸い鼻の目立つ顔には皺《しわ》が少なく、皮膚もピンと張りがある。だからといって、若くも見えない。不思議な顔だちの男だった。

馬車の中からは、鈴蘭《すずらん》に似た濃い芳香が流れ出てくる。香水事業を取り扱っているだけあり、子爵家の馬車には、たっぷりと芳香剤が使用されているようだ。

「ありがとう」

咽《むせ》こみそうになりながら、ウルリーカが礼を言うと、御者《ぎょしゃ》は俯《うつむ》いたまま無言で頷いた。

無口な性分なのか、使用人が気安く口を利くのを嫌う貴族もいるから、気を遣ったのか。どちらとも判断がつかず、ウルリーカが馬車のステップに足をかけた時……

「ナ〜ォ」

不意に聞こえた猫の鳴き声に、思わずウルリーカは振り返った。

いつの間に現れたのか、イゴールの足元に、赤いつややかな毛並みと深い緑色の瞳をした雄猫が、チョコンと座っている。

「……ヴィント？」

ウルリーカが呟《つぶや》くと、敷石の上にきちんと脚を揃えて鎮座している赤毛猫は、しなやかな尻尾をパタンと振って答えた。

（どうして、ヴィントがここに……？）

ウルリーカは思わず馬車のステップから足を下ろし、ヴィントの方へ向く。

ベリンダも馬車の窓から興味津々に赤毛の猫を眺めていた。

「ヴィントって……もしかして、家庭教師先でよく見かけていたっていう猫？」

「ええ。ヴィントに違いないと思うわ」

とまどいながら、ウルリーカは答えた。

ハーヴィスト食料品店からは、それなりに距離があるのに、どうして急に現れたのだろう？

ヴィントはすました顔でスタスタと馬車に近より、ステップにひょいと飛び乗った。

「あ！　駄目よ、ヴィント」

ウルリーカは慌てて手を伸ばし、初めて赤毛猫を抱き上げた。

喘息《ぜんそく》持ちのエイダに猫の毛は良くないので、今までウルリーカはヴィントを抱こうとはしなかったし、ヴィントの方でも心得ているかのように、建物の中へ入ろうとはしなかったのだ。

それに、ハーヴィスト夫人が言うには、ヴィントは抱き上げられるのが好きでないらしい。誰かが抱こうとしても、すぐにスルリと逃げてしまうそうだ。

しかし、ヴィントは意外にも、大人しくウルリーカの腕へと納まる。

「よしよし、いい子ね」

柔らかな毛並みの感触はとても心地良く、ウルリーカは思わず口元をほころばせた。

ヴィントもウルリーカの胸元にスリスリと頭をこすりつけ、満足げに喉を鳴らし始める。その姿はあまりに可愛らしくて、ずっと抱いていたくなるほどだ。

「オッホン！」

しかし、イゴールの重々しい咳払いに、ウルリーカはハッと我に返る。同時に、腕の中のヴィントが、なぜか恨みがましい目でジロリとイゴールを睨《にら》んだような気がした。

「ごめんなさいね、ヴィント。これには乗せられないのよ」

ヴィントを敷石にそっと下ろしたが、なぜか赤毛猫は離れようとしなかった。ウルリーカの足元をグルグルと周りながら、ひっきりなしに鳴き、身体をこすりつけるのだ。

この猫のこんな姿を、今まで一度も見た事がない。

まるで、ヴィントからも行くなと訴えられているような気がしたが、まさか猫に行く

オッホン

なとねだられたからと、今さら招待を蹴る訳にもいかない。

「困ったわね……ヴィント。すぐ帰るから、あとで沢山遊びましょうね」

ヴィントを撫《な》でて言い聞かせると、突然イゴールが、大きな手でムンズとその背を掴んで持ち上げた。

「奥様、これは近所の猫ですので、帰しておきます。どうぞご心配なく」

「あら、そうだったの。……じゃぁ、お願いするわね」

イゴールもこの猫を知っていたのかと驚きつつ、ウルリーカはすっかり不貞腐《ふてくさ》れた顔になったヴィントを、もう一撫《ひとな》でしてから馬車に乗りこむ。

濃い芳香の漂う馬車の中、ベリンダと差し向かいに、柔らかな座席へ腰掛けた。

「待たせてしまって、ごめんなさい」

「ううん。可愛い猫だったわね。今度は私も抱きたいわ」

ベリンダが楽しげに言い、扇でパタパタと顔の周囲を煽《あお》いだ。そして御者《ぎょしゃ》に聞こえないように、小声で囁《ささや》く。

「……素敵な馬車だけれど、ちょっと香りがきついわね」

ウルリーカも黙って頷き、開いた窓の側へ出来るだけ身をよせた。そして窓から、ヴィントの姿をもう一度見ようと思ったのだが……

「ウルリーカ、そういえばね……」

ベリンダが話しかけてきたので、ウルリーカの意識はすぐにそちらへ向いた。

——よって、イゴールが御者《ぎょしゃ》に気づかれぬよう、素早く馬車の後台へヴィントを放りこんだ瞬間を、ウルリーカが見る事はなかった。

御者台《ぎょしゃだい》に戻った男が馬に鞭《むち》をくれ、馬車はようやく石畳の道を走り出した。

慇懃《いんぎん》な態度でそれを見送ったイゴールは、やれやれと頭を振る。

（まったく嘆かわしい！　念のための尾行と言いながら、我慢出来ずに引き止めようとするなど！　あれでは奥様を困らせるだけですよ。デリク様！）


（——くっ！　ルゥの、わからずや!!）

馬車の後ろ側に取りつけられた荷物入れの中で、ヴィント……今は赤毛の猫となっているフレデリクは、涙を呑んで歯噛みした。

立派な馬車の座席は、さぞフカフカなのだろうが、荷物入れは硬い木箱である。馬車の振動が容赦なく伝わり、乗り心地は最悪だ。

座席より一つだけましな部分をあげるなら、あのキツすぎる香りがしない事だろう。

馬車のステップに飛び乗った瞬間、鋭くなった嗅覚が災《わざわ》いして、あやうく卒倒するところだった。

思い出しただけでクシャミが出そうになり、フレデリクは慌てて前脚で鼻をこする。

御者《ぎょしゃ》は窓を自由に開けさせているし、先に乗っていたベリンダが具合を悪くしている様子もない。心配していた麻薬や睡眠薬の類《たぐい》ではないようだが、とにかく強すぎる。

ウルリーカに抱き上げられ、柔らかくて気持ちのいい胸に顔をこすりつけて、ようやく生き返った気分になれたのに、イゴールときたら……

（せっかくだから、もうちょっとくらい堪能させてくれたって良かったじゃないか）

本当はウルリーカに気づかれないよう、素早く馬車に忍びこむ手はずだったのに、姿を見せてしまった自分を棚にあげて、つい堅物の家令を恨めしく思ってしまう。

この小さな獣《けもの》の身体は、フレデリクの魂の一部を具現化したものだ。きちんと感覚を持つ血肉の通った身体ではあるが、人狼《じんろう》のように肉体をそのまま変えたのではない。

フレデリクの身体は今、宮廷魔術師の仮眠室で横たわり、傍《はた》からは熟睡しているようにしか見えないだろう。

現在では使用不可能と言われている、この高度な魔法は、いくらフレデリクでも使えない。

フレデリクが知るかぎり、この魔法を使えるのは女王アナスタシアだけだ。

女王は昔、フレデリクが密偵として動きやすいようにと、隣国フロッケンベルクの錬金術師に、この変化魔法をこめた魔道具を特注でつくらせた。

フレデリクが常に首から下げている、ドラゴンの牙《きば》の首飾りこそが、その魔道具だ。

灯火魔法の使えないウルリーカが、スイッチを押すだけで寝室の灯りをつけられるように、フレデリクは牙《きば》を握って念じるだけで、そこにこめられた女王の魔法を使用する事が出来る。

そして猫に姿を変え、ハーヴィスト食料品店を始めとして、あらゆる場所へ情報収集に赴《おもむ》いていたのだ。

この姿では、人間の言葉を理解出来ても喋《しゃべ》れず、魔法も使えない。

だが、相手が猫嫌いでないかぎりは警戒もされないし、怪しい奴らも平気で密談してくれる。可愛い可愛いと、歓迎してくれる相手も多い。

可愛さは、立派な武器である。

今回は、完全にそれを私的な目的で使っている訳だが、そもそもフレデリクは本日、れっきとした休暇だった。本当だったら、ウルリーカと楽しく過ごすはずだったのだ……その愛妻が、罠にかかるかもしれないという非常事態である。手段など選んでいられるか。

馬車に向かう彼女は、にこやかに微笑んでいたけれど、明らかに気乗りしない雰囲気だった。必死に誘惑すれば、仮病でも使って訪問を取りやめてくれないかと、微《かす》かな望みを抱いたのだ。

もうこの際、プライドとかどうでもいいと、イゴールの呆れた視線を無視して、長年の経験で鍛えたあざといポーズを駆使し、媚《こ》びまくって引きとめようとしたのに……！

昨夜、ウルリーカに、自分よりもあんな男の方を理解出来ると告げられた衝撃は、言い尽くせないほどだった。

あのまま部屋にいたら、怒りのままウルリーカを犯していただろう。足腰たたなくなるほど抱き潰して監禁してやろうかと、暗い考えまで頭をよぎったほどだ。

だけど、ウルリーカが本当に大好きだから、思いとどまれた。彼女を傷つけるような真似は絶対にしたくない。あんな男と同類に落ちるなんて、それこそご免だ。

あの馬鹿息子が改心するなど有り得ないと思う。百万歩譲って放蕩《ほうとう》を控えるようになったとしても、その程度がせいぜいだ。

自業自得とはいえ、夜会で自分に屈辱を味わわせたチュレク姉妹に和解を求めるなど、何か企《たくら》んでいるとしか思えない。

しかし、それをきっぱり言いすぎたのが、かえってウルリーカを頑《かたく》なにさせてしまったようだ。

昨夜の様子からして彼女は、かつてベリンダを嫉《ねた》んでいた自分とシモンを、すっかり重ねあわせて考えているらしい。

だから、シモン改心説を頭から否定されて、昔の自分がベリンダと和解出来た事まで、フレデリクに否定された気分になってしまったのだろう。泣きながらフレデリクの手を払いのけた彼女は、心底から傷ついたような顔をしていた。

だが、フレデリクから見れば、ウルリーカとあの男はまったく違う。

ウルリーカは自分の行《おこな》いが間違っていたと気づけば、きちんとそれを認めて直す事が出来る。でも、世界中の誰もが、それを出来ると思うのは、彼女の間違いだ。

（それにしても、ベリンダまで丸めこまれるなんて……）

ガタガタ揺れる荷物入れの居心地の悪さに耐えながら、フレデリクは首をひねっていぶかしむ。

ウルリーカがシモンを冷静に客観視出来ないのは、自身の一番つらかった経験を重ねあわせているせいだが、これはベリンダには当てはまらない。

それに彼女は情に厚くても、危険な男へは鼻が利きそうだ。容易《たやす》く騙《だま》されるとは思えない。

妹がシモンを信じきっている事が、ウルリーカの決心を後押ししたのだろう。

（うーん……操《あやつ》られている感じでもなかったし……）

馬車の中に見えたベリンダは、特に異常な様子は見えなかった。

精神を操《あやつ》る魔法はかなり高度であり、そう簡単に使えるものではない。少しでも間違えれば、かけられた者は周囲にもすぐわかるほど異常な様子になる。

調べたところ、シモンの持つ魔力は、貴族社会では面目を保てるギリギリといった量だ。

一通りの教養は受けたようだが、特に魔法を専門で学んだ事もなく、今は親の金でフラフラと遊び暮らしているらしい。そんな男が、高度な操心魔法を使えるとは思えない。

子爵家のほかの面々についても、昨夜急いで調べたが、子爵夫妻と兄夫婦は、それぞれ本日出席予定の園遊会やお茶会へ、急な欠席を告げている。

シモンのような男が改心するはずないというのに、状況はベリンダの語ったとおりである。

（もし本当に、アイツが改心していたら、俺だって素直にルゥへ謝るけどさ……）

胸中にもやもやとたちこめる不安が、どうしても消えてくれず、暗い荷台の中でフレデリクは、緑色の瞳を光らせて思案にくれた。

（――帰ったらデリク様と、上手く話しあえるといいけれど……）

ウルリーカは気分の晴れないまま、馬車の窓から、遠目に見える王宮の尖塔を眺めていた。フレデリクがあそこにいるのかと思うと、どうしても視線が向いてしまう。

「ウルリーカ、どうかしたの？」

「ううん、何でもないわ」

ウルリーカは急いで首を振り、姉妹は雑談を再開する。

ベリンダが言うには、馬車の御者《ぎょしゃ》はシモン専属の従者で、夜会にもいつも連れて来ていたらしい。

格上の宅へ従者を連れて行くのは失礼とはいえ、先方から迎えがなければ、自宅の馬車を従者に操《あやつ》らせて赴《おもむ》くのは問題ない。

その場合、従者は外で控えるのだが、賑《にぎ》やかな夜会などでは、目だたぬよう主人につき添い、何かと用を聞く事もある。気の利く従者なら、主人が意中の相手と二人きりで話せるように手引きするなど、常に忙しく働きまわるのだ。

その点でシモンの従者は、文句なしに有能な者のようだった。

夜会では、あちこちの令息から声をかけられる多忙なベリンダに、嫌悪されていたシモンを何度も引きあわせて、仲を取り持ったというのだから。

馬車は石畳の道を順調に駆け、やがてフレデリクの屋敷がある地区とは別の、貴族の社交シーズン用別宅がたち並ぶ屋敷街に入っていった。

時間がやや早めのせいか、屋敷街はとても静かだ。舞踏会や演奏会などの夜会で、何かと夜更かしの多いシーズン中の貴族は、朝はその分ゆっくりと眠るのだ。

ベリンダもさっきから眠そうに目をしばたたかせているし、昨夜は眠れなかったウルリーカも、馬車の振動に次第に眠気を誘われる。

清涼感を含んだ強い芳香剤がなければ、居眠りしてしまったかもしれない。二人は眠気を追い払おうと、何度も深呼吸しては姿勢を正した。

従者が、子爵邸の瀟洒《しょうしゃ》な玄関ポーチへ馬車を横づけすると、白い大理石の階段から、上等な衣服を身にまとった青年貴族が下りてきた。

淡い金髪の青年は、紛れもなくシモン・フェダークだった。

「お二人とも、よく来てくれましたね」

従者が御者台《ぎょしゃだい》を降り、恭《うやうや》しく馬車の扉を開けると、シモンが鼻筋の通った顔立ちに笑みを浮かべて軽く手を広げる。

彼が視界に入った途端に、ベリンダの頬が染まりソワソワしだしたのを、ウルリーカはちゃんと気づいていた。それに、召使に任せず自ら客を外まで出迎えるなど、シモンの好意はやはり本物なのだろう。

だから、複雑な気分がまったくないといえば嘘になるけれど、ベリンダの後ろに続いて馬車を降り、出来るかぎり愛想のいい笑みをシモンに向けた。

「本日は、お招き……」

挨拶《あいさつ》を述べかけたウルリーカの声は、鋭い猫の鳴き声で中断された。

「おやおや。どうも蓋《ふた》がよく閉まっていないようだと思ったら」

いつの間にか馬車の後ろに回っていた従者が、荷台から赤毛の猫を片手で掴みあげていた。

「ヴィント!?」

「あら、ついて来ちゃったのね」

従者の手から逃れようと腕を振り回してもがく猫を見て、ベリンダが目を丸くした。

「まぁ……申し訳ありません。近所で飼っている猫らしいのです」

ウルリーカは軽く頭を下げてシモンに詫び、従者に駆けよった。

手間をかけて済まないけれど、昼食会が終わるまで少しの間、裏口かどこかで預かってもらえないだろうか……そう、頼もうとした時だ。

「……この猫は、不吉な匂いがしますな」

シモンの従者から、重々しい声が放たれた。男の、猫を掴んでいないもう一方の手が、信じられないほどの素早さで動く。

従者は、上着の中から取り出したナイフを顔色一つ変えずに振った。鈍く光る刃が猫の柔らかな腹へと、吸いこまれるように沈む。

一瞬の出来事だった。

――ヴィント。

呼ぼうとした声が出ない。

視界の中で、赤い飛沫《ひまつ》が宙を舞うのが、やけにゆっくりと見えた。

まるで雑草でも引き抜くかのように自然な動作で、男は猫の腹からナイフを抜くと、どっと鮮血を溢《あふ》れさせた猫を、玄関脇の植えこみへと投げ入れた。

「たかが猫でも、不安要素を覚えたら即座に排除するのが、私のやり方でね」

――その頃。

王宮の一角にある、宮廷魔術師用の仮眠室にて。簡易寝台の一つでぐっすりと眠っているフレデリクを前に、様子を見に来たエミリオはため息をついた。

「何だ。人に心配させといて、自分は爆睡かよ」

アホみたいに嫁を溺愛しているこの同僚は、貴重な休日だというのに、突然やってきたかと思うと、仮眠室を借りると言ったきり閉じ篭《こ》もってしまったのだ。

暑いのか寒いのか。ローブをシャツの上に羽織《はお》ったまま横たわっているくせに布団はかけず、フレデリクは静かに目を閉じて、規則正しい寝息をたてている。

癖なのか、仮眠室でたまに目にするように、今日も牙《きば》の首飾りを眠ったまま握りしめていた。

（もしや、嫁さんと喧嘩でもしたのかね）

見た事ないほど不機嫌な顔をしていたのを思い出し、エミリオはごくありきたりな発想をした。

フレデリクとはそれなりに長いつきあいだが、何かと謎の多い男だと思う。

一見、人当たりが良く社交的に見えるものの、彼は非常に徹底した秘密主義だ。エミリオにも親しげに接しながら、どこか気を許していない感じがする。

だから、フレデリクに親友だと思われていると、エミリオには断言する事は出来なかった。けれど、エミリオ自身が彼を親友と扱い、気にかけるのは自由だ。

仮眠室の窓は開いており、吹きこむ風にカーテンがはためいている。空を覆《おお》う雲は厚くなり、今にも雨が降り出してきそうな気配だ。

「そろそろ降ってきそうだからな。窓、閉めるぞ」

眠っているフレデリクの横を、ズカズカ通り抜けようとしたエミリオは、その場で硬直した。

フレデリクが着ているシャツの腹部に、ポツンと赤い染みが浮き、見る見るうちに広がっていく。

規則正しい寝息をたてていた喉がビクンと反り、緑色の両目が瞬時に見開かれる。

「——……グッ、ァ!!」

フレデリクが大きく口をあけて叫び、そのまま大量の血を吐いた。

(っ……油断した……っ!)

フレデリクは激痛に顔を歪《ゆが》め、即座に肉体治癒の呪文を唱え始めた。

魂分離の魔法でつくった分身の傷は、そのまま使用者の肉体に影響する。刺される瞬間に、柔軟な猫の身体を捩《よじ》って、なんとか致命傷は回避出来たが、かなり傷は深い。出血でぐしょ濡れになったシャツを捲《めく》り、呪文が通りやすいように傷口へ直接手を当てる。

「デリク!? な……っ、とにかく回復させるぞ!」

いつの間にか傍《そば》にいたエミリオは、刺し傷を見て驚愕《きょうがく》の声をあげたが、すぐに杖を取り出して、治癒呪文を詠唱した。

杖の先から白い光が飛び出すと同時に、フレデリクも痛みにもつれる舌で何とか詠唱を終え、二人分の治癒魔法が深い傷を癒《いや》し始める。

ほどなく出血が止まり、表面の皮膚が申し訳程度に癒着《ゆちゃく》を始めると、フレデリクは脂汗を滲《にじ》ませつつ、腹部から手を離した。

治癒魔法は肉体の回復能力を高めるだけで、深い傷を瞬時に完治させる事は出来ないが、ここまで塞がればとりあえず、出血多量や感染症は防げる。

「は、はぁ……はぁっ、ありがとう。助かった」

寝台から起き上がろうとしたフレデリクを、エミリオが目を剥《む》いて押し止《とど》めた。

「何だよ今のは！　待ってろ、すぐに医療班を連れて来るから！」

「必要ない……シモンの従者に刺されたんだ……すぐ、子爵邸に行かないと、ルゥが……！」

肩にかかるエミリオの手を、フレデリクはやっとの事で振り解いた。少し身体を捩《よじ》っただけで、目が眩《くら》みそうな激痛が走る。

シモンにばかり気を取られていたのが失敗だった。あの従者は普通じゃない。

ナイフを突きたてた従者の動きには一切の無駄や躊躇《ためら》いがなく、殺気すら放たなかった。刃物の扱いに非常に慣れているという事だ。奴にとって、命を奪う行為はすでに単なる『作業』なのだろう。

そもそも、ウルリーカが猫を『ヴィント』と呼んで可愛がっていたのも知っているはず。

それを躊躇《ちゅうちょ》なく殺そうとしたという事は、彼女に遠慮など欠片《かけら》もしないと言っているのと同じだ。

(それにアイツの顔……どこかで見た気がする……)

腫《は》れぼったい瞼《まぶた》に丸い鼻をした従者の顔を、懸命に頭の中のリストに照らしあわせるが、ピッタリ一致するものは見つからない。

「おい、デリク？　しっかりしろ！」

必死に思い出そうとしていると、エミリオに頬をペシペシとはたかれた。

「シモンって、シモン・フェダークか？　アイツの従者が、ここで寝てたお前をどうやって刺せるんだよ」

「っ！」

困惑しきった声で言われ、フレデリクは己のとんでもない失言に気づいた。

エミリオは一を聞けば十どころか二十も気づくような、非常に察しのいい男だ。だからこそ、いくら彼に親しみを覚えても、常に一定の距離を保つように心がけてきた。

エミリオが牙《きば》にこめられた女王の魔法を知れば、フレデリクが猫の姿を駆使し、女王の敵を探っては始末してきた事も、勘づいてしまう恐れがある。

——いや、それだけならまだ良い。

万が一、エミリオが好奇心を刺激されて、さらにもっと深くまで探り始めたら……

フレデリクの秘密は、妻にさえも一生打ち明けられないくらい危険な火種になりうる。

ウルリーカのような一般人ならば、フレデリクに何か秘密があると勘ぐったとしても、とうてい真実を探れる代物ではない。だが、エミリオは魔術師ギルドや王宮の記録書庫にも出入り自由。切れ者の彼が本気で探れば、何かの拍子に真実に行き着いてしまうだろう。

そしてエミリオに悪意がなくとも、秘密を知ったとなれば、女王は彼を殺すようフレデリクに命じるかもしれない。フレデリクに出来ないと判断すれば、自ら手を下す事も厭《いと》わないはずだ。

アナスタシアがどれほど危険な女か、フレデリクは誰よりも知っている。

「なぁ、デリク。お前、今朝から様子が変だったし、やっぱり医療班に……」

「——もう大丈夫だ、エミリオ。驚かせて悪かった」

エミリオの言葉を、フレデリクは強引に遮《さえぎ》った。背筋に冷や汗を流し、痛みで額に脂汗を浮かべながら、引き攣《つ》った笑みをつくる。

「実は昨日、ルゥと初めて喧嘩したんだ。シモンとあっさり和解して、妹と子爵邸への招待を受けるなんていうから、すごく腹がたって……それで、嫌な夢を見たんだろうな」

「おい、デリク……」

「腹も古傷が開いただけだから、もう平気だ。世話かけたな、今度何か奢《おご》るよ」

平静を装って言い、そのまま仮眠室を出ようとした。だが開きかけた扉は、背後から伸ばされたエミリオの長い腕に、勢いよくまた閉ざされてしまった。

「あれが古傷だって？　俺の目を節穴扱いする気か？」

「そうみたいだな。とにかく俺は、急ぐんだ。ルゥと仲直りしに行かなきゃならない」

喰いしばった歯の隙間から、フレデリクは呻《うめ》いた。

だが、いつもなら踏みこむなという気配を察して引いてくれるエミリオが、今日ばかりは譲る気がないらしい。扉を押さえたまま、フレデリクの言い分を鼻で笑い飛ばした。

「ハッ、そうかよ。だったら俺も一緒に行って謝ってやる。お前に余計な事を教えちまったのは、俺なんだし」

「遠慮する。人の夫婦仲に首突っこむ暇があったら、自分の結婚相手を早く探せ」

「……誤魔化《ごまか》すな、デリク。引きずってでも、お前を医務室に連れていくからな。俺の目とお前の口のどっちが間違いか、傷口を確かめさせろ」

「ハハ……勘弁してくれよ、エミリオ。前々から思ってたけどさ……」

フレデリクは覚悟を決め、険しい顔をしているエミリオを振り仰ぐ。

失いたくない本当に大事な友達だったから、その鳩尾《みぞおち》へ思い切り拳を叩きこんだ。

「ぐっ⁉」

エミリオの方が遥《はる》かに体格が良いが、フレデリクとて伊達《だて》に鍛錬を積んでいる訳ではない。

膝をついた彼を、フレデリクは冷ややかに見下ろした。拳をふるった反動で、わき腹の傷が悲鳴をあげているが、そんなものはどうでもいい。

エミリオの方が遥《はる》かに酷《ひど》い目にあっている。彼は何も悪くないのに。全部フレデリクのせいで。

「お前は馴れ馴れしいんだよ。もう仕事以外では、俺に話しかけるな」

語尾が震えそうになるのを堪《こら》えて最後まで言い、フレデリクはそのままさっさと仮眠室を出た。

飛び散った赤に、ウルリーカは自分が悲鳴をあげたかどうかさえ、覚えていない。

無我夢中で植えこみに飛びつき、チクチクする小枝を引きむしりながら、傷つけられた猫を探していた。

「ヴィント‼　ヴィント‼」

緑色の小さな葉には、赤い液体が点々とついているのに、いくら枝を掻《か》き分けても、オレンジがかった赤い毛並みの猫は見つからない。

茂みに頭を深く突っこんで探し回っていると、唐突に肩を強く掴まれ、引きずり起こされた。

振り向いたウルリーカの顔に、従者が手にしている小瓶から冷たい液体をふりかける。

「んんっ⁉」

液体はごく少量で、とっさに目と口を瞑《つむ》って体内に入るのを防いだが、薔薇《ばら》に似た強い香りが鼻腔に流れこんだ。同時に、頭の芯を揺さぶられるみたいな衝撃が走る。強烈な眠気に襲いかかられ、従者を押し退けようとした手足から力が抜けていく。

「……相手へ薬を盛りたい時は、飲ませるよりも嗅がせる方が遥《はる》かに容易《たやす》い。難点は、自分も吸いこんでしまう危険がある事だ」

従者は、ウルリーカの身体を支えて無理やりに立たせながら、低い声で囁《ささや》いた。

「これは私が調合開発した睡眠薬だ。馬車内にまいた一剤目を十分に吸いこませる事で、初めて効果が出る。君の見送りをした大男は、非常に疑わしげに嗅いでいたが、どちらか一剤のみではただの香水に過ぎず、何の不調も起きない」

淡々と紡がれる小声は、まるで何か高等な学問の講義でもしているかのような調子だ。

「ほら、見たまえ。一剤をまったく嗅いでいない彼は勿論《もちろん》の事、御者台《ぎょしゃだい》で常に風上にいた私も、二剤を嗅いでもこのとおり平気そのものだ」

身体の向きを変えさせられ、ウルリーカの目が馬車の方角に向く。グラグラする視界の中、シモンの足元に倒れているベリンダの姿が見えた。

つい先ほどまで、彼女ににこやかな笑みを向けていた青年貴族は、今や嘲《あざけ》りを浮かべて、地面に散らばった長い金髪を踏みつけていた。

「ベリ、ン……」

目の前が白く霞《かす》んで揺れ、どんなに堪《こら》えようとしても瞼《まぶた》が勝手に落ちてくる。

「それにしても、たかが猫一匹に泣き喚《わめ》くなど……念のために結界を張っていて正解だった」

ため息混じりのセリフを全て聞き終わる前に、ウルリーカの意識は完全に闇に落ちた。

「――っ？」

目を覚ました時、ウルリーカは自分のショールで後ろ手に手首を縛り上げられ、磨かれた木の床に転がされていた。脚は縛られていないが、頭が割れそうなほど痛くてとても立ち上がれそうにない。顔をしかめながら目を薄く開けるのがやっとだ。

天井の高い瀟洒《しょうしゃ》な部屋は、どうやら応接間らしい。壁に飾られたレリーフに、フェダーク子爵家の家紋が刻まれているところを見ると、ここは子爵邸の中なのだろうか。

暖炉の前には脚の低いテーブルと、安楽椅子がいくつか置かれている。その一つにあの従者が、なぜか主のごとくゆったりと寛《くつろ》いでいた。

ウルリーカのすぐ傍《そば》には、意識を失っているベリンダも転がされている。妹の手首を腹の前で縛《いまし》めているのは、罪を犯した魔法使いを捕らえるために使われる、魔力封じの枷《かせ》だった。

「う、う……」

ベリンダが、小さく呻《うめ》き声をあげた。横向きに丸まっているその背中を、革靴のつま先が蹴る。

「さっさと起きろ、クソ女が」

「や、めなさ……い……」

ウルリーカは首をひねり、狼藉《ろうぜき》を働いている靴の主を睨《にら》みあげた。

ベリンダに泣きついて和解を求めたはずのシモンが、整った顔立ちを冷笑に歪《ゆが》めている。

自分たちがまんまと騙《だま》されたのは、もはや疑う余地もなかった。

「どうして、私……」

目を開けたベリンダが、視線を動かして自分の状況を悟り、掠《かす》れた声で呟《つぶや》く。

「すっかり騙《だま》されやがって。この俺に大恥をかかせた凶暴女に、本気で和解を申しこむ訳がないだろうが」

高笑いするシモンに、ウルリーカは目の眩《くら》むような怒りを覚えた。

ベリンダは、容易《たやす》く甘言に乗せられなどしない。そんな妹が信じていたからこそ、彼の誠意が上辺だけでないのだろうとウルリーカも信用したのに……

一体、どれほど素晴らしい演技をしてみせたのか想像もつかない。だが、とにかくシモンは、ベリンダを騙《だま》し、彼のために姉へ橋渡しをしようと尽くす心を踏みにじった。

「酷《ひど》い……ベリンダは、貴方を信じていたのに……っ！」

「――当然だ。私がそう仕向けさせたのだからな」

そう答えたのはシモンではなかった。安楽椅子に背を預けた彼の従者が、重々しく咳払いをする。

「操心魔法は、意思の強い者ほど効きにくい。彼女には苦労させられた」

驚くウルリーカへ、従者は淡々と言葉を紡ぐ。気のせいか、それともけだるげな口調のせいか、従者の顔は今朝より随分と皺《しわ》が深くなったように感じた。

「どうか、この女たちへの種明かしは、私に……」

シモンが、従者であるはずの男に丁重な言葉遣いで声をかけたのに、ウルリーカは驚く。

従者は腫《は》れぼったい瞼《まぶた》の下から、シモンに底冷えする視線を向けた。

「シモン。君は、彼女たちに屈辱と敗北感を味わわせたいのだろう？　そのために、全ての薬効を抜いて正気に戻した状態で、舞台裏を明かしたいと望んだはずだ」

「それは……そうですが……」

「ならば黙りたまえ。酔った猿のごとくはしゃぐ君では、失笑をさそうだけだ。そのような者が、私の趣向を得意げに披露《ひろう》するのは許さん」

静かながら容赦のない屈辱的な叱責に、シモンの顔が憤怒《ふんぬ》に歪《ゆが》む。

「ぐっ……いくら貴方でも、その言い草は……」

青年貴族は拳をブルブルと震わせ、顔色は赤紫にまでなった。それでも従者……いや、この老人に逆らう勇気はなかったらしい。

歯ぎしりをしつつシモンが一歩後ろに下がると、老人は軽く頷いて再び口を開いた。

「続けよう。そこで私は、疑り深い男爵令嬢へ、夜会で会うたびに操心魔法を何度も繰り返しかけ、幻覚を見せて、この男へ徐々《じょじょ》に錯覚の恋慕《れんぼ》を抱かせた」

「なっ!!」

非道な言葉に、ウルリーカはいっそう蒼白となった。

まやかしの誠意どころか、この男たちは魔法を悪用してベリンダを弄《もてあそ》んだのか。

「無論、それだけでは効果がすぐに切れてしまう。よって、同じ効果をもたらす魔法薬を、毎日皮膚から吸収させる事で、錯覚を持続させた」

その途端、ベリンダが弾かれたように顔を上げた。

「ま、まさか、あの化粧水……っ!!」

悲鳴のような声へ、老人は鷹揚《おうよう》に頷く。

「フェダーク家の事業が化粧品だったのは都合が良かった。化粧水と偽《いつわ》って薬を渡しても、何も不自然ではない。夜会でかけた魔法が持続している間に一度つけさせ、基礎回路さえ出来てしまえば、あとは贈られた薬を、毎日せっせと自分でつけてくれる」

声もなく震えているベリンダを、感情の読めない老人の視線が舐める。

「気分はどうかね？　眠っている間に注射した中和剤で、化粧水の魔法効果は消えたはずだ。消えていなければ、裏切られたと知っても、この男に未練を抱くはずだが……」

「こんな卑怯者を誰が……っ！　夜会で本当に見ていた光景も、全部思い出したわ！」

老人の声を、ベリンダの怒声が遮《さえぎ》った。

老人はたじろぐどころか皺《しわ》だらけの手を軽く打ちあわせ、満足げな息をつく。

「大変に結構。幻覚と真実の判別も出来ている。中和剤も申し分ない出来だ」

底知れぬ薄気味悪さに、ウルリーカは身震いした。

一体、この老人は何者なのだろう……？

（え？　顔が……）

ウルリーカは何度か瞬《まばた》きをした。気のせいかと思ったが、老人の顔が徐々《じょじょ》に変わってきているのだ。瞼《まぶた》の腫《は》れぼったさが引いていき、顔全体がしなびたように濃い皺《しわ》が増える。

「嘘でしょ……顔が……」

どうやら錯覚ではないらしく、ベリンダも老人の顔を凝視している。

「ふむ……魔法薬の効きが弱くなってきたな」

今や別人のようになった老人が、すっきりとした瞼《まぶた》を軽く撫《な》でて呟《つぶや》く。

皺《しわ》の深い顔に、丸く膨《ふく》らんだ鼻が特徴的なその容貌に、ウルリーカは見覚えがあった。

（そんな……手配書の……っ!!）

結婚式の翌日から、フレデリクが女王につき添って視察に赴《おもむ》いた東の地で、領主を唆《そそのか》して民の虐殺をさせた犯人だと、手配書に描かれていた似顔絵に瓜二つだった。

「手配書の旅商人じゃないの！　こんな男に唆《そそのか》されて！　私たちをどうかしても、すぐにバレるわよ！　私たちの訪問先を知っている人は大勢いるんだから!!」

ベリンダが首を捩《よじ》り、シモンをきつく睨《にら》んだ。

「ただし、今すぐに私たちを解放するのなら、黙っていてあげてもいいわ。それとも、苦労尽くめの逃亡犯になる覚悟があるの!?　さぁ……っ!?」

鋭い声で続けようとしたベリンダの口めがけて、いつの間にか魔法の杖を手にしていた老人が、素早く呪文を唱える。飛んできたオレンジ色の光が、ベリンダの口に貼りつき、塞いでしまった。

「っ!?」

「貴族のご令嬢が、まるで逃亡生活を知っているような口ぶりを……くく、だが、確かに苦労の多い生活だ。この十七年で、辛酸を嘗《な》め尽くしたと言っても過言ではない」

不気味な老人は、丸い鼻を痒《かゆ》そうに掻《か》きながら、低い笑い声をたてる。

その鼻も魔法薬で変えていたらしい。ずんぐりとした丸い鼻が、徐々《じょじょ》に尖った鷲鼻《わしばな》へと変化していくのを、ウルリーカとベリンダは、震えながら凝視した。

――フレデリクは王宮に預けてあった馬を駆け、子爵邸へ急いでいた。

（……どこで、あの男を見たんだ？）

逃亡犯が顔を変えようと、鼻骨を砕いたり、わざと目だつ傷をつけたりするのはよくある事だ。そうしたところで、気づく自信はある。しかし、どうしてもシモンの従者の顔をどこで見たか思い出せない。

騎馬の揺れが、まだ完治には程遠い傷に響き、思考を妨げる。

そのうえ昼近くなった王都の道は非常に混雑している。馬車やほかの馬を避けながら、精いっぱいに石畳を駆けるが、思うように進まずにイライラした。

ウルリーカが心配でたまらないし、ベリンダがなぜ騙《だま》されたのかも謎のまま。殴ってしまったエミリオの顔も脳裏にチラつく。

（くそ……っ！　今は、余計な事を考えるな！　最優先の事だけを……）

苛立ちながら自分へ言い聞かせた瞬間、不意にフレデリクの脳裏に、シモンの従者の声が響いた。

『たかが猫でも、不安要素を覚えたら即座に排除するのが、私のやり方でね』

「あ……」

従者の顔と、妙にもったいぶった言い回しが重なる。フレデリクに既視感を覚えさせたのは、従者の顔形ではなく刺された瞬間に聞いた声と、そのセリフの方だった。

（あいつは……毒薬師ザハル・ノヴァーグだ！）

十七年前の魔術師ギルドが告発された際に、死刑宣告を受けたその男は、かつて魔法薬学の権威とまで言われていた。

もっとも、彼の開発した魔法薬は、人を癒《いや》すものよりも苦しめ殺す目的で使われるものの方が遥《はる》かに多い。さらにその殆《ほとん》どは、効果や材料あるいはつくり方があまりに非人道的であるため、今では製法を書き記す事さえ禁じられている。

『毒薬師』と、いつしか囁《ささや》かれるようになっていたザハルは、投獄後すぐに脱獄した。以来、あらゆる魔法薬を駆使して逃亡を続けている。

フレデリクはザハルの顔を手配書でしか知らないが、あの従者とはまったく違う。かろうじて似ているといえば、輪郭や太い眉くらいだろう。

だが、彼が魔術師ギルドで最高峰たる『老師』の称号で呼ばれていた頃に書いた、幾冊もの薬学書には、彼の口癖らしい記述が必ず出てきた。

その中には音声クリスタルで保存されたものもあり、それに残っていた声と従者の声が、完全に一致する。

『――不安要素は即座に排除するべきだ』

（あいつ……魔法薬で顔を変えていたな！）

フレデリクは馬を駆りながら、恐るべき逃亡犯がこの王都に戻っていた事を女王へ報告するべく、伝令魔法を唱える。

姿形をまったく別人に変える魔法など聞いた事がない。

しかし、ザハルは魔術師ギルドで権勢をふるっていた頃、顔の造形だけでも一時的に変化出来る薬を、秘密裏に研究していたそうだ。

結局、薬の完成前に前王殺害事件が起こり、ザハルは老師の地位を剥奪《はくだつ》された。その後、逃亡生活の中で自在に顔を変えられる魔法薬をつくりあげたのだろう。

どこか不自然だった従者の顔と、視察先で見た領主の城の惨劇が、頭に蘇《よみがえ》る。

被害者たちは一見、ただ享楽《きょうらく》の末に殺されたように見えたが、よく調べればどの死体も、特定の臓器が丁寧に抜き取られていた。

ザハルが開発した薬……致死性の毒薬や、魔法生物の増強薬に、そうした材料が使われていた事も思い出し、フレデリクは戦慄《せんりつ》する。

（ルゥ……！　俺が、あんな言い方をしなければ……）

シモンの招待を怪しいと思うなら、フレデリクこそ慎重に行動すべきだった。

感情に任せて詰ったりせず、彼女の主張に耳を傾けたうえで『それでも心配だから、招待を受けるのはせめて、シモンの事を俺が調べてからにしてくれ』とでも言えば、ウルリーカの対応も変わっていたかもしれない。

……しかし、もう今となっては全て遅い。フレデリクに出来るのは、一秒でも早くウルリーカのもとに駆けつける事だけだ。

フレデリクは歯噛みし、手綱から片手を離して、伝令魔法の赤い小鳥を空に放った。

7　毒虫

「……ザハル・ノヴァーグ？」

もはや別人と変わった老人の顔を見上げ、ウルリーカは思わず呟《つぶや》いた。

この顔には見覚えがある。

『毒薬師ザハル』と呼ばれるこの男は、かつて魔術師ギルドで行《おこな》われていた残虐非道な人体実験と前王殺害に加担した罪などで、死刑宣告を受けたギルド幹部の一人だった。

目の前にいる老人は、手配書よりも随分と老いやつれていたが、間違いない。何よりも彼自身が先ほど、十七年の逃亡生活を送ったと口にしたではないか。

白目が黄ばんだザハルの目が、ジロリとウルリーカへ向いた。

「老師と尊称をつけぬか。魔力なしの出来損ない風情が」

シモンが嘲笑《ちょうしょう》を浮かべ、ウルリーカの足から胸元まで、舐めるように眺め回した。

「魔力なしのカスめ。あの時、お前が素直に言う事を聞かなかったせいで、俺は凶暴女に蹴られたうえに、親父からも謹慎処分を食らい、散々な目にあったんだ」

余りにも身勝手な言い分に、ウルリーカは声も出せず、卑劣な男を睨《にら》みつけた。

「〜っ！」

ベリンダも怒りに頬を高潮させているが、魔法で封じられているため、一声も発せられない。

「公爵家の夜会でお前たちを見つけ、どう復讐してやろうか考えていた時に、ザハル老師が声をかけてくださった。協力の報酬に、お前たちを好きなだけ嬲《なぶ》れる約束だ」

シモンが勝ち誇った顔で片足を上げ、ウルリーカの豊満な胸元を踏みつけた。乳房の片方を、硬い靴底が踏み潰す。感触を楽しむようにグリグリとこねられ、ウルリーカの全身に鳥肌がたつ。

「く、う……」

おぞましさと、踏みつけられる痛みを、歯を食いしばって必死に耐える。

「……シモン。私はしばらく部屋に戻る。魔法薬でまた顔を変えねばならぬしな」

不意にザハルが椅子から立ち上がり、重々しいため息をついた。

「その間に女たちをいたぶるのは自由だが、油断するでないぞ。声封じはすぐに解ける。じきに身体も動くはずだ」

シモンは不服そうな表情で共犯者に振り向く。

「ご安心ください。この有様では多少動けたところで、すぐ取り押さえられます」

自分の言葉を証明するように、ウルリーカを踏みつける足に力をこめ、ベリンダの手首を縛《いまし》める重そうな枷《かせ》を指してみせた。

「念のためだ、脚もきちんと封じておけ。お前の魔力でも短時間なら拘束出来るだろう」

「……わかっていますよ」

不貞腐《ふてくさ》れた顔でシモンは頷き、ベストの内側から自分の魔導杖を取り出した。

宝石飾りのついた派手な杖に、ザハルはチラリと視線をやると、またため息をついて軽く頭を振り、それ以上は何も言わずに部屋を出て行った。

「……くそっ、偉そうに」

扉が閉まると同時に、シモンが舌打ちをする。そして何度もつっかえながら拘束の呪文を唱えると、ベリンダに向けて杖を振った。

緑色の光が杖から飛び出し、床に波打つレースで縁どられた薔薇《ばら》色のドレス裾に吸いこまれると、ベリンダがビクンと身体を震わせた。

「ほらみろ、俺は天才なんだ。練習なんかしなくても、その気になればいつも上手くいく」

シモンはフンと鼻を鳴らし、得意げに杖をベストに戻すと、ウルリーカをまた見下ろした。

「負け犬らしく、せいぜい惨《みじ》めに泣き喚《わめ》いてみせろ。お前たちだけでなく、フレデリク・クロイツとチュレク男爵家も今日で終わりだ」

せせら笑う男のセリフに、ウルリーカは一瞬痛みも忘れて息を詰めた。

「どういう事!?」

「お前たち双子は、ここで俺の親父たちとサバトを開き、使用人どもを殺して生贄《いけにえ》にしたあげく、興奮しすぎて自分たちも殺しあった事にされるんだよ。準備は、もう出来ている」

元々は整っているはずの顔を、醜《みにく》く歪《ゆが》めたシモンは、続き部屋らしい扉を指差した。

「頑固な親父やお袋、俺を見下していた兄貴とその嫁も、二度と偉そうな口を利けなくしてやった」

金色の取っ手がついた白塗りの美しい扉が、一気に不穏なものに見えてきて、ウルリーカは唇を震わせる。シモンの口ぶりでは、扉の向こう側で、彼の家族はもう殺されているだろう。

「何て事を……」

「ザハル老師の術で出来た俺の幻影が他家の園遊会に出席している姿を、何人かが目撃しているはずだ。お前たちを殺したあとで、俺は被害者として屋敷の惨状を警備に通報する。財産さえ継げれば、フェダーク家に未練などないからな、外国で自由にやるさ」

自分の言葉に酔いしれたシモンは、ベラベラとさらに喋《しゃべ》り続けた。

「娘たちが罪人となったチュレク家の名は、地に落ちるだろうな！　フレデリク・クロイツも、自分の妻がサバトを行《おこな》ったとあらば、宮廷魔術師を解任されるに間違いない」

革靴のつま先が、グリリと衣服の上から、ウルリーカの胸をまた揉む。

「ザハル老師は、女王の愛人だったフレデリクがお前を飾り妻にしたと聞き、この計画を考えたそうだ。女王とその愛人の仕打ちに耐えかねて、お前がサバトに溺れたと醜聞《しゅうぶん》が広まれば、女王も流石《さすが》にあの男を傍《そば》に置けなくなるからな」

そう言ったあと、続けてシモンは舌打ちをした。

「しかしまさか、フレデリクがお前のような出来損ないを、本気で妻にしたなんてな。この身体でたらしこんだのか？」

さらに力をこめて胸を踏み揉まれ、ウルリーカの顔が苦痛に歪《ゆが》む。

「くっ……う……」

「まぁ、お前が飾りものでなかったとしても、宮廷魔術師の妻が法を犯したとの糾弾に変わるだけだ。どちらにしても、女王の牙《きば》だったあの男は宮廷にいられなくなる！」

「っ……そんなまやかし、どこかで見破られるわ！　この屋敷は徹底的に捜索されるでしょうし、ザハルがここにいた証拠が、一つでも見つかれば……」

ウルリーカの反論に、シモンは薄笑いを浮かべた。

「この屋敷の地下室には、老師が魔法薬で巨大百足《むかで》を育てている。今は禁止となっている魔法薬だ。親父の筆跡で書き写した調合法の紙を書斎の頑丈な金庫にいれておいた。お前たちを始末したら、百足《むかで》をこの屋敷に放つ。室内は全て粉砕され、兵たちが捜索しても金庫からその紙が見つかるだけという訳だ。ベリンダの筆跡で書いた、サバトに関する親父たちとの手紙とともにな！」

得意げにシモンは高笑いをしたが、おそらくこれも全て、ザハルが考え準備したのだろう。十七年も逃げおおせた老魔術師の狡猾《こうかつ》さに、ウルリーカは蒼白となった。

そんな彼女を見て、シモンはさらに調子づいたらしい。ウルリーカに顔を近づけ、顎《あご》を掴んだ。

「出来損ないの分際で！　俺の目に留まった時、大人しくしてれば可愛がってやったものを……。妹が騙《だま》されたのも、旦那の失脚も実家の没落も、全て自分のせいだと後悔しろ」

醜悪に笑い転げる男を見上げ、ウルリーカは次第に、怒りを通り越して頭が冷えていく。

何だ、この愚かで滑稽《こっけい》な男は。何を得意げにはしゃいでいる？　何もかも他人任せで、あるのは過剰なプライドだけ。一人では何も出来ない、情けなく弱々しい男。

——そもそも、さっきの拘束魔法だって……

素早くベリンダを見ると、ちょうど視線があった。彼女も同じように呆れた顔で、シモンと自分の足元を顎《あご》で示す。

やはりそうかと、ウルリーカは腹に力を入れて決意を固めた。

泣いて後悔している暇なんかない。騙《だま》されていたとはいえ、フレデリクの忠告を聞かず、窮地《きゅうち》に陥《おちい》ったのだから、自分で何とかするのだ。

ここで自分たちが死ねば、それこそコイツの思いのままになってしまう。

心配してくれたフレデリクやイゴール……それに、巻きこまれて命を落としたヴィントに詫びるために、まず生き延びなければ。

——ザハルのいない今が、最大のチャンスではないか！

「フフ……みっともない。本当に酔った猿ね」

踏みつけている女からあがった、冷ややかな嘲笑《ちょうしょう》に、シモンの顔色が変わる。

「な……っ」

「計画をたて、実行したのも、全てザハルでしょう？　貴方は横で見ていただけじゃないかしら？　自分では何も出来なかったのに、得意満面で滑稽《こっけい》な事！」

予測は見事に当たっていたらしい。シモンの顔が屈辱で青くなり、平手で激しくウルリーカの頬を打った。

「うるさい！　黙れ、魔力なし女!!」

打たれた頬は、腫《は》れてじんじんと痛みだしたが、ヴィントの受けた痛みを思えばこんなもの、どうという事はない。ウルリーカは軽蔑の薄笑いを浮かべたまま鼻で笑った。

「私に魔力がないと言えば、空っぽの貴方に何か増えるの？」

「黙れといっただろう！　俺がいたからこそ、あのジジイも計画をたてられたんだ！」

「……フーン。でも、利害さえ一致すれば、ほかの人でも別に良かったのよね」

たっぷりと軽蔑の混じったベリンダの声が、室内に響いた。

「ケホッ、やっと声封じが解けたわ」

血相を変えて振り向いたシモンを、妹は馬鹿にしきった目で眺め、フンと鼻を鳴らす。

「魔法が解けて思い出したけど、アンタは夜会でも、飲みもの片手に突っ立っていただけだったわ。まったく、あのお爺《じい》さんに好き放題に言われても、頭があがらない訳ね」

そしてベリンダは、ウルリーカへ真摯《しんし》な視線を向ける。

「ごめんなさい。あとで必ず償《つぐな》うわ」

妹の短い謝罪に、ウルリーカは口元をほころばせて頷く。

魔力も性格も、自分たちは何もかもが違うけれど、それでもやはり双子なのだ。

この場で『全部私のせいなの』などと泣いても何もならないと、ベリンダもちゃんと知っている。

「この……っ!!」

憤怒《ふんぬ》の形相を浮かべたシモンが、ウルリーカから足をどけた。手足を枷《かせ》と魔法で拘束されたベリンダを殴りつけようと、拳を固めて駆けよる。

「俺の力を、思い知らせてやる！　あの夜は邪魔をしてくれたが、これからお前の姉が犯される姿を、たっぷり見るんだな！　その次はお前も……おおっ!?」

頭に血を上らせて飛びかかったシモンの足を、ベリンダの足が、素早く払った。

ベリンダは横に身を転がし、間抜けな悲鳴をあげてつんのめった男を、既《すん》のところで避ける。

「拘束魔法は正確に当てなきゃ意味がないって、うちのお母様だって知ってるわよ」

ベリンダは軽蔑しきった口調で、ドレスの波に隠して拘束魔法を避けた長い脚を振ってみせた。

ウルリーカにさえ、あれでは正確に脚へ当たる訳がなく、ベリンダは演技をしただけだと気づいたのに。シモンは本当に、魔法を殆《ほとん》ど勉強しなかったようだ。

しかし、のんびり呆れている余裕はない。

ウルリーカは縛られたままの身体を必死に起こし、呻《うめ》きながら身を起こしかけたシモンへ駆けよる。頭痛はまだ残るが、身体の痺《しび》れはとっくに抜けていた。

「本気で謝ったなら、許そうと思っていたのに！　貴方は反省さえ出来なかったのね！」

軽蔑の声を投げつけると同時に、硬い靴先でシモンの股間を思い切り蹴り上げた。

「――――――!!」

シモンは目と口を大きく開け、声にならない悲鳴を発すると、蹴られた箇所を両手で押さえて身体を丸め、その場にうずくまって痙攣《けいれん》する。

「きゃ、っ……っ……」

誰かを蹴るなんて、ウルリーカは生まれて初めてだったし、後ろ手に縛られたままだったから、自分もひっくり返りそうになったが、何とか倒れずに済んだ。

「うわぁ……ウルリーカがここまでやるって……でも、当然ね」

立ち上がって目を丸くしたベリンダに、ウルリーカは少し気まずい気分で答えた。

「そうよ。誰でも踏みにじられたら、怒るのは当然だわ」

（――っ……何だよデリク！　あんな、罪悪感いっぱいのツラで殴るくらいなら、もうちょっと手加減しやがれ！）

エミリオはまだ痛む鳩尾《みぞおち》をさすり、自分を拒絶するように閉ざされた仮眠室の扉を睨《にら》む。

フレデリクはもうとっくに王宮を出て行ってしまっているだろうに、さっきから何度も扉を開けようとしては躊躇《ためら》っていた。こげ茶色の床板を、苛立ち紛れに踏みつける。

長いつきあいの間、時おりフレデリクのつく嘘に気づきながらも、深く突っこまなかったのは、こうなる予感がしていたからかもしれない。

それでも、古傷なんてあからさまな嘘をついて、引いてくれと言外に示していたフレデリクの訴えを、今日だけはあえて無視した。

彼が怒る事を承知で、ズカズカとその内に踏みこもうとしたのは、本気で心配だったからだ。

一年前までのフレデリクは、いつも陽気に振舞いながらも、どこか義務感だけで生きているような感じがした。城下の暴漢や視察先で出くわした盗賊と戦う時など、身の危険も顧《かえり》みず無茶を繰り返す彼に、死にたいのかと何度も怒鳴った。

本当に親しい友人も、恋人もつくる気はなさそうで、それどころか女王の愛人という噂を都合良く利用して、好意をよせてきていた女たちを遠ざける始末。

国法で妻帯の義務があるとはいえ、もしかしてフレデリクなら、架空の相手との結婚を偽造するかもしれんとまで思っていた。

いつだったか、一緒に酒を飲んでいた時、ふと冗談めかしてそう言ったら、フレデリクは困ったように笑っただけで、答えなかったから。ああ、コイツは本気でそうするつもりなのかと、悲しくなった。

何食わぬ顔で酒をあおりながら、『お前は幸せになる気がないのか？』と、聞こうとしてやめた。

どうせ、本音なんか返って来ない。

だから、フレデリクがウルリーカへの恋心に頭を抱えて悩んだり、ようやく決意した求婚を承諾されて有頂天《うちょうてん》になったりする姿は、まったく信じられなかった。

彼女をどこで見初《みそ》めたのか、フレデリクはいつも曖昧に言葉を濁《にご》していたが、滑稽《こっけい》なほど彼女にベタ惚れしているのは、紛れもなく本当だと感じた。

あんまり浮かれすぎて、花嫁の母親の曲解や噂の悪化に気づかなかったりと、困った部分も出てきたのは確か。でも、エミリオは、今のフレデリクの方がずっと好きだ。

今の彼ならきっと、混じり気なしの本心で『ルゥと幸せになりたい』と答えてくれる。

それなのに……

フレデリクの様子からして、ウルリーカに何か不測の事態でも起きたのだろう。そして、あんな大怪我をしているのに、自分一人で何とかする気なのだ。

自分の秘密に、エミリオを踏みこませまいとして！

エミリオはぐっと拳を握り締め、自分を拒む親友を象徴しているような、閉ざされた扉を睨《にら》む。

（余計なお節介だなんて、百も承知だけどな……俺は……）

――あの頃のお前には、もう戻ってほしくないんだよ!!

深く息を吐き、扉を開けて飛び出したエミリオは、ちょうど廊下を歩いていた人物に、危うくぶつかるところだった。

「あら」

軽く声をあげた女性へ、エミリオは大慌てで片膝をついて敬礼をする。

「申し訳ございません、陛下！　大変なご無礼を」

仮眠室の前を通りかかったのは、よりによって……アナスタシア女王だった。

（な、何だって、こんな事務用の旧棟に、女王陛下が来るんだよ!?）

盛大に冷や汗をかきつつ、エミリオは胸中でぼやく。

たまたま付近に人影はなく、事務棟の廊下には、エミリオと女王だけだ。

アナスタシア女王は、護衛も女官も連れずに、宮廷内を一人で出歩く癖がある。

一時期は頻繁に命を狙われていた者とは思えない行動だが、物騒な事件が起きなくなって久しい。出歩くとはいってもせいぜい宮廷の敷地内だし、執務に支障がある訳でもない。若い女王も、たまには息抜きをしたいのだろうと、家臣たちも大目にみているのだ。

エミリオは頭を垂れたまま、女王が通りすぎるのを待ったが、床に広がるドレスの裾は、一向に動こうとしない。

——あ、あれ？　あの、早くどっか行ってほしいんですけど、陛下。何でいつまでもそこで、俺に視線を突きたてているんですか？

動かないドレスの裾に、ジリジリと視線を落としていると、頭上から涼やかな声がかけられた。

「エミリオ魔術師、立ちなさい」

「はっ」

エミリオが立つと、存在感は大きくても小柄な女王とは、頭二つ近い身長差が出来る。

「先ほど、フレデリク魔術師が血相を変えて厩《うまや》に走っていくのが、執務室の窓から見えたのだけれど、彼は休みのはずではなくて？」

女王はそう言うと、問いただすようにエミリオをじっと見上げた。吸いこまれそうなほど深い目の色は、やや金色がかった光を帯び、瞬《まばた》きもせずにエミリオを眺めている。

七つも年下の女王は、妖艶《ようえん》という言葉が見事に当てはまる美貌《びぼう》の持ち主だ。性格に多少の難はあるものの、決して暴君ではない。君主としての能力も申し分ないと認めている。

ただ、異性として好みかと聞かれれば、答えは絶対に『否《いな》』だった。

それはアナスタシア女王から、どこか危険な匂いを感じるからかもしれない。

「エミリオ魔術師？」

重ねて静かに問われ、エミリオはハッと我に返る。

休みのフレデリクが急に来て、仮眠室で眠っているうちに突然怪我を負った事や、傷に軽く治癒を施《ほどこ》しただけで、すぐに出て行ってしまった事などを手短に説明した。

「——どうしてあのような怪我を負ったのか、私に詳しい事情は話してくれませんでしたが……」

女王の前で私的な感情を露《あらわ》にするのは無礼だが、自分を殴った時の苦しそうなフレデリクの顔と、泣き声のように吐かれた拒絶の言葉が脳裏を横切り、つい表情と声が苦くなる。

「……そう」

そんなエミリオを眺めて、女王が小さく呟《つぶや》く。そして彼女は、不意に窓の外へと目を向けた。エミリオもつられて、窓の外に目を向ける。

窓の外は採光のための内庭で、見苦しくない程度に整備された草木が風にそよいでいる。曇りのせいで低空飛行をしている燕たちの中を、赤い小鳥が一直線にこちらへ飛んでくるのが見えた。

「え⁉」

見慣れた緋色《ひいろ》の小鳥は、フレデリクの伝令魔法だった。

猛スピードで飛んできた小鳥は、窓ガラスをすり抜けて、女王が差し出した手の上にとまり、そのままふっと姿を消した。

女王は目を閉じ、フレデリクの伝言を頭の中で聞いていたが、すぐにその目を開けた。

「……エミリオ魔術師。貴方は、蠱毒《こどく》というものをご存知かしら？」

唐突な質問に、エミリオは驚いたが、急いで記憶をひっ掻《か》き回して答えを探る。

「蠱毒《こどく》とは、大陸東方の呪術でしたでしょうか。壺の中に多種の毒虫を入れるとか……」

一つの壺の中に多種類の毒虫を入れて殺しあわせるという、薄気味悪い毒の製造術だったはずだ。

蓋《ふた》をした壺の中で、毒虫たちは飢えをしのぐために互いの身体を貪《むさぼ》り食い、最後に生き残った一匹には、その壺の中の虫が持っていた毒を全て凌駕《りょうが》する猛毒が宿るらしい。

「そのとおりよ」

女王は頷き、フフフ、と楽しげにさえ聞こえる笑い声を漏らした。

「私の父が王だった頃の王家は、さしずめその毒壺《どくつぼ》だったというところかしらね。誰かの毒見なしでは何も口に出来ず、常に安全を確かめなくては、布一枚も使えなかったわ」

「……ご苦労なさったと、お聞きしております」

エミリオは神妙に答えた。

骨肉《こつにく》の争いはどこの王家にもつきものだが、アナスタシアの異母兄《いぼけい》たちが王位継承権を争っていた頃のロクサリス王家は、壮絶の一言に尽きる。

特に食べものは危険で、あまりにも頻繁に毒見役が死亡するため、ついには牢から引き出された死刑囚が、王家の者たちと同じ皿から取り分けられた食事をとって、毒見を務めていたらしい。

「ええ。その毒壺《どくつぼ》で生き残り王となった私が、蠱毒《こどく》の勝者……もっともおぞましい毒虫という事になるのね」

そう言った女王は、まるで幼女のように無邪気な笑みを浮かべており、エミリオは困惑した。

「どうか、ご自分の事をそのようには……」

「……知っているわよね？　蠱毒《こどく》で生き残れるのは、たった一匹きりなの。とても大変なのよ。用心に用心を重ね、ほかの全ての虫を容赦なく食い殺すの」

女王の薄い唇が、怪しく美しく動き、エミリオの背筋を冷たいものが走った。

「陛下？」

「友の制止を聞かず、毒壷《どくつぼ》の中へ首を突きこもうとした虫は……食い殺されて当然よね？」

王の証《あかし》たるエメラルドの指輪をつけた手が、ゆっくりとエミリオに向けて伸ばされる。

身じろぎも出来ずに息を呑むエミリオの首筋へ、ゾッとするほど冷たい指先が触れた。

硬質な塗料で彩《いろど》られた爪の先が、薄い皮膚へと微《かす》かに食いこむ。

「――――っ!!」

その途端、頭の天辺から足のつま先までを、閃光に貫《つらぬ》かれたような気がした。

首に添えられた指先から、はっきりとした殺意を感じるのに、全身が痺《しび》れたように動かない。

女王の両目が妖《あや》しい金色を帯び、流しこまれた魔力に、身体の自由を奪われている。

（まずい、だろ……これ……っ）

自分が知らないうちに、危険極まりない毒虫を刺激してしまった事に、エミリオは気づいた。

同時に、女王の言葉にハッとする。友の制止……フレデリクはこれを恐れていたからこそ、周囲をよせつけまいとしていたのではないだろうか？

（デリク……お前は一体、何者なんだよっ!?　女王陛下とお前に、どんな秘密があるんだ!?）

流れこむ魔力に、圧倒的な力の差を思い知らされる。どうあがこうと、この差はひっくり返せない。

流れる汗が目に入り、歪《ゆが》んだ視界の中で微笑む女王が、今から自分を食い殺そうとする巨大な毒虫に見えた。

——殺される。蠱毒《こどく》の女王に……

死を覚悟した瞬間。女王はさっと手を引いて魔力の縛りを解き、平然とエミリオを見上げた。

「デリクは、貴方を大切な友人だと思っているから、遠ざけようとしたのでしょうね。私を欠片《かけら》も信用していないの。……賢明な事だけれど」

ほんの少し寂しそうに、女王は微笑んだ。

「貴方は自分の立場をわきまえない愚か者ではなさそうだし、私もそこまで度量が狭くはないつもりよ。デリクにそう言って、一発くらい殴ってやると良いわ。出来れば私の分も、宜《よろ》しくね」

そして軽く息を吐き、いつもの妖艶《ようえん》で余裕たっぷりな女王様の顔に戻る。

「エミリオ魔術師。フレデリク魔術師から、フェダーク子爵邸に、指名手配中の毒薬師ザハルが潜《ひそ》んでいると連絡が来ました」

「っ⁉」

もう長い間、王国の各地を騒がせている毒殺魔の名前に、エミリオは目を見開く。

「すぐに兵を出します。魔術師団長とともに、大至急で王の間へ来るように」

「はっ！」

エミリオは敬礼し、まだ冷や汗の引かぬまま、魔術師団の執務室へ駆け出そうとしたが……

「――ねぇ、エミリオ魔術師」

背後からかけられた女王の声が、エミリオの足を止める。

「はい」

振り向くと、まっすぐにこちらを見ている女王と視線があった。

先ほどの凄まじい迫力はあとかたもなく消え、廊下にぽつんと立つ女王はなぜか、一人ぼっちの幼女のように見えた。

「もしも、蠱毒《こどく》の王に服従を誓い、毒壷《どくつぼ》を生き延びたもう一匹の虫がいたとしたら、それは生を得た幸運な虫なのかしら？　それとも、王のもとで生き地獄を味わう不幸な虫なのかしら？」

「……」

エミリオは数秒間、立ち尽くしたまま女王を凝視した。

今の女王の言葉は、エミリオにフレデリクの秘密を知らせるのには十分だった。

（もしかしてデリクは、女王陛下の……前王の……）

ゴクリと唾を呑み、エミリオは出かかった言葉を腹に押しこむ。

毒壷《どくつぼ》の中を、必要以上に覗きこもうとすればどうなるか、たった今、骨の髄《ずい》まで染みこませられたばかりだ。

「どちらになるかは……その者の心次第でしょう」

エミリオは慎重に言葉を選び、壮絶な争いを一人勝ち抜いた『こどくの女王』に返事をした。

「自分の人生を、幸せになるために使うか、不幸だと嘆くために使うか……私の親友は、最近やっとそれに気づけたようですが」

シモンが床に這いつくばったあと、ベリンダは素早くウルリーカの背後に回り、姉の拘束を解きにかかった。

「くぅっ……硬い……待っててね。すぐ解くから」

だが、彼女の手にも枷《かせ》がつけられているため、固く縛られたショールに苦戦する。

ふと、微《かす》かな音が聞こえた気がして、首を捩《よじ》って後ろを見たウルリーカは、悲鳴をあげた。

「ベリンダ!!」

いつの間にかシモンがよろよろと身を起こし、片手で股間を押さえながら血走った目でベリンダを睨《にら》み、長い金髪を掴もうと手を伸ばしている。

しかし、素早く振り向いたベリンダは、シモンの頭めがけて、枷《かせ》のはまった手首を勢いよく振り下ろした。

「しつこいわね！　変態！」

「ぐあっ！」

金属製の枷《かせ》で頭を殴られたシモンは、今度こそ白目を剥《む》いて昏倒してしまった。

だらしなく開いた口元からは、ヒィヒィと息が漏れているから、死んではいないだろう。

どのみち、ウルリーカたちの口から真相が公《おおやけ》になれば、罪を問われるのは間違いないが。

「あぁ、気持ち悪い。しばらく男の人とは口も利きたくないわ」

ベリンダは顔をしかめ、またすぐにショールを解きにかかる。手首を縛《いまし》めていた布が緩むと、一気に血が巡り始めた。

「ありがとう。ベリンダの枷《かせ》も外せると良いんだけど……」

じんじんと痺《しび》れる指先や手首をさすり、ウルリーカは急いでシモンの上着やベストのポケットを探ったが、鍵らしいものは出てこない。

「きっと、ザハルが持っているのね。誰が共犯だって、コイツに重要品は絶対に渡さないわよ」

ベリンダが容赦なく断言し、重たげな手枷《かせ》を揺らす。ウルリーカもまったく同感で頷いた。

「そうね。ここから逃げるのが最優先だわ。警備所でなら、外してもらえるでしょうし」

結っていたウルリーカの髪は、あちこちが解けて酷《ひど》い有様になっているはずだ。髪飾りに連なっていた綺麗な飾り球が、壊れて床に散らばっている。

首元につけたブローチが無事だったのは幸いだが、シモンに踏まれた胸が痛くて仕方ない。きっと大きな痣《あざ》になっているだろう。

しかし、植えこみの中で冷たくなっているだろうヴィントを思うと、心の方が遥《はる》かに痛んだ。

この応接間は一階にあった。閉められていた厚手のカーテンを開ければ、中庭が見える。馬鹿正直に玄関から礼儀正しく帰る余裕はない。あの危険な老師が、この部屋の扉のすぐ外に、何か罠を仕掛けている可能性だって十分にあるのだ。

中庭から屋敷の外壁伝いに逃げた方がいいと、ウルリーカは窓の取っ手に手をかけたが……

「きゃあっ！」

真鍮《しんちゅう》の取っ手に指先が触れた途端、弾けるような音をたてて火花が散り、強烈な痺《しび》れと痛みが走る。

「駄目……鍵の結界が張られているわ」

母がウルリーカに結婚承諾をさせるために、実家の客間へ閉じこめた時と同じ魔法だが、あれよりもずっと強力なようだ。

「うぅ〜、この枷《かせ》さえなければ、解除出来るかもしれないのに！」

ベリンダが憎らしい枷《かせ》を睨《にら》んで呻《うめ》く。

ウルリーカにも魔法が使えていたら、やはり枷《かせ》をつけられていたに違いないが、それでも己の無力さを改めて痛感して、しょんぼりと肩を落とす。

「この部屋は特に用心しているでしょうしね。ほかに出入り口を探し……」

ウルリーカが言いかけたとき、突然に廊下の方から、大きな杭《くい》を何十本も床に打ちつけるような、ダカダカという音が響いてきた。

先ほど、ザハルが出て行った扉の外から、その音はだんだんと大きくなって近づいてくる。地震のように床が振動し、天井のシャンデリアが大きく揺れ始めた。

「きゃっ⁉」

突然、扉の下にあるわずかな隙間から、オレンジがかった黒い棒のようなものがにゅっと突き出てきて、ウルリーカたちは飛びのいた。

ツヤツヤと硬そうに見えたそれは、意外にも柔軟な動きでしばし蠢《うごめ》いたあと、スススと引っこんでしまった。

「何かしら……」

ベリンダが言い、二人がさらに後ずさった瞬間。

凄まじい轟音《ごうおん》とともに、扉が周囲の壁ごと、外から打ち砕かれる。

「きゃあああ‼」

衝撃で姉妹は部屋の奥側に吹き飛ばされた。砕け散った扉と壁の破片がバラバラと飛んで、二人の上に降りかかる。

咳きこみながら痛む身体を起こしたウルリーカの目に、漆喰《しっくい》の白い粉煙の中を這い進んでくる、巨大な百足《むかで》が映った。

毒々しいオレンジ色をした平べったい頭は、人間など一呑み出来そうだ。

頭の先端に生えた長い触角は、さっき扉の下から出てきたものだった。あれで獲物を感知したのだろう。黒く太い触角が、ウルリーカとベリンダの方をしっかりと向いた。

強靭《きょうじん》そうな顎《あご》がカチカチと音をたて、鋭く長い牙《きば》が見え隠れする。

「ひ……」

ウルリーカの隣で起き上がったベリンダも、掠《かす》れた悲鳴をあげて、巨大な多足の毒虫を見上げた。

シモンが話していた、ザハルの育てたという巨大百足《むかで》に違いない。事が済んでから放つつもりだったというこれが、どうしてすでに解き放たれているのか……容易に想像出来る。

ザハルは最初から、シモンもウルリーカたちとともに、始末するつもりだったのだ。

凶悪な逃亡犯の用意周到すぎる悪辣《あくらつ》さに、ウルリーカたちは青ざめた。

ようやくフェダーク家の邸宅に着いたフレデリクは、馬を手近な柵に繋ぐと、慎重に門をくぐって前庭に入った。

わき腹は酷《ひど》く痛み続け、頭が焼けそうなほど熱いのに、全身を寒気が襲う。治りきるまで安静にしていなかったせいで発熱したのだ。

(……やっぱり結界を張ってあるか)

垣根の内側に、防音結界が覆《おお》っているのを見て、フレデリクは顔をしかめた。

猫の身体を刺された時、ウルリーカがヴィントの名を叫ぶのを聞いたが、これでは悲鳴どころか中で爆発事故が起きたとしても、近所の人たちに何も聞こえないはずだ。

ザハルがここにいると、女王に緊急伝令を飛ばしたが、兵たちが来るまで待ってなどいられない。

前庭へこれほど強固な結界を張ったりするなど、もうザハルが屋敷の者へ正体を隠す気がないのは明らかだ。

ウルリーカたちが来た時、真っ先に客人を迎えるはずの使用人が、玄関口に一人も現れなかった事からも、すでに殺されているせいとみた方がいいだろう。

見上げた瀟洒《しょうしゃ》な邸宅は、不気味なほど静まりかえっている。

フレデリクは腰に下げた細身の剣を握り、深く息を吸って魔力を目にこめる。

殆《ほとん》どの魔法使いは、杖を補助に使って魔力の消費を抑えるが、フレデリクはいつも使わない。

幼い頃、上手く魔法を使えなかったフレデリクに、その原因は身体に宿る魔力が多すぎるせいだと、アイゼンシュミット侯爵が教えてくれた。

例えれば、満杯に入った絞り袋の中身に対して、出し口が小さすぎるので、力加減を間違えればすぐに破裂してしまうというのだ。

魔力を出しすぎないコツを身につけるまでに、随分と苦労した。

（焦らずに、細く……使う分だけを……）

心に刻みこんでいる侯爵の教えをお守りのように唱えて、自分の魔力を高めると、建物の奥から微《かす》かな魔力の共鳴を感じた。

（ルゥ……やっぱり、この中にいるんだな）

ウルリーカが身につけている銀猫ブローチの目は、フレデリクの魔力をこめた石をはめこんだものだ。これを彼女が身につけていれば、居場所をある程度は感知出来る。

女王の側近たるフレデリクは、ザハルのように魔術師ギルドを追われた者を始めとして、何かと敵が多い。

万が一にもウルリーカが巻き添えを喰らう事になっては……と、つくったものだが、これをつけろと彼女に強制するのは、鎖に繋ぐ行為と同じ気がして、いざとなると言えなかった。

結局。緊急事態にでもなったらつけてもらえばいいと考え、そっとほかのアクセサリーに紛れさせた。

そう華やかなものでもないし、鏡台にはもっと高価なアクセサリーをいくつも用意したのに、まさかあれをヴィントに似ていると、喜んで毎日つけてくれるなんて……

ウルリーカの笑顔を思い出しながら、フレデリクは玄関や窓に魔法の罠が仕掛けられていないか探っていく。

周囲の窓には全て鍵の結界が張ってあるが、正面玄関には何も仕掛けられていないようだった。

（……愛妻を取り返したければ、どうぞ正面からお通りくださいって訳か）

フレデリクは剣を抜くと、魔窟の入り口のような玄関の扉を睨《にら》んだ。

ほかの窓に張られた結界を破るのは容易《たやす》いが、こんなにあからさまに道を残しておくなら、かえって結界を張ってある方に、二重目の罠が仕掛けられている可能性が高い。

慎重に玄関の扉を開くと同時に、キラリと銀色の閃光が目前を走った。フレデリクは上体を思い切り仰《の》け反《ぞ》らせつつ右腕を振り、飛んできた細い矢を剣で弾き飛ばす。

扉を開けると綱が引かれ、内側に仕掛けられたボウガンが自動的に発射される仕掛けだった。

魔力で感知出来る罠は、魔法を使用したものだけだ。魔法だけを学んでいては、こういう物理的な罠へ対応出来ないと、フレデリクに剣術を叩きこんでくれたのは、かつて侯爵家の密偵頭を務めていたイゴールだ。

彼の教えてくれた、急所を確実に狙う戦い方や、数々の罠への対処法は、フレデリクをいく度も死地から救った。

次の矢は飛んで来なかったが、フレデリクはその場でもう一度、剣を前に突き出してふるう。プツリと手ごたえがあり、戸口に張り巡らされていた、髪ほどの細い鋼線が何本か切れる。あのまま踏みこんでいたら、首と胴体を分断されていた。

屋敷の奥からは、激しい物音が聞こえ、フレデリクは息を呑む。もう鋼線が残っていないのを確認し、剣を手に急いで音のする方へと駆けた。

「――ひ……」

ウルリーカは巨大な百足《むかで》を前に、喉を引き攣《つ》らせた。

新鮮な獲物を見つけた百足《むかで》は、グニグニと節を蠢《うごめ》かせ、天井スレスレまで頭を持ち上げる。壁に空けた大穴から、二本の硬い尾までも全て入れ、ふらついていた頭が狙いを定めるようにピタリと止まった。

「ウルリーカ、走るわよ！」

唐突に、ベリンダがウルリーカの腕を掴み、力いっぱいに引き起こした。

踵《かかと》の低いウルリーカの靴と違い、ベリンダの靴は踵《かかと》が細く高い流行の形だったが、いつの間にか彼女はそれを両足とも脱いで、片方を結界の張られた窓に向けて思い切り投げる。

結界が火花を散らし、百足《むかで》がそちらを向いた隙に、二人は廊下に飛び出そうと駆け出したが……間にあわなかった。

百足《むかで》はすぐに二人へ注意を戻したのだ。黒光りする身体が部屋の中を大きく旋回する。蠢《うごめ》く多数の足がウルリーカたちの行く手を阻み、頭上で大きな顎《あご》から空気が出る音を聞いた。

もう駄目だと思った時、不意にウルリーカの脳裏を、フレデリクの泣き出しそうな横顔がよぎった。

彼はいつも、素敵な笑顔をウルリーカに向けてくれたのに……。最後に自分がさせてしまった顔が、あんなにつらそうな表情になるなんて……

「ルゥ！　ベリンダ！　伏せて！」

突然響いた鋭い男性の声に、ウルリーカは耳を疑う。

とっさに身を伏せると同時に、百足《むかで》の空けた壁の穴から青白い稲妻が飛び出して、巨大百足《むかで》の胴に直撃するのが見えた。

部屋中に青白い閃光が走り、凄まじい雷鳴が耳をつんざく。

百足《むかで》の長い全身が無数の火花に覆《おお》われ、毒虫の口から表現し難い悲鳴があがった。

「っはぁ……間に合った……」

瓦礫《がれき》を踏みつけて、壁の陰から姿を現した青年を、ウルリーカは死の間際に見る幻なのかと思った。

どうして、彼がここにいるのだろうか……

「デリク様……」

「……こんな危ないところに来ちゃ、駄目じゃないか」

こちらを振り向いたフレデリクが険しい表情を緩め、ホッとしたように微笑んだ。

「迎えに来たよ、俺の大事な奥様」

愛妻の無事な姿を目の当たりにし、フレデリクはあやうくその場にへたりこんでしまうところだった。

もっとも、完全に無事とはいい難いだろう。髪や衣服はボロボロで、頬の片側は赤く腫《は》れている。傍《かたわ》らにいるベリンダは、魔力封じの枷《かせ》をつけられており、こちらも酷《ひど》い目にあわされたらしい事が明白だった。それでも、最悪の状況は免《まぬか》れた。

しかし今は、再会を喜んだり、詳しい事情を尋ねている暇はない。

魔法薬で巨大化されたと思われる百足《むかで》は、強烈な雷《いかずち》の一撃を食らってもまだ生きていた。痙攣《けいれん》を繰り返しながらも、多数の足で瓦礫《がれき》を踏みつけて起き上がろうとしている。

「二人とも早く、こっちへ‼」

フレデリクが叫び、駆けよってきたウルリーカとベリンダを盾の魔法で包む。フレデリク自身は円形に張られた防御結界の外に残った。

盾の魔法は、物理的な攻撃にも魔法攻撃にも優れた防御力を発揮するが、致命的な欠点がある。中に入った者も、外へいっさいの攻撃を通せなくなるのだ。

さらに、解呪しなくてはその場から動けないのも、いささか使い勝手が悪い。

百足《むかで》が怒りの篭《こ》もった音を発し、鉄杭《てつくい》のような触角の一本がフレデリクへ襲いかかる。

フレデリクはそれを剣で受け流した。

重い。まるで巨人に戦斧《せんぷ》を振られたようだ。まともに止めていたら剣が砕け散っていただろう。

　硬い触角の表面はザラついており、こすれた刃から火花が散る。たちまち鋼の表面がボロボロに削れてしまった。

　なまくら同然になった剣で、襲ってきた別の触角を弾きつつ、百足《むかで》の頭めがけて再び魔法の雷《いかずち》を放つ。

　しかし、高熱で視界が歪《ゆが》み、今度は外れた。雷《いかずち》はシャンデリアを粉砕し、氷の結晶に似た破片がキラキラと部屋中に飛び散る。

　わき腹の傷が焼けつくように痛み、シャツにじわりと血が滲《にじ》んだ。無理をし続けたせいで、治癒魔法をかけていても、傷が開いてしまったらしい。

　さぞかし洗練された内装だったろう室内は、巨大な百足《むかで》が動くたびに破壊されていく。百足《むかで》の胴体に引っ掛かったカーテンが引きむしられ、脚先で削られた壁紙が剥《は》がれる。瓦礫《がれき》の下に、高価そうな革靴を履いた男の脚が覗いていた。絨毯《じゅうたん》を大量の血が浸している。

「っ！」

　瓦礫《がれき》を踏みしめてふらつきそうになった身体を持ち直し、フレデリクは再び呪文を唱えた。

今度は魔法で鋭く長い銀色の刃を何本もつくり出し、一斉に百足《むかで》の胴へと投げつける。殆《ほとん》どが硬い外皮に弾かれたが、何本かは節を貫《つらぬ》いて壁や床に刺さり、長い胴を縫《ぬ》いつける事に成功した。

「デリク様、怪我を……！」

ウルリーカが防御結界の中から、悲鳴をあげる。フレデリクのシャツに鮮やかな赤が大きく広がっていた。

「っは……大丈夫だから……」

そう言ってみせたものの、もう限界が近いのは明らかだ。

魔力にはまだまだ余裕があっても、それを使うには術師の気力と体力が必要となる。疲弊しきったフレデリクの全身は、とっくに悲鳴をあげ続け、高熱に焼かれる頭が朦朧《もうろう》とする。

集中力が途切れるせいで、双子を包む防御結界に亀裂が入り始めていた。

しぶとい百足《むかで》はまだ絶命せず、傷口から体液を噴きあげながら、縫《ぬ》いつけられた身体を解放しようともがいていた。尾の先端についている棘が天井を掻《か》きむしり、瓦礫《がれき》がバラバラと降ってくる。

（くそ……もう少しなのに……）

止《とど》めを刺すために全力で攻撃魔法を使えば、その瞬間にウルリーカたちを守る結界は消滅してしまうだろう。かといって、このまま堪《こら》え続けても、結界が壊れるのは時間の問題だ。

焦るフレデリクの耳に、ロクサリス騎士団のラッパ音が飛びこんできた。騎馬の駆ける音が、たちまち近づいてくる。

開け放しておいた正面玄関から、すぐにでも兵たちが助けに来るはずだ。

とっさに決断をし、フレデリクはウルリーカたちへ叫んだ。

「結界を解くから、そのまま正面玄関まで、走って逃げるんだ！」

「は、はい！」

フレデリクの声に、ウルリーカは弾かれたように顔を上げた。

明らかな大怪我を堪《こら》えている夫が心配でたまらないが、今のウルリーカに出来るのは、彼の指示に従う事だけだ。

自分と妹を覆《おお》っていた薄い金色の膜が、ふっと消えた。

騎馬隊の音も、すぐそこまで近づいている。ウルリーカはベリンダとともに駆け出す。

背後に凄まじい破裂音と、百足《むかで》のたてる絶叫に似た音を聞きながら、必死で崩れそうな脚を動かした。

ところが、角を曲がって玄関ホールへ飛びこもうとした瞬間、目にした光景に二人は動けなくなる。とっさに脚を止めたせいで、つんのめって互いにもつれあいながら転んでしまった。

客間の巨大百足《むかで》と同じくらいの体躯をした百足《むかで》がもう一匹、ホールの反対側にある廊下の暗がりで、じっと身を伏せていたのだ。

気づかずホールに駆けこんでいたら、そのまま飛びかかられていたかもしれない。

獲物をじっと見据えながら、顎《あご》をカチカチと鳴らしている百足《むかで》は、今まで貯蔵庫でもあさっていたのだろうか。

多数の脚には肉の切れ端がこびりつき、触角の片方には油壷が逆さまにひっかかっていた。

オレンジと黒のおぞましい頭を零《こぼ》れた灯油がテラテラと光らせて、いっそう虫を不気味に見せている。

目を見開いて震えている双子へ、百足《むかで》が細長い身をぐっと縮めて、バネのように飛びかかる体勢をとる。

もう、騎士たちの声がすぐそこまで聞こえているのに。

「ルゥ⁉」

フレデリクの声が客間の方から響き、ベリンダが悲鳴をあげながら、ウルリーカを庇《かば》って覆《おお》い被さる。

「っ‼」

襲い来る百足《むかで》の頭めがけて、ウルリーカはとっさに右手を向けていた。

――魔力なしの出来損ないと言われるのが、悔しくて悔しくてたまらなかった。

人は、自分が持たないものにこそ憧れると聞く。それに伴う苦労を知る事なく、良い部分だけが見えるからなのだろうか。

……そんな理屈は、何の慰《なぐさ》めにもならなかった。

悔しくて、憧れて、魔法を使える妹を嫉《ねた》みながら、少しでも近づきたくて……だから、妹の魔法書を時おり持ち出しては、こっそりと読みふけっていた。

それこそ隅から隅まで、そこに書かれた全ての初期呪文を暗記してしまうほど……

自分でも半ば無意識に、ウルリーカは呪文を唱えていた。

『魔力なしの出来損ない令嬢』というあだ名ゆえに、いつの間にか周囲の人々は、ウルリーカの魔力が零《ゼロ》だと思っていたけれど、それは大きな間違いだ。

ウルリーカの魔力数値は『六』。

こんな事が出来たからと言っても、認められるはずがないからと、誰にも黙っていたけれど、たった一つだけウルリーカにも出来る魔法があった。

「────!!」

正確な呪文の詠唱とともに、ウルリーカの手から小さな火花が迸《ほとばし》る。それは油まみれの百足《むかで》の頭へと見事に命中し、一瞬で燃え広がった。

ほぼ同時に、フレデリクの詠唱した盾の魔法がウルリーカたちの身体を包みこむ。

今にもウルリーカたちへ食いつこうとしていた百足《むかで》の頭は、ネバネバした唾液をふりまきながら、方向転換する。そして、燃えあがる平たい頭を玄関ホールの床へ打ちつけ始めた。

頭部の炎はたちまち消えてしまったが、すぐに戸口の向こうから何人もの呪文を詠唱する声が聞こえる。飛びこんできた複数の霜《しも》の魔法が、巨大な百足《むかで》を包んで凍りつかせ始めた。

黒い全身に薄《うっす》らと霜《しも》を張りつかせた百足《むかで》は、動かなくなった。

「は、はぁ……はぁ……」

ウルリーカは荒い呼吸を繰り返し、ベリンダと抱き合ったまま、床に座りこんでいた。腰が抜けたらしく、まったく立ち上がれない。

武装した騎士団と宮廷魔術師たちが駆けこんでくるのを呆然と眺めていると、不意に盾の結界が消えた。

「デ、リク様……？」

見上げると、すっかり血の気の引いたフレデリクが、すぐ傍《そば》にいた。

小さな魔法を放ったウルリーカの手と、わずかに焦げ目がついた百足《むかで》の頭を交互に眺め、言葉が見つからないというように、口を開け閉めしている。

「大丈夫ですか!?」

魔術師の一団の中から少しくすんだ短い金髪の、背の高い男が駆けより、ベリンダの枷《かせ》と脚を見て眉を顰《ひそ》める。裸足で駆けてきた妹の足の裏は、瓦礫《がれき》でズタズタに傷ついていた。

「私は何ともありませんから、ベリンダを……」

ウルリーカが言うと、金髪の魔術師は放心しているベリンダを横抱きに素早く抱えあげた。

「失礼します。すぐに治癒しますので」

そして彼は、チラリとフレデリクへ視線を向けた。

「嫁さんは任せたぞ。あとな、俺は毒壺《どくつぼ》に首を突っこむつもりはないから。いらん心配はするなよ、親友」

「……？」

ウルリーカには、背の高い魔術師の言った言葉の意味がわからなかったが、フレデリクには何か痛感するものがあったのだろうか。

「エミリオ……悪かった」

フレデリクは泣き出しそうな顔で、ベリンダを連れていく魔術師の背へ呟《つぶや》くと、そのままウルリーカの隣へ崩れこむように膝をついた。

もう胸元まで真っ赤になっているシャツが目に入り、ウルリーカは息を呑む。まだ腰がたたないが、這いずってさっきの魔術師を呼び止めようとした。しかし、フレデリクに背中から抱き止められてしまう。

「デリク様⁉　お怪我を……」

「大した事ない。ルゥが無事で良かった」

「……すみません。止めてくださったのに、意地を張って……」

恐怖と緊迫に凍結していた思考が解けた途端、涙と後悔が止まらなくなった。

フレデリクの手に、ゆっくりと髪を撫《な》でられる。

とても愛しげな声で耳元に囁《ささや》かれた。

「まったくだ。ルゥが魔法を使ったのはちゃんと見えたぞ……魔法使い《俺》の気持ちがわからないなんて、もう絶対に言わせないから」

8　信頼する相手

武装した騎士団と宮廷魔術師団が駆けつけたとあり、子爵邸の周囲には大勢の野次馬が詰めかけていた。

しかし、宮廷魔術師たちが張った遮音と不可視の結界により、庭を含めて屋敷は丸ごと隠されている。

霜《しも》で一時的に凍っている巨大百足《むかで》は、さらに厳重に魔法をかけて身動き出来なくされた。この百足《むかで》は、魔術師ギルドで研究に使われるという事だ。

ウルリーカはフレデリクに連れられて、前庭で控えていた医療班の世話になった。

芝生に広げた敷物の上で、白いローブを着た魔術師に、頬の腫《は》れや手足の擦り傷をたちどころに治される。

「ほかに痛む箇所はありますかな？」

柔和そうな老齢の魔術師に尋ねられ、ウルリーカはつい素直に答えそうになったが、慌てて首をふった。

「いえ、もう大丈夫です。ありがとうございました」

実を言えば、シモンに踏まれた胸がまだ痛むのだが、流石《さすが》にこの衆人環視の中では見せづらい。

隣ではフレデリクも目を瞑《つむ》り、体力を回復する魔法と治癒魔法をかけられている。

少し離れた場所では、治療を受け終えたベリンダが、あの忌《い》まわしい枷《かせ》を外してもらっていた。

ウルリーカが治療を終えると、壮年の魔術師団長に事情を聞かれる事になる。

ザハルがシモンと手を組み、ベリンダが魔法薬で操《あやつ》られていた事を説明したあと、ウルリーカは声を潜《ひそ》めて尋ねた。

「ベリンダは何も悪くないのです。責められたりなどしませんよね？」

彼女はシモンの従者が恐ろしい逃亡犯だと知らなかったのだし、巧妙な罠にかけられた被害者だ。

それでもウルリーカを連れてくる役目をさせられたベリンダが、万が一にでも妙な嫌疑をかけられたりしたら……と、心配でたまらない。

「勿論《もちろん》です。ご安心ください」

魔術師団長が力強く頷く。

「化粧水は証拠品として回収しますが、ほかにお手間はかけません。一介の女性にあの古狸《ふるだぬき》の正体を見抜けなかったら責を問うというなら、長年奴を捕まえられなかった我々こそ、無能者としてクビになってしまいますからな」

最後の方はやや苦笑まじりに言った魔術師団長に、ウルリーカは深々と頭を下げた。

「ありがとうございます」

心の重みが少し楽になったものの、完全に晴れはしない。視線はどうしても、植えこみの一角に向いてしまう。

自分がこの罠にまんまと引っ掛かったせいで、あの可哀そうな猫は刃を向けられたのだ。あんな大怪我で治療もされないままでは、即死していなくともじきに死んでしまっただろう。

「すみません。少し、探しものがあるのですが……」

せめて亡骸《なきがら》を弔《とむら》いたいと、今度はベリンダに話を聞きに行きかけた魔術師団長に、植えこみを探る許可をもらおうと思ったが、フレデリクの声がそれを遮《さえぎ》った。

「……ヴィントなら無事だ」

「え？」

振り向くと、上体を起こしたフレデリクが、吸いこまれそうな深い緑色の両目で、まっすぐにウルリーカを見つめていた。

「どこにいるかは言えないが、とにかく無事だ」

思いもよらぬフレデリクの言葉に、ウルリーカは一瞬、声を詰まらせる。

（どうしてデリク様は、ヴィントが怪我をした事を……）

ヴィントの事は、フレデリクに話した覚えがあるけれど、なぜ彼は今、ウルリーカが探しているのがヴィントだと……あの猫に起きた不幸を、どうして知っているのだろうか？

「ルゥ、俺を信じてくれる？」

「は、はい……」

真剣な声に気圧され、ウルリーカは頷いた。疑問ならほかにも山ほどあるが、フレデリクの言葉を信じたい。

フレデリクがホッとした様子で息を吐き、やや強ばらせていた表情を和らげる。

「ありがとう。心配せず休んでいてくれ。俺はやらなくちゃいけない事があるから」

「ああっ、もう！　フレデリク魔術師！　まだ大人しくしていてくださいよ！」

立ち上がってローブを羽織《はお》り始めたフレデリクに、治療をしていた医療班の青年が渋い顔をする。

「もう平気だ。流石《さすが》は医療班、俺の治癒魔法とは段違いだな」

フレデリクが軽やかに笑い、新しく替えたシャツのわき腹部分を手で押さえる。

「う……調子いいんですから。また熱が上がっても知りませんよ」

まだ少年に近いほどの若い魔術師はそう文句を言ったものの、褒められてまんざらでもなかったらしい。ニヤつくのを我慢するように、口元をムズムズさせてウルリーカの方を向く。

「奥様。帰宅なさったらすぐに、フレデリク魔術師をベッドへ叩きこんでください」

「はい」

やはり相当な重傷だったのかと、ウルリーカが神妙に頷くと、ひょいとフレデリクが割りこんできた。

「ああ。ルゥが添い寝してくれるんだったら、いくらでも大人しくベッドに篭《こ》もるさ」

「な……っ！」

瞬時に赤く染まったウルリーカの頬に、フレデリクは軽く唇を触れさせると、踵《きびす》を返して騒がしい庭の中を歩いていってしまった。

朝からずっと鉛色《なまりいろ》だった空は、だんだんと快晴に向かっており、雲の切れ間から差しこんだ日光が、彼のオレンジがかった緋色《ひいろ》の髪を照らす。

（え……）

一瞬、彼の後ろ姿に、ヴィントが重なって見えたような気がした。

ウルリーカはパチパチと瞬《まばた》きをする。

やはり見えるのは、普通に歩いていくフレデリクの後ろ姿だけだった。疲れと緊張で、幻覚を見たのかもしれない。

――彼の髪の色が、ヴィントとそっくりな色だから。

フレデリクが軽く周囲を見渡すと、背の高いエミリオはすぐに見つかった。窓に張られた結界を調べている彼に近づき、ローブの袖を引っ張る。

「……ちょっと、いいか？」

小声で囁《ささや》き、そのまま自分も一緒に結界を調べているふりをして、エミリオを花壇の陰にしゃがみこませた。

「仮眠室では、本当に悪かった」

「何だよ。そんな話ならもういいって」

顔をしかめるエミリオに、フレデリクは小声で話を続けた。

「さっきから皆の報告を聞いていたが、ザハルは逃げたんだろ？」

「ん？　ああ、中を調べに行った連中の話じゃ、金目のものを盗んでとっくに逃げていたらしい。この前の視察の時と同じだな」

「もしかしたら、奴の居場所が探れるかもしれない」

意を決して、フレデリクはエミリオに告げた。

ザハルは魔法薬を使って自在に顔を変えている。それなら今も、従者や旅商人とはまったく違う顔に変装していると考えていい。見た目だけで発見するのは、まず難しいだろう。

「エミリオ。ザハルは俺の血が一度ついたナイフを持っていると思う」

手当てされたわき腹を指で示し、フレデリクはヒソヒソと囁《ささや》く。

ザハルは隠し持っていたナイフを、随分と使い慣れていた様子だった。きっと愛用品だろう。逃亡中の身である彼が、ああいう小型の武器を常に携帯するのは当然だ。

付着した血は拭《ふ》き取っただろうが、その時に一緒についたフレデリクの血に宿る魔力は、いくら水で洗い流そうとも数日間は消えない。

「……わかった。お前の魔力を追いかければいいんだな」

フレデリクの言いたい事を素早く察知して、エミリオが頷く。

どうしてザハルのナイフが、仮眠室で眠っていたフレデリクを刺せたのか、『毒壷《どくつぼ》の淵《ふち》を垣間見てしまったらしい』彼は、もう追及しなかった。

探査の魔法は、エミリオがもっとも得意とする分野だ。集中すれば、この広い王都の全体すら、くまなく特定の魔力を追う事が出来る。

だから彼には『猟犬』なんてあだ名がついているのだ。

「わかった。あとは任せて、お前は嫁さんたちと帰って休め。追跡出来た理由は、適当にでっちあげといてやるからさ」

そう言うと、大型の猟犬魔術師は立ち上がり、ローブの裾についた土をはたき落とした。そしてフレデリクの額を指でピンと弾く。

「言っとくが、休めって勧めるのは、お前のためじゃねーからな。お前の嫁さんとベリンダ嬢を、安心して一緒に帰らせるためだ」

痛いところを突かれ、フレデリクはぐっ、と言葉に詰まる。

今すぐルゥを屋敷に連れ帰り、そのまま思う存分、気が済むまで一緒にいたいのは山々だが、ザハルを捕まえるまでは悠長にしていられない。

ウルリーカとベリンダは、信頼出来る騎士たちに護衛を任せて、先に帰らせようと思っていた。

「でもな……」

抗議しかけると、エミリオがニヤリと笑い、もう一度フレデリクの額を軽く弾いた。

「ちなみに、団長も同じ事を言ってたから、これは上司命令だ。諦めて、たまには仲間を信頼しろ」

……止《とど》めを刺され、ついにフレデリクは沈黙した。

子爵邸での簡単な事情聴取が済むと、ウルリーカとフレデリク、それにベリンダの三人は、警備隊の馬車でそれぞれの屋敷まで送られる事になった。

馬車はまずベリンダを男爵家の街屋敷へ送り届け、例の化粧水を回収してから、ウルリーカとフレデリクの自宅へ向かう。

出迎えたイゴールは、血相を変えて何があったか知りたがったものの、フレデリクが深手の怪我を治癒している最中だと聞くと、質問を引っこめてすぐに寝室へと促《うなが》してくれる。

まだ陽は高かったが、ウルリーカも楽な寝衣に着替えて寝室に入る事にした。

魔法で体力は回復してもらっても、精神的な疲労までは拭《ぬぐ》えないようだ。何より、フレデリクの事が心配でたまらない。

カーテンを引いた薄暗い寝室で、フレデリクは着替える気力もなかったのか、ローブを脱いでシャツのボタンをいくつか外しただけの姿で横たわっていた。

「デリク様。助けてくださって、ありがとうございます。それから……昨日の夜は酷《ひど》い事を言ってしまって……ごめんなさい」

寝台に腰掛けてそっと声をかけると、フレデリクが瞑《つむ》っていた目を開けた。

「俺の言い方も一方的だったし、お互い様だ。それに……」

深い緑色の瞳が、ウルリーカをじっと見つめる。

「……ヴィントに会いたい？」

唐突な夫の言葉に、ウルリーカは一瞬驚いたものの、すぐに勢いこんで頷いた。

「はい！　どこにいるのですか⁉　一目でもいいので、ぜひっ！」

興奮と焦りのあまり、フレデリクに覆《おお》いかぶさらんばかりに近づいてしまうと、スルリと伸びてきた腕が首の後ろに回された。そのまま引きよせられ、唇があわさる。

「んっ⁉」

しかし、唇の表面を軽くあわせただけで、すぐにフレデリクの腕は離される。

「ルゥ。これから教える事を、誰にも秘密にすると約束してくれる？　ベリンダにもだ」

ウルリーカを見上げるフレデリクは、酷《ひど》く真剣な表情と声をしていた。

「はい。お約束します」

一体、何を打ち明けられるのか。少し不安を覚えながらも、ウルリーカは頷いた。

するとフレデリクは、いつも肌身離さない、あの首に下げた牙《きば》を握り、静かに目を瞑《つむ》った。

「……え？」

一瞬ののち、ウルリーカは自分の目を疑った。これは夢なのだろうかと、軽く自分の頬を叩く。

「ニャァ」

静かに目を瞑《つむ》り横たわっているフレデリクの胸の上で、チョコンと座った赤毛の猫が鳴いた。

「ヴィント……？」

有り得ないと却下したばかりの、突拍子もない考えが、急速に真実味を帯びて戻ってくる。

同時に、数々の疑問がピタリと組みあわさっていく。

フレデリクは王都の街中《まちなか》で何度もウルリーカを見かけ、それで求婚にまで至ったと主張するのに、なぜウルリーカの方は、ずっと恋していた彼の姿に、一度も気がつかなかったのか……

フレデリクが子爵邸へ駆けつけてくれた理由も、ヴィントが怪我を負った事を知っていた理由も……

——彼が、ヴィントだったというなら、全てが理解出来る。

フレデリクの怪我は、子爵邸に仕掛けられた罠で負ったものだとばかり思っていたが……あのわき腹の傷こそ、彼がヴィントたる証拠だったのだ。

それに、ウルリーカもちゃんと知っていたではないか。

今は使える者がいないと言われていても、自身を猫に変える魔法は、確かに存在していた事を。

「……デリク様なのですね？」

深い緑色の瞳をした赤毛の猫に囁《ささや》きかけると、正解だと言うように、頬へちゅっと口づけられた。

そして赤毛の猫はふっと幻のように消え、同じ色の瞳をパチリと開いたフレデリクが、寝台から上体を起こした。

「うん……大人になった君を知っていたのは、こういう事なんだ。だから俺も、ルゥに嘘をついていた事を謝らなくちゃいけない」

俯《うつむ》いて告げたフレデリクの声は、酷《ひど》く苦しそうだった。

「それに……ルゥに言えない秘密は、まだ沢山ある。これからもきっと、俺はルゥに何度も嘘をつくはずだ。だけど…………本当に、君を愛してる」

シーツを固く握り締める彼の手に、ウルリーカはそっと自分の手を重ねた。

普通なら、とてつもなく不誠実に聞こえるだろうセリフなのに、不安は感じない。

「貴方が必要だという嘘ならば、私はいくらでも快《こころよ》く騙《だま》されます」

自然と口元がほころび、強がりでも慰《なぐさ》めでもなく、紛れもない本心を告げる。

フレデリクの明かせない秘密が何であれ、彼が心から自分を愛してくれているのを、間違いなく信じているから。

フレデリクが必要とする嘘は、きっと彼のためではなく、ウルリーカのために必要なのだ。

「ルゥ……」

感極まった声とともに、抱き締められた。ウルリーカの首筋に顔を埋めたフレデリクが、震える声で呟《つぶや》く。

「ハーヴィスト家で何度もルゥに会ううちに、おかしくなりそうなほど君を愛しているのに気がついた。君と、会話の一つもしなかったくせに……」

「デリク様……私だって、七年前に一度会ったきりの方を、ずっと忘れられなかったのですよ？」

緋色《ひいろ》の髪に頬をくすぐられながら、ウルリーカは笑みを零《こぼ》した。

「さぁ、もう傷に障《さわ》りますから。安静になさって……」

言いかけた途端、クルンと視界がひっくり返る。

「大人しく寝てるより、ルゥと愛しあった方が、ずっと早く元気になれる」

寝台に組み敷いた妻へ、フレデリクが満面の笑みを向けて言い放った。

大好物を前にした猫のごとき視線に、ウルリーカはひくっと喉を引き攣《つ》らせる。

――すみませんが、これに関しては別問題です。まったく信用出来ません！

「デ、デリク様……ぁっ！」

しかし、不真面目な怪我人を咎《とが》める暇もなく、耳朶《じだ》を甘く噛まれて声が裏返る。

……この時、ウルリーカが大事な事を失念していたのは確かだった。ヴィントの件を含めて衝撃に晒《さら》され通しで、すっかり頭の中から抜けていたのだ。

しかし、もし覚えていようと、どのみちフレデリクの手から逃れる事など出来なかっただろう。

「は……ん、ん……駄目、です……」

こういう時のフレデリクは、まったく抜け目がない。ウルリーカの弱い部分を知り尽くしている彼に、耳の軟骨をコリコリと食《は》まれ、突っぱねようとした手から力が抜けていく。

「あ、ぁ……痛っ！」

衣服の上から軽く胸を揉まれた瞬間、ズキンと走った痛みに、ウルリーカは思わず悲鳴をあげた。

「っ⁉」

軽く触れただけで、妻に苦痛の悲鳴をあげられたフレデリクは、弾かれたように手を離した。

子爵邸で負った多数の擦り傷や打ち身は、治療班に治してもらったはずなのに、まだ怪我をしていたのだろうか？　しかも……

フレデリクに凍りついた視線を向けられたウルリーカが、胸元を両手で押さえて顔を背ける。

「そ、その……少々、お見せしづらい箇所ですので……ここは治療をお願いしなかったのです。あまり酷《ひど》い打ち身でもありませんし……そっとしておけば、すぐに治ります」

「ふぅん。少し触っただけで、悲鳴をあげるくらいなのに？」

低い声の質問に、ウルリーカは黙りこくってしまった。ヘーゼルの髪の合間に覗く耳たぶが、真っ赤になっている。

ややあって、顔を背けた彼女から、泣きそうな震え声が発せられた。

「シモンに、服の上から踏まれただけです……ほかには、何もされておりません」

「踏……っ⁉」

驚愕《きょうがく》に声を上擦《うわず》らせ、フレデリクはとっさにウルリーカの両手首を捉《とら》えると、片手で頭上に縫《ぬ》いつけた。襟元《えりもと》の開きが浅い寝衣のボタンをいくつか外すと、豊かな胸が零《こぼ》れ出る。本来は真っ白な膨《ふく》らみを、大きな青黒い痣《あざ》がいくつも覆《おお》っていた。

痛々しい痣《あざ》に、フレデリクは絶句する。

ほかの箇所にかけた治癒魔法が、体内を巡ってここも多少は治したはずだから、最初はもっと酷《ひど》かったはず。よく、肋骨にヒビが入らなかったものだ。

「くっ……なんて悪運の強い奴だ……」

瓦礫《がれき》に潰されて最期《さいご》を迎えていた男を思い起こし、ギリギリと歯噛みをして呻《うめ》く。

（ルゥの胸はなぁ‼　俺の宝物‼　国宝級なんだぞ！　それを……っ‼　ああっ、くそ‼　生き返って、俺に改めて殺させろっ‼）

やり場のない怒りに頭の中が煮えたぎり、寝台をボフンと殴りつける。

「ごめんなさい……本当に、ほかには何もされていませんから……」

しかし、しゃくりあげるウルリーカの泣き声に、はっと我に返った。

激怒するフレデリクに、貞操を疑われたと思ったのだろうか。青ざめた唇が震え、眦《まなじり》から溢《あふ》れた涙が、頬を濡らしている。

「い、いや！　ルゥに怒ってるんじゃなくて……とにかく、治すから大人しくしていてくれ」

深呼吸をして必死に気を静め、縛《いまし》めていたウルリーカの手首を解く。

力を加えないように気をつけながら、内出血の酷《ひど》い胸元にそっと両手を当てて、治癒魔法を流しこみ始めた。

治癒魔法は得意でないとはいえ、フレデリクは元々の魔力が高いので、それなりの効果を出せる。

フレデリクの手から光が注がれるにつれて、青黒く腫《は》れた肌が、徐々《じょじょ》に白さを取り戻していった。

「こんな傷を負わせたくはなかったけど……ルゥが子爵邸に行かなかったら、ベリンダはきっと殺されていた」

まだ不安そうに自分を見つめているウルリーカへ、フレデリクはボソリと告げる。

彼女の罪悪感を薄めたいがための嘘ではなく、容易に推測出来る事実だった。

ザハルが長年捕まらずにいた最大の理由は、その用心深さだ。あの男は今までも、様々な悪行を繰り返していたが、何か計画に支障が出れば、即座に最低限の始末だけをして逃げてしまう。

聞けば、ザハルの狙いは、ウルリーカを使って女王やフレデリクを貶《おとし》める事だったと言う。

信頼する妹を使ってもウルリーカを誘い出せなかったとしたら、ザハルは一旦そこで計画を中断していただろう。

術中にあったベリンダだけなら、始末するのは容易だ。シモンもろともベリンダを殺し、己に関する全ての証拠を消したうえで、子爵家から逃亡資金を盗んで逃げていたに違いない。

そして、また違う角度からウルリーカに忍びよっただろう。さらに悪辣《あくらつ》な手を用意して……

結果論ではあるが、ウルリーカの甘すぎるお人好しぶりが、被害を最小限に抑えたのだ。

……それでも、一歩間違えれば、ウルリーカを永遠に失っていたかもしれないと思うと、フレデリクは臓腑《ぞうふ》が凍りつきそうな恐怖を覚える。

人の命が、蝋燭《ろうそく》の火よりも容易《たやす》く消える瞬間を、いく度となく目にしてきた。どんなに守ろうと気を配っていても、思いもよらぬ角度から、ほんの一瞬で吹き消されてしまう。

あのアナスタシアでさえも、伯父侯爵を完全に守りきる事は出来なかった。

だから、フレデリクはどんなに努力しても無駄なら、失うのが怖い大切な相手など、もう二度と持たないと不貞腐《ふてくさ》れていたのだ。

ウルリーカに、勇気をもらうまで……。

――一年ほど前のある日。ウルリーカの教え子だった病弱な商家の娘エイダは、ベッドでシクシクと泣いていた。

忙しい両親が休みをとってくれ、家族で楽しく出かけるはずだったのに、出がけになって熱を出してしまったのだ。

『わたし、もうお勉強もしないし、お薬も飲まない！　どうせ病気ばっかりで、大人になる前に死んじゃうのよ！　全部、無駄だもの！』

咳きこみつつ、エイダはしゃくりあげた。普段は素直で聞きわけもよく、周囲を困らせる事もない子だが、溜まっていた鬱憤《うっぷん》が爆発してしまったのだろう。

（あ～ぁ。あれじゃ、今は何言ってもダメだな）

葉の茂った木に登り、太い枝の上で室内の様子を窺《うかが》っていたフレデリクはため息をついた。

部屋の窓は閉まっていたが、唇の動きで何を言っているかは読める。

フレデリクがその日、猫になって店を訪れたのは、ある貴族の噂話を仕入れたかったからだった。

そこで、エイダが酷《ひど》く落ちこんでいるとも聞きつけたので、ついでにちょっと母屋《おもや》の方に顔を見せて、彼女を元気づけようと思ったのだ。

何しろ猫姿のフレデリクが、ハーヴィスト食料品店にて賓客《ひんきゃく》待遇を受けられるのは、店主の娘たるエイダのお気に入りという点が大きい。

しかし、どん底まで嘆いている今のエイダに姿を見せてしまったら、慰《なぐさ》めになるどころか、『自分は病弱なせいで猫にも触れない』と、余計に落ちこませかねない。

フレデリクが少女にしてやれる事は、何もなかった。

回復魔法が使えても、あれは本来持っている生命力を一時的に助長するだけだ。エイダのように元から弱い体質の者や、瀕死《ひんし》となった重傷者や病人には殆《ほとん》ど効果が出ない。

いつも明るいハーヴィスト夫人までも、困惑顔で涙ぐんでいた。

病弱な娘が長く生きられないかもしれないと、夫人も密かに懸念していたのだろう。

『奥様、少し休まれた方が……私がついていますから』

赤くした目をハンカチで押さえている夫人に、ウルリーカが声をかけた。

本来なら家庭教師である彼女の役割は、勉強や礼儀作法を教える事だが、普段からエイダと一緒に近場へ散歩に出かけたり、病気の時にはつき添ったりもしている。

エイダにとっては教師というより姉みたいな存在のようだ。だが、日ごろはとても懐いているウルリーカからも、少女は顔を背けてしまった。

ウルリーカも、今のエイダに何を説いても神経を逆撫《さかな》でするだけだと察したらしく、側の椅子に腰を掛けて、静かに少女を見守っていた。

そのウルリーカをさらに、フレデリクは木の葉の陰からそっと眺めていた。

特に何も出来ず、嘆く相手をただ見守るというのは、意外と忍耐のいるものだ。

暇ではないし、自分に出来る事は何もないのだから、さっさと帰った方が効率的なのに、どうしても帰る気になれなかった。

（はぁ……俺は何やってんだか……ウルリーカにつきあってやってるつもりか？）

自身へ、嘲笑《ちょうしょう》めいた疑問を投げかける。

彼女につきあうとはいっても、そもそもウルリーカはフレデリク……いや、ヴィントがすぐそこにいると気づいていない。

フレデリクがここにいるのは、まったくの無駄に過ぎない。

それを百も承知のうえで、なぜか離れられなかった。七年前に王宮の中庭で、泣き続けていた彼女の傍《かたわ》らにつき添っていた時のように。

もっとも、あの押し潰されそうだった少女は、見違えるほど強く立派に成長して、今では潰れてしまいそうな者を、見守る側になっている。

やがて、泣き疲れたエイダが眠ってしまうと、ウルリーカは彼女を起こさないようにそっと寝具の乱れを整え、濡らしたタオルで頬の涙を拭《ふ》いた。

そしてウルリーカの唇が、わずかに動いた。

『エイダ……もし、全てが無駄になるとしても、それまでに過ごす時間は変わらないのよ。それなら、諦めて泣き続けるより、幸せを夢見て毎日を大事に生きる方が、いいのではないかしら』

ようやく読みとれるほど小さく唇を動かして、ウルリーカは眠っているエイダに囁《ささや》きかける。

『先の事なんて、誰にもわからないけれど、未来を願う事は誰にでも出来るわ。だから、お願い……幸せになりたいと、貴女にそう願ってほしいの……』

小さな唇の動きを、フレデリクは身じろぎもせずに眺めていた。自分に向けられたものではないその言葉は、深く胸に突き刺さり……そのまま抜けなくなった。

王宮の夜会で、泣き伏していたか弱そうな少女が、自分よりずっと逞《たくま》しかったと思い知らされた。魔力を持たなかったという、自分ではどうしようもない事で周囲に踏みにじられつつも、彼女は折れる事なく立ち上がって、前に進もうとしている。

(どんな生き方をしても同じ時間……か。……そうだな)

揃えた前脚に顔を伏せ、勝手に零《こぼ》れてくる涙を赤い毛並みに沁《し》みこませた。

どうせ何もかも失うから無駄だと、悟ったような事を言って自暴自棄に生きていた自分は、単に臆病だったのだと気づき、恥ずかしかった。

「――ルゥ……ずっと、俺の傍《そば》にいて」

全ての痣《あざ》が消えると同時に、フレデリクがウルリーカへ覆《おお》いかぶさるように抱き締める。

「俺は、ルゥがいてくれるから、幸せになりたいと思えるんだ」

身体にかかる彼の重みも、身震いするほど幸せに感じて、ウルリーカの目頭が熱くなる。

「はい……」

泣きたくなるほど幸せで、どうしようもないほど、フレデリクへの愛しさがこみあげてしまう。

ウルリーカは身を捩《よじ》って抱擁から腕を抜くと、すぐ真上にある彼の首を引きよせる。

心臓が壊れそうなほど動悸を速めながら、初めて夫に自分から口づけをした。

いつだって、フレデリクに求められて翻弄《ほんろう》され、蕩《とろ》かされるばかりだったけれど、ウルリーカだってちゃんと彼を求めている。

もっとも、緊張しすぎて狙いを外し、フレデリクの口端へ唇を押しつけただけになってしまったけれど。

ほんの一瞬、唇をつけてすぐ離すと、フレデリクが放心したような顔で、自分を見下ろしていた。

「も、申し訳ありません……つい……」

下手すぎて驚かれたのだろうかと、ウルリーカは顔を赤くして横を向く。

気まずさに視線をさまよわせていると、唐突に顎《あご》を掴まれて唇を重ねられた。

フレデリクはやり方を教えこむように、何度もゆっくりと角度を変えては、ウルリーカに柔らかな口づけを施《ほどこ》す。

蕩《とろ》けそうな幸福感に、頭の芯がうっとりと痺《しび》れていく。

「ルゥ……もう一度、して」

わずかに唇を離して囁《ささや》かれ、ウルリーカは再び彼の首に両腕を回して、唇を重ねあわせた。

薄く開いている彼の唇の隙間へ、思い切って舌を差しこむと、たちまち熱い口内に引きこまれた。

吸い上げ、軽く歯で表面を擦られて、ウルリーカは舌を突き出したまま、くぐもった嬌声《きょうせい》を零《こぼ》す。

フレデリクは片手をしっかりとあわせて指を絡めつつ、反対の手をウルリーカの首筋から肩や腕に滑らせ、身体中を撫《な》でていく。

はだけていた寝衣を脱がせられても、もう止める気になれなかった。

目の前で愛しげに自分を見つめる彼に、心臓を丸ごと握りこまれたような気分がする。

青黒い痣《あざ》の消えた胸の膨《ふく》らみを、そっと包みこむように揉まれる。胸の先端はすでに赤味を増し、触れて欲しいとばかりに硬く尖っていた。

指できゅっと乳首を摘《つま》まれて、突き抜けた快楽にウルリーカはピクンと喉を反らす。

親指の腹で強くこねられながら、もう片方の先端を口に含まれた。

赤く膨《ふく》らんだ乳首をねっとりと舌でねぶられ、時おり音をたてて強く吸われ、たまらない愉悦が駆け巡って背が浮く。

「んっ、あ、ああっ」

シーツを踏みしめて身悶《みもだ》えると、今度は白い肌に何度も唇を落とされ、強く吸いあげられる。

そのたびに、ツキンとした小さな痛みとともに、赤い小さな鬱血《うっけつ》が新たに浮くが、嫌悪は微塵《みじん》もわかない。

それどころか刻まれるたびに身体中にいっそうジクジクと熱が膨《ふく》れ、下肢まで痺《しび》れていく。

吐き出す息も熱を増し、自分からねだるように赤い髪を掻《か》き抱いた。

「っん、ふ……ぁ……」

胸に、首筋に、わき腹に、フレデリクは口づけを落としながら、ウルリーカの脚の間へと身体を割りこませた。

まだ触れられてもいなかった秘所は、溢《あふ》れ出る蜜でしとどに濡れそぼっている。きっと灯りで淫靡《いんび》に光っているだろう。

蕩《とろ》けた膣口に指を埋めこまれると、子宮がきゅんと疼《うず》いてウルリーカは息を詰めた。

身体の奥からさらに蜜が溢《あふ》れて、シーツに染みをつくっていく。

「はぁ……先にイかせてあげたいけど、ごめん……我慢出来そうにない。ルゥが早く欲しくて……」

差しこむ指を増やして蠢《うごめ》かしながら、フレデリクが掠《かす》れた声で囁《ささや》く。情欲の篭《こ》もった深緑の双眸《そうぼう》が、ゾクリとウルリーカの背骨を甘く震わせた。

「ぁ……大丈夫、ですから……デリク様、私も……」

狭い蜜洞《みつどう》を指で掻《か》き回されながら、ウルリーカも声を上擦《うわず》らせる。早くフレデリクが欲しくて仕方ないのは、ウルリーカも同じだった。

腰を掴まれ、秘所に押しつけられる熱い感触に、恍惚《こうこつ》めいた吐息を漏らしてしまう。

先端がグチュリと花弁を割り開き、熱杭が埋めこまれていく。

いつもよりは慣らされていないので、ギチギチと蜜洞《みつどう》を押し広げる質量に圧迫感を覚えるものの、気持ち良くてたまらない。

「っ、あ、ん……はぁっ……」

全て埋めこまれ、愛しい者と繋がる幸福感に、ウルリーカは恍惚《こうこつ》の息を吐いた。

その腰を掴み、フレデリクがゆっくりと動き始める。

「は、はぁ……ぁ、ぁ……」

彼を受け入れている自分のそこが、ヒクヒクと喘《あえ》いでは夢中でしゃぶりついているのを感じた。

緩やかな律動がもどかしくて、ぎゅっとしがみついて自分から腰をゆらめかす。

「ルゥ……っ」

額《にじ》に汗を滲ませたフレデリクが呻《うめ》き、ゆるやかだった律動が激しいものになっていく。

彼は叩きつけるように腰を打ちつけ、蜜壷の最奥を抉《えぐ》り、揺れ弾む胸を掴んで先端にむしゃぶりつく。

荒々しく揉まれながら、赤く腫《は》れた胸の突起を音をたてて強く吸われると、そこから強い快楽が子宮まで響き、きゅんとウルリーカの膣内が窄《すぼ》まった。

脳髄まで焼ききれてしまいそうな気持ちよさに、ビクビクとウルリーカは身悶《みもだ》え、夢中で訴える。

「あっ、あっ、デリクさま、っぁ、いい……っ、もっと……！」

これほど積極的に快楽をねだってしまったのは、初めてだ。羞恥《しゅうち》に竦《すく》む余裕もなく、フレデリクと交わる恍惚《こうこつ》に塗り潰される。

抜ける寸前まで引いた腰を、一息に深く突き入れられ、瞼《まぶた》の裏に星が散った。

「――――っ!!」

鮮烈な快楽に全身を貫《つらぬ》かれ、ウルリーカの背が限界までしなる。頭の中が白み、ふわふわと浮遊感に包まれた。

意識が飛びそうになり、ハクハクと口を開け閉めしたまま喉を震わせる。

「つく……ルゥ……俺も、限界……気持ち良すぎる」

熱い息を吐いたフレデリクが、ウルリーカの頬にちゅっと口づけてから動きを再開する。

「ひぁっ！　ぁん、あ、あああっ！」

フレデリクの背に爪をたてて縋《すが》りつき、彼と繋がっている事のほかは、何も考えられなくなった。

声が嗄《か》れるほど喘《あえ》ぎ、何度もフレデリクの名を呼んでは、彼に溺れていく。

やがて、意識が朦朧《もうろう》としかけた頃、身体の奥でフレデリクの熱も弾けた。

「あふっ、あ、ああ……」

注がれる飛沫《ひまつ》にヒクヒクと身を悶《もだ》えさせるウルリーカを、荒い呼吸を吐きながらフレデリクがしっかりと抱き締めた。

愛しい人の腕の中で、恍惚《こうこつ》の余韻に身を震わせながら、ウルリーカは知らずに口元をほころばせていた。

――最愛の人と大切な猫と、両方を手に入れられた自分は、なんて幸せ者なのだろう。

9　女王の牙《きば》

目を覚ましたウルリーカは、すぐ隣にフレデリクの寝顔を見つけ、一瞬だけギョッとした。

どうも身体が重くて動かないのは、眠っているフレデリクに、枕のごとくしっかり抱きかかえられているせいのようだ。

昨夜は激しく睦《むつ》みあってしまった事はかろうじて覚えているが、いつの間にかきちんと寝衣を着せられ、身体も綺麗になっている。

（デリク様も、疲れていたのに……）

ウルリーカは顔を赤らめながら、長い睫毛《まつげ》を伏せて穏やかな寝息をたてているフレデリクに、つい見とれてしまう。

こうして彼の寝顔を見られる機会は、なかなか貴重だ。

「……そうじっくり見られると、結構、照れるな」

深い緑色の瞳が、急にパチリと開いた。

「お、起きていらっしゃったのですか!?」

ウルリーカは慌ててフレデリクの腕から逃げようとしたが、あっさりと引きよせられて唇が重なる。

「もう少しだけ、一緒に寝かせて」

フレデリクはウルリーカを抱きかかえて目を瞑《つむ》る。カーテンの向こうからは小鳥の囀《さえず》りが聞こえるというのに、早起きの彼にしては珍しい事だ。

「はい。お休みになられた方が宜《よろ》しいと思います。デリク様は大怪我をなさったばかりですし」

「怪我はもう治ってる……ただ、ちょっと夢見が悪かったんだ」

目を閉じたまま、フレデリクがウルリーカを抱き締める腕に少しだけ力をこめた。


——フレデリクは今でも、子どもの頃の夢をよく見る。

物心ついた時から親は母しかおらず、アイゼンシュミット侯爵の援助を受けながら、町からポツンと離れた一軒家に住んでいた。

家から離れないように言われたし、ごくたまに町へ行く時も、なるべく顔を隠して最小限に用を済ませる程度だったから、友達も出来なかった。

それでも、母はとても優しく我が子を愛してくれ、家令のイゴールは強く頼もしい。陽気な家政婦も一緒で、寂しくはなかった。

時おり訪ねてくる侯爵様は、厳しいけれど優しく立派な方で、母の事をとても気にかけてくれた。

侯爵様はたびたび魔法を教えてくれ、イゴールに鍛えられている剣の太刀筋も褒めてくれる。熱心に励めばそのうち、立派な魔術騎士になれるかもしれないと言われ、とても嬉しかった。

毎日が幸せだった。

あの日、全てが崩れてしまうまで……

七歳になったある日、見知らぬ男が焦った様子で馬を飛ばして家を訪ねてきた。侯爵様がイゴールを呼んでいると言い、自分は使いだと、侯爵家の家紋が入った手紙を差し出す。

そして、イゴールが戻るまでこの家の母子を守るように命じられたとも言い、彼を急かして出立させたのだ。

ちょうど家政婦は市場へ買いものに出ており、家には母と自分だけだった。

誠実そうに見えたその男は、窓からイゴールの姿が見えなくなったのを確認すると豹《ひょう》変《へん》し、剣を抜き放って悪辣《あくらつ》な笑みを浮かべた。

『悪く思わないでくれよ、坊主。お前が存在すると、都合の悪いお方がいるんだ』

それだけ言って男は斬りかかってきたが、母には相手の心当たりがあったらしい。

母は必死で我が子を庇《かば》い、ザックリと切り裂かれた腕を押さえながら、震える声で叫んだ。

『ど、どうかお許しを！　側妃様にお伝えください！　この子に父親など存在いたしませぬ！　ロクサリスの国法において、この先も永遠に！　ですから、どうか……』

懸命な命乞いはそこで途切れた。男がふるった剣が母を切り裂き、鮮血が飛び散る。

母の身体が床に崩れ落ちた瞬間、恐怖で凍結していた頭が、怒りで真っ赤に染まった。

自分の口が勝手に動いて、魔法書で見た難解な攻撃呪文をたて続けに唱える。空気の刃に切り刻まれた男が、さらに火炎魔法を受けてのたうち回るのを、どこか遠い感覚で見ていた。

その内に意識が遠のき、気づいた時には侯爵の城で寝かされていたのだ。

つき添っていたメイドが侯爵を呼んでくれ、二人きりになった部屋で何が起こったかを聞いた。

あの男は暗殺者で、侯爵の手紙だと見せられたものはパッと見にはわからぬが贋物《にせもの》だったそうだ。

それに気がついたイゴールが急いで戻ってきた時には、すでに家は火の海となり、暗殺者は原型を留めぬ有様。事切れた母の遺骸の側で、自分は放心していたという。身体中が内側から裂けそうに痛くて起き上がれないのは、急激に魔力を使いすぎたせいらしい。

侯爵は最初、自分たちが襲われた理由を教えてくれようとしなかった。しかし、母が男に向けた命乞いの言葉を告げると、観念したように顔を曇らせ、全てを話してくれた。

――お前の父親は、このロクサリス国の王だと。

昔、身よりのない末端貴族の娘が一人、王宮で侍女として働いていた。とくに目立ちもせず真面目に勤めていたのだが、王の遊び心から、陵辱《りょうじょく》も同然に子を孕《はら》まされたそうだ。

もっとも、好色な王は自分が手を出した女の事など一々覚えておらず、侍女が身篭《みご》もった事すら知らないという。

王は二人の側妃との間にそれぞれ息子がおり、跡継ぎとなる可能性が高い王子を産んだ二人の側妃は、王の寵愛《ちょうあい》を新たに受ける女を生かすまいと、目を血走らせていた。

実際、実家の地位も高く悪知恵に長《た》けた二人の側妃は、王が手をつけた侍女や召使を、何人も殺していたし、正妃を自殺においやったのも彼女たちらしい。

王は、女に手を出すのは大好きでも、女の戦いに巻きこまれるのは好きではなく、見て見ぬふりを通す。側妃たちはやりたい放題だった。

当然、王子を産んだ側妃たちは、北の宝玉とまで呼ばれた侯爵の妹が、王に目を留められて側妃に命じられると、たちまち彼女への嫌がらせを開始した。

気丈な侯爵の妹は、それでめげるような女性ではなかったが、嫌がらせが続く中で誰かに親切にされればやはり嬉しかったのだろう。献身的に尽くしてくれた一人の侍女と、次第に親しくなった。

だが、どうもその侍女の様子がおかしいと、密かに医者へみせると、なんと子を身篭《みご》もっている。しかもそれが王の子であると告白されたのだ。

さらに彼女は、王に犯されたのをほかの側妃たちに目撃されていた。王を寝取った邪魔者として殺されたくなければ、侯爵の妹を殺すよう命じられて近づいたのだと白状した。

しかし、使用人にも親切な侯爵の妹を殺す事など出来ず、嫌がらせもしたくなかったと侍女は言った。

暗殺をせっつかれるたびに、もっと信頼を受けて油断させるのだと、ひたすら言い訳をして引き伸ばしていたのだという。

だが、王に手を出されたのみならず、子を身篭《みご》もったとまで側妃に知られれば、まだ懐妊していない侯爵の妹より、侍女の方が先に、命を狙われる。

侯爵の妹は考えた末に、王都から遠く離れた北領地を治める兄へ、彼女を託す事にした。

医者には口止めをし、周囲には侍女が酷《ひど》い失敗をしたので追い出したと触れ回り、ほかの側妃たちに疑われぬよう、密かに北へ逃がしたのだ。

その侍女が……母だった。

『――お前の母がこの地へ来て、随分と経った。もう大丈夫だと思っていたのだが、どこから情報が漏れたのか……側妃のどちらかに、お前の存在を知られたのだろう』

侯爵は苦しげに言い、眉を顰《ひそ》めた。

ロクサリスの国法では、未婚女性が産んだ子には父親が存在しないとされる。

つまり、母が一人で産んだ子は、その時点では王の子ではない。

しかし、どんな事にも抜け道はある。

たとえば、母が産んだ息子を連れて王宮に戻り、王に全ての事実を告げて寵愛《ちょうあい》を受け『子どもは認知していた』と王に言わせる。そうすれば、息子は第三王子として認められる。

もちろん、そんな事は有り得ない。

王が、気まぐれに手を出した侍女を覚えている訳はなく、母も野心など欠片《かけら》も持たぬ人だった。

だが……側妃たちは、疑ったのだろう。自分たちがいつも人を貶《おとし》め裏切り、陰謀にまみれて生きて来たから、そうでない人間がいるとは理解出来ないのだ。

侯爵は苦々しげに、そう言った。

『生きているかぎり、これから何度でもお前は命を狙われるはずだ……つらいだろうが、お前の母がつけたその名は、今日かぎりで捨てなさい。これからも生きるために、一度死んで、新しい人間に変わるのだ』

――フレデリク・クロイツ。

侯爵はその新しい名を与えてくれた。

同時に、年齢も三つ引き上げるように言われる。以前に国の役場で大火災が起こり、その年に生まれた者の記録書が、殆《ほとん》ど焼けていたためだ。

一週間も経たぬうちに、侯爵はフレデリクの戸籍を綿密に偽造して、自分の遠縁に当たる者とし、後見人になる手続きを取ってくれた。

屋敷の惨劇は火つけ強盗の仕業とされ、侯爵家の墓地の一画には、母の棺とともに小さな空の棺が重ねて埋葬される。

息子が王宮の毒から逃れて幸せに生きるのが、母の望みだったと聞かされた。

つらく悔しくとも、過去は全て捨てて新しい人生を歩みなさいと、侯爵は説く。

母とともに、世間から隠れるようにひっそり生きて来た自分は、ほかに知りあいもおらず、新しい人生を歩むのはそう難しくないだろう。城の使用人たちも信頼出来る者ばかりだ。

けれど……過去を捨て王宮が自分たちにした仕打ちを忘れる事など出来なかった。どうしても許せなかったのだ。

身勝手な嫌疑をかけた側妃も、何の罪もない母を蹂躙《じゅうりん》し、あとは知らぬと放置した無慈悲な王も……何よりも……その忌《い》まわしい男の血が、自分に流れている事が！

——事件から半月ほど経ち、ようやく身体が満足に動くようになった晩。

城の人々が寝静まると、荷物を持って静かに部屋を出た。この半月で、見張り兵の巡回パターンは把握している。まだ小さな子どもの身体を生かし、わずかな隙を縫《ぬ》って、誰にも見られずに城の中を下りていく。

初めて口に突っこまれた悪意の毒と世界の腐臭に嘔吐《おうと》し、激憤していた。

己が味わったのは、まだほんの上澄みに過ぎず、世の中にはもっと想像を絶する汚濁《おだく》が渦巻《うずま》いているのも知らずに……

考えは甘く、自惚《うぬぼ》れの強い、本当に浅はかなガキだった。

人よりもずっと多くの魔力を持ち、勉強や剣術も周囲が驚くほど早く上達をしていたから、自分なら出来ると思ったのだ。

王宮に忍びこんで、国王と側妃たちを殺せると。

(侯爵様……ごめんなさい。俺は、どうしてもあいつらを許せないんです)

暗い廊下を、息を詰めて進みながら、声に出さずに詫びる。

遠い王都まで、どうやって行けばいいのかも密かに調べた。

母と暮らしていた頃は、町に勝手に行かないようにと言われていたから、殆《ほとん》ど使う機会がなく貯まっていたお小遣いが、今になって役にたつ。

小銭ばかりでも量はそこそこあり、王都まで片道だけなら駅馬車に乗れるだろう。

ようやく玄関ホールに辿り着いた時、小さな人影を見つけてギクリと身が強ばった。

『ねぇ、どこ行くの?』

そこにいたのは、部屋ですやすやと眠っているはずの、アナスタシア姫だった。

侯爵の姫である三歳の幼い姫は、生後一年で母妃を亡くして以来、よく伯父の城へ招かれていた。

そのたびに、城へ呼ばれては、彼女の遊び相手をさせられたものだ。

アナスタシアはちょっと我が侭《わ まま》だけれど、まぁまぁ可愛いところもあるし、妹のように懐かれるのは悪い気分ではなかった。

今では、彼女が本当に異母妹だと知ってしまった訳だが……

『ちょっと、眠れないので散歩に……姫様、お部屋に戻って寝た方が良いですよ』

自分と同じ憎い男の血と、母の恩人の血を引くアナスタシアを、複雑な気持ちで眺め、渇いた喉から、とっさに言い訳を吐き出した。

屋敷の惨劇は、ちょうど彼女がこの領地に来ている時に起こってしまったのだが、幼い姫が血なまぐさい事件の詳細を知るはずもない。

ただ、周囲の大人がやけにバタバタしているし、いつも遊び相手にしている少年も、部屋に篭《こ》もったきりでちっとも構ってくれないから、不思議に思っているかもしれないが。

アナスタシアは部屋に戻ろうとせず、大きな瞳を輝かせて、じっとこちらを見つめてくる。

『ねぇ、教えて。おっきな荷物持って、どこ行くの？』

『ですから……』

『――もしかして、お父様と側妃を殺して、自分も死にに行くのかしら』

無邪気な声で放たれた言葉に、手から荷物が滑り落ちた。

ステンドグラスを通して淡く色づいた月光の中で、無邪気で可愛らしかったはずの幼女が、ニタニタと不気味に笑っている。

『当たりでしょう？』

『姫様……どうして……』

『あら、他人行儀ね。私が妹だと、もう聞かされたのではなくて？　伯父様は、あなたに全てを話したとおっしゃったわよ』

常の少し舌足らずな甘えたしゃべり方ではなく、大人のような口調で流暢《りゅうちょう》に話すアナスタシアからは、目に見えぬ恐ろしい瘴気《しょうき》がたち昇っているような気がした。

『邪魔者が入らないようにするから、ゆっくりお話ししましょうか』

アナスタシアがニンマリと唇を歪《ゆが》め、両手を振り上げた。呪文の詠唱もなかったのに、その両手から魔法の光が発せられて、強力な結界がホール全体を覆《おお》う。

あまりにも異様な光景に、息を呑んだ。

侯爵がいつか教えてくれたが、魔法使いの中には時おり『異能者』と呼ばれる非常に力が強い者が生まれるそうだ。

――侯爵がなぜ、そんな異能者について語ったのか理解した。

侯爵は姪のアナスタシアが、その異能者なのだと、以前から知っていたのだろう。いつか彼女が異母兄《いぼけい》に、無邪気な皮を剥《は》いで本性を見せるのを、予感していたのかもしれない。

呆然としている自分へ、アナスタシアが冷笑を向けた。可愛らしいナイトドレスを揺らし、行く手を阻むように一歩進み出る。

『恩知らずなのね、お兄様。せっかく伯父様が、新しい名前と人生をくださったのに、それを全部無駄にしに行くなんて』

投げつけられた嘲笑《ちょうしょう》まじりの声に、激しい怒りが湧いた。痛い部分を突かれたからこそ、怒りは大きい。

『無駄じゃない……毒虫みたいな王族を殺すんだ。母様は死んだのに、その原因の俺が何もせず、全部忘れるなんて出来るもんか……退《ど》けよ、妹』

ありったけの憎悪を篭《こ》めて睨《にら》んだ。アナスタシアは平然と鼻でせせら笑い、片手を振り上げる。

『あ〜ら、そう。あんな馬鹿たちと一緒に死にたいなんて、あなたも馬鹿なの？』

小さな手から光の矢が放たれる。避ける間もなく肩を貫《つらぬ》かれ、途端に全身を強烈な痺《しび》れが駆け抜けた。体内に吸いこまれるように消えた光の矢が、毒のごとく全身を硬直させる。指一本も動かせなくなった。

『今のあなたごときが、王族を暗殺出来るはずがないでしょう。すぐに捕まって拷問塔行きよ。あそこの責め苦をご存知？　伯父様があなたたち母子を匿《かくま》っていた事も、すぐに吐かされるわね』

『う……』

自分の行動は、思っていたより遥《はる》かに侯爵へ被害が及ぶのだと気づかされ、呻《うめ》き声が漏れた。

硬直した視線の先で、アナスタシアが酷薄《こくはく》な笑みを浮かべる。

『大好きな伯父様に迷惑をかける事は、誰であろうと許さないわ。あなたが私のお兄様というのなら……邪魔な毒虫は、この場で殺さなくてはね』

動かない自分の首筋に、アナスタシが人差し指を押し当てた。その先についた貝殻のような爪がゆっくりと横に滑り、喉を掻《か》き切る仕草をする。

首筋を流れる冷や汗を、アナスタシアが指先で拭《ぬぐ》ってフフフと笑った。

『ねぇ、無駄に死んで伯父様を悲しませるよりも、私と契約をしましょう？』

『契……約……？』

『あなたの憎む王も側妃たちも、私が必ず殺してあげる。だって、私のお母様も殺されたのよ？　当然の報復でなくて？』

　不審な死因で母妃を亡くしていたアナスタシアは、可愛らしく小首をかしげた。

『私は、王宮の毒虫を全て殺して生き残り、毒壷《どくつぼ》の女王になってみせるわ。そのためには、もっと力が欲しいの』

　小さな彼女の両手が額を包み、額がくっつくほど近くで視線をあわせられた。

『フレデリク・クロイツ。あなたはこれからもっと力をつけて、私の牙《きば》となるのよ』

　アナスタシアの小さな囁《ささや》き声が、静まり返った玄関ホールに大きく反響したような気がした。

『剣になれとは言わないわ。手に持てる武器など、簡単に奪い取られてしまうもの。あなたは私を決して裏切らない、私の一部に……生涯を、女王の牙《きば》になると誓いなさい』

　金色の光を帯びた強い視線に貫《つらぬ》かれ、言葉も出ずにただ頷いた。

　全てを忘れる事など、出来るはずもない。

　たとえ新しい名を得ようと、この身に流れる忌《い》まわしい血は換えられないのだ。

　ならばせめて復讐の代償に、女王の牙《きば》となって死ぬまで戦い続けるのがちょうどいい。


「――――ルゥ」

フレデリクは目を閉じたまま、手触りのいい妻の髪を掻《か》き抱く。

ウルリーカに恋をしなければ、今でもきっと倦《う》んだ心で虚《うつ》ろに生きていた。

自分に流れる血を呪い、女王の牙《きば》として戦いながら世の中の汚い部分を嫌というほど見て、さらに人生に嫌気がさした。

目を開けて、愛する彼女を見たいけれど、溶けてしまいそうに気持ち良くて瞼《まぶた》があがらない。

柔らかな身体を撫《な》でるうち、手の平が彼女のなめらかな腹の上を滑った。

――もし、子どもが出来たら……？

自分の忌《い》まわしい血を引く子を愛せるだろうかと、微《かす》かな不安が頭をよぎったが、すぐにそれは馬鹿馬鹿しい考えだと打ち消した。

もしも自分たちに子どもが出来たら、それは愛するウルリーカの子でもあるのだ。

息子でも娘でも、魔力があろうとなかろうと、彼女の子どもを愛せないなんて、そんな訳があるか。

（はぁ、幸せだな……もう少しだけ……）

今日はもう、朝飯抜きでいいから、出仕するギリギリの時間までこうしていよう。

そう心の中で呟《つぶや》き、手探りで引きよせたウルリーカの額にそっと口づけた。

ウルリーカとの幸せな朝の一時を堪能したフレデリクは、遅刻ぎりぎりで宮廷の魔術師用執務室に駆けこんだ。

しかしなぜか、執務室にいるのは団長だけだった。

「昨夜の後処理で、皆に夜中まで残業をさせたからな。今日は就業時間を二時間後ろにずらした」

団長が机の書類から顔を上げ、いぶかしげなフレデリクへ説明する。

自分たちが子爵邸を発《た》ってからほどなく、エミリオの活躍によりザハルを無事に捕えたと、団長から伝令魔法で知らされていた。

ザハルはやはり、魔法薬で顔を変えていたそうだが、あのナイフを所持していた事で、猟犬魔術師の追跡を誤魔化《ごまか》せなかった。

「お前も今日は休むかと思ったんだが……もう大丈夫なのか？」

「はい。おかげ様で、十分に回復出来ました。妻も気を取り直せたようですし、お気遣いありがとうございます」

「そうか、良かった」

団長は嬉しそうに頷くと、机の上の書類に視線を走らせ、顎鬚《あごひげ》を撫《な》でた。

「やれやれ、毒薬師ザハルもようやく捕らえられた事だし、これで肩の荷が一つ下りた。……ま、ザハルは『陛下に報告した直後、急な病の発作を起こして死んだ』から、裁判は無理だがな」

そう言って肩を竦《すく》めた団長は、窓の外に視線を向けた。その先には、王宮の隅にそびえる灰色の尖塔がある。

遠目にも不気味な雰囲気を感じさせる塔は、数多《あまた》の罪人や反逆の嫌疑をかけられた者が、想像を絶する責め苦の末に絶命してきた場所——拷問塔だ。

ザハルを正規の手続きどおりに投獄せず、女王へ密かに引き渡したと暗に団長が言っているのを読み取り、フレデリクは黙って頷いた。

生きて女王の手に捕らえられた事が、ザハルの生涯で最後にして最大の不幸だったのは確かだ。

あまりにも敵の多すぎた蠱毒《こどく》の女王はその昔、こう決意したのだ。

『私の母を毒殺し、伯父の足を奪った者が、実際には誰であるかなど関係ない。生きて捕らえた毒虫全てに、その罪を平等に負わせて復讐をする』——と。

アナスタシアが、奴にどんなやり方で罪を償《つぐな》わせたのかは、想像すらしたくない。

もっとも、数え切れないほどの人間を不幸にし、その命を弄《もてあそ》んだ男に同情する気も、フレデリクには欠片《かけら》もなかったが。

「……そうそう。お前が出仕次第執務室に来させるようにと、女王陛下からのお達しだ」

書類を解決済の箱へ放りこみ、団長が今度は、煌《きら》びやかな中央棟の方へと顎《あご》をしゃくる。

「何でも、お前に命じるとっておきの仕事があると、非常に嬉しそうだったぞ」

団長は、若干気の毒そうな、なんとも言えぬ顔で苦笑しており、フレデリクはげんなりする。

ようやく一区切りついたと思ったのに、また何か問題が出てきたのだろうか……？

とにかく聞いて来いと、追い出されるように退室したフレデリクは、内心に冷や汗を浮かべながら女王の執務室へ向う。

あと数日で社交シーズンも終わりとはいえ、宮殿はかなり賑《にぎ》わっていた。

各地の貴族だけでなく、この時期には外国からの使者も多く宮殿を訪れるので、異国の身なりをした者もチラホラ見かける。

広い宮殿内を急ぐべく、フレデリクは中庭を突っ切る事にした。ここは人気《ひとけ》も殆《ほとん》どなく、密かに素早く宮殿内を移動する際、非常に重宝している道だ。

「……っ!?」

植えこみの隙間を抜けた途端、その先にいた一人の青年にぶつかりそうになり、フレデリクはギクリと身を強ばらせる。

いくら急いでいても、誰かがすぐ先にいれば気づくくらいには訓練しているのに、まるで気配を感じなかった。

さらに相手の顔を見て、フレデリクは驚愕《きょうがく》に目を見開いた。

「おや、お久しぶりです。フレデリク殿」

反して、青年の方はまるで動じない。至極ゆったりと挨拶《あいさつ》を述べ、完璧に礼儀正しい仕草で一礼をする。

濃いグレーの髪と、氷河のようなアイスブルーの瞳をした、とても美しい顔立ちの青年で、見た目はせいぜい二十代半ばといったところか。

品の良い衣服を、一分の隙もなく着こなし、首元を覆《おお》うタイは青いブローチで留められている。

そのブローチが示す身分どおり、彼——ヘルマン・エーベルハルトは、隣国フロッケンベルクの錬金術師だ。

もっとも、彼が単なる錬金術師でないのは、フレデリクが単なる宮廷魔術師でないのと同じくらい確かだ。

——何しろ、この男こそが……十七年前に、隣国の使者としてアナスタシアのもとを訪れ、前王と魔術師ギルドの主だった幹部たちを、一瞬で殺害した真犯人だ。

この男が侯爵の城に来たのは、フレデリクがアナスタシアの牙《きば》として生きると決めてより、二年後の事だった。

決意を知ったアイゼンシュミット侯爵に、フレデリクは魔術と剣術を徹底的に鍛えてもらってはいたが、その王を暗殺するという大掛かりな望みは、とても実現出来そうもなかった。

すでに老年となっていた王は、度重なる毒殺騒ぎや、長びく王位継承権の問題などで、病的に神経質で臆病となっていたのだ。

王宮の外には一歩も出ず、食事や睡眠など最低限の事をする時以外は、ずっと謁見の間に引き篭《こ》もり、魔術師ギルドから寄越させた者たちに身を守らせている。

護衛を魔術師ギルドの者に限定したのは、王宮の兵ですら誰かの息がかかった刺客ではないかと怯《おび》えていたからだ。

しかし、魔術師ギルドなら……即位以来、ずっと彼らの欲するがままに政治を操《あやつ》らせ、甘い汁を吸わせてきた。王は彼らへ惨《みじ》めに縋《すが》ったのだ。

堅牢な殻へ引き篭《こ》もった王を暗殺するのは、とても不可能に思えた……のだが。

ヘルマンは、自分なら出来るとアナスタシアに言ったそうだ。

魔術師ギルドの傀儡《かいらい》となり、フロッケンベルク国に甚《はなは》だ非友好的だった前王は、かの国にとってみても非常に目障《めざわ》りな存在だった。

そこでヘルマンは、『魔術師ギルドの暴挙を諫《いさ》められ、なおかつフロッケンベルクに対してもう少し友好的なロクサリス王』を求めていると、アナスタシアのもとへ交渉に来たのだった。

その時、アナスタシアはわずか五歳。

フレデリクと侯爵以外の前では、慎重にあどけない幼女の皮を被っていた姫へ、迷わず交渉にきたのだ、この男は。

アナスタシアが『異能者』だと、ヘルマンは見破っていた。

理由は至極簡単で、彼も『異能者』だからだと言う。

そのほかの事で彼が明かしたのは、自身の名前と、錬金術師という表の身分だけで、胡散臭《うさんくさ》い事このうえない男だ。

だが、フロッケンベルク王の密使である事は確かだったし、その実力も本物だった。

彼が事を成して去ったあと、謁見の間は氷の宮殿と化しており、魔術師ギルドの幹部たちと王は氷塊《ひょうかい》の中で息絶えていた。

あの美しく恐ろしい光景を、フレデリクは生涯忘れられないだろう。

その晩、アナスタシアも兄王子二人を魔法で殺し、彼らだけの争いに見せかけた。

そして、フレデリクと侯爵は全てを新女王に都合良く改竄《かいざん》するよう奔走した。

……これが、アナスタシアの戴冠《たいかん》に至る真実だ。

「──お久しぶりです。ヘルマン殿。本日はどんなご用で？」

警戒をこめて、フレデリクは挨拶《あいさつ》をした。

味方になれば頼もしいとはいえ、この男が昔、フレデリクたちに手を貸したのは所詮、自国の利益を考えての事なのだ。

交渉だって、魔術師ギルドによる赤子誘拐など、この国の弱みをしっかり握ってから、断らせる余地なく自国に有利に進めた。

一見は、美しい顔に柔らかな人当たり良い笑みを浮かべた、虫も殺せぬ優男《やさおとこ》に見えるが、その実は冷酷無慈悲な腐れ外道である。

アイスブルーの瞳の奥には『お前たちなど、どうでもいい』と、絶対零度の低温が保たれている。

それに……あれから十七年も経ったのに、彼の姿は当時とまったく変わらない。まるで肉体の時を止めてしまったようで、人間として明らかにおかしかった。

「本日は、女王陛下へご注文の品を届けて参りました」

ヘルマンは警戒など意に介さないように、にこやかな笑みを浮かべ、フレデリクの首元を示す。

女王の魔法をドラゴンの牙《きば》にこめた魔道具は、十七年前にヘルマンがつくったものだ。女王戴冠《たいかん》のあと、彼女の治世を安定させる事こそが本当の困難であり、それは女王の牙《きば》たる君の役目だと言って。

「ご存知でしょうが、魔道具は永遠には使えません。女王陛下のもとに、新しいものをお届け致しました。……それでは、失礼致します」

それだけ言うと、彼は優雅な礼をして去った。足音も植えこみの葉を擦る音も、まったくたてずに。

フレデリクはしばし、その場に立ち尽くしていたが、やがて深い息を吐いた。

ウルリーカに恋をする前、正直に言えばヘルマンを、少し羨《うらや》ましいと思っていた。

他者を超越した能力ではなく、誰も必要としないような、あの冷酷さが羨《うらや》ましかった。

あの男のように、人間らしい感情など完璧に凍りつかせれば、大切な相手などもうつくらないと嘆く事さえなく、ひたすら無感情に生きられるのではないかと思ったのだ。

しかし、結局のところ自分はそうなれなかったし、ならなくて良かったと今では思える。

――たとえ、いつか失う恐怖と隣りあわせでも良い。ウルリーカと一瞬でも長く、大切な時間を積み重ねていきたい。


「――ええ。そろそろ効果が切れる頃だから、ヘルマンに注文したのよ」

執務室にフレデリクを招き入れたアナスタシアは、事も無げに頷く。

フレデリクが彼に会ったのは十七年ぶりだったが、どうやら女王は何度か彼に会っているようだ。

渡された箱を開けると、今のものと寸分たがわぬ牙《きば》の魔道具が入っていた。

「お呼び出しされたのは、これの件でしたか」

ほっとしてフレデリクが言うと、アナスタシアがニタリと笑った。

「いいえ。フレデリク一等魔術師。貴方に命じる仕事は、ほかにちゃんとあるわ」

「っ……」

今度は何だと、内心で身構えるフレデリクの前で、女王はゆっくりと口を動かした。

「社交シーズンが終了次第、ただちにアイゼンシュミット侯爵領へ二週間、私の使いとして赴《おもむ》く事を命じます」

女王の唇から放たれた思いもよらぬ命令に、フレデリクは耳を疑った。

返事すら忘れ、唖然として女王を見つめていると、女王は形の良い眉を顰《ひそ》めた。

「あら、不満かしら？　使いのお仕事は、私から伯父様へのお誕生日プレゼントを渡すだけで、残りの時間は好きに使っていいのよ。それに、家族同伴も許してあげるけれど？」

要するに、ウルリーカを伴って二週間の休暇を故郷で過ごせるという事らしい。

「不満、というより……あとが怖いんですが」

顔と声を引き攣《つ》らせて、フレデリクはボソっと呟《つぶや》いた。

唐突に美味しい餌をぶら下げられれば、用心するのは当然だ。しかも、それを手にしているのがアナスタシアとあれば余計に。

警戒される心当たりが十分あるはずの女王は、特に気を悪くするでもなく、面白そうにフレデリクを見上げた。

「じゃ、安心させてあげる。実は伯父様にね、貴方の結婚式前後からの浮かれっぷりを、全部言いつけちゃったのよ」

「なっ⁉」

顔を強ばらせたフレデリクへ、女王はフフンと鼻で笑った。

「夫婦円満なのは結構だけれど、貴方にああまでグズグズになられては困るの。ちょうど、目障《めざわ》りな最後の毒虫も駆除出来た事だし、ここらで一度、伯父様に鍛え直して頂きなさいな」

「……かしこまりました」

深い息を吐き、フレデリクはがっくり頭を垂れる。

自分で思い返しても、確かに結婚式前後の失態は酷《ひど》かった。さぞ厳しく叱られるだろう。

しかし、侯爵に会えるのは、それを差し引いても十分に嬉しく、自然と頬が緩む。伝令魔法や手紙のやりとりはしていたが、直に会うのは数年ぶりだ。

女王が、今度はほがらかな笑い声をあげた。

「伯父様はね、呆れてはいたけれど嬉しそうだったわよ。あれだけ自棄《やけ》になっていた貴方が急に恋をして結婚なんて。やっぱり少し心配だったみたいね。貴方をたち直らせた女性に会えるのを、とても楽しみにしているそうよ」

子どものように机に頬杖をつき、ニコニコと屈託《くったく》ない笑みを浮かべる女王を、フレデリクはしばし声もなく見つめた。それから、もう一度深々と頭を下げ、感謝の意を示した。

エピローグ

――その数日後。

王宮で開かれた盛大な舞踏会をもって、今年の社交シーズンも終わりを告げた。

良く晴れた秋空の下を、王都に集まっていた貴族たちが、土産を馬車いっぱいに詰めこんで、自分たちの領地へと帰っていく。

旅装をしたウルリーカも、フレデリクとともに、大きな鞄《かばん》をいくつも積んだ馬車に乗りこんだ。行き先は夫の故郷・アイゼンシュミット侯爵領だ。

「城の近くに、すごく綺麗な湖があって、子どもの頃はよくそこで釣りをしたんだ」

ウルリーカの向かいに座ったフレデリクが、嬉しそうに言い、窓から北の方角を覗く。

すでに、懐かしい景色を脳裏に思い描いているようだ。

そんなに嬉しそうな彼を見ると、ウルリーカまで自然に顔がほころんでくる。

侯爵家を訪問すると聞かされた時は、正直に言えばかなりたじろいだ。

ロクサリス名門貴族の侯爵は、フレデリクの妻が魔力を持たぬのを快《こころよ》く思わないのではないかという心配が、反射的に浮かぶ。

しかしフレデリクは、ウルリーカへ結婚を申しこむ前に、自分の後見人である侯爵にも、きちんと相手の女性の名を告げたと、きっぱり言った。

『だから侯爵様はそんな事、最初からご存知で、俺の結婚を許可してくれたんだよ』

平然とそう言われ、ウルリーカは驚愕《きょうがく》しつつも頷くしかなかった。

貴族の家系なのに双子のうえに魔力を持たなかったという、二重の珍しさゆえに、ウルリーカ・チュレクの名前は、ロクサリス貴族の間で広く知られている。

隠居しているというアイゼンシュミット侯爵の耳にも、一度くらい入った事があるかもしれない。

だが、娶《めと》る女性に魔力が殆《ほとん》どないという、大抵のロクサリス貴族にとっては深刻な問題が、フレデリクや侯爵にとっては『そんな事』らしい。

フレデリクの言葉を証明するように、隼《はやぶさ》の形をした侯爵の伝令魔法が、ウルリーカに親愛の篭《こ》もった領地への招待を告げに来たのだ。

だからウルリーカも幸せな気分で座席に座り、今日からの旅に胸を弾ませられる。

なにもかもが美しく見えるほど、晴れ晴れしい気分だ。

あの事件の翌日、ベリンダを見舞いに行くと、予想どおりすっかり自責の念に苛《さいな》まれていた。しかし、フレデリクの変身したヴィントの無事な姿を見せた事もあって、少しずつたち直りつつある。

ついでに、フレデリクや魔術師団が都合良く助けに来たのは、子爵邸の防音結界に不審を抱いた誰かが、伝令魔法を使って匿名で王宮に通報してくれたのだと説明した。その人が、ヴィントにいち早く治癒魔法をかけて命を救ってくれたらしいとも。

伝令魔法の形は人によって違うが、二重に魔法を使う事で、本来の形を隠す事も出来る。あの界隈は貴族の邸宅地だ。つまり社交シーズン中は、魔法使いの集合地。名を出してかかわりたくない貴族が、出来るかぎりの事をしてくれたのだろう。自分たちは運が良かった……そう、ウルリーカは妹に話した。

ベリンダに嘘をつくのは気がひけたが、本当の事を言う訳にはいかない。だが、とにかくベリンダは納得し、元気を取り戻しつつあるのだ。それが一番重要だ。

「――奥様、秋はアイゼンシュミット領で一番良い季節ですぞ。景色は勿論《もちろん》、森も豊富に恵みをくださいます」

仕度に不備がないか確認したイゴールは、嬉しそうに言うと扉を閉めて御者台《ぎょしゃだい》に上った。その隣には、ボンネットを被った家政婦も座る。

元々は侯爵家に仕えていた彼らも、ウルリーカたちに同行するのだ。久しぶりの故郷が楽しみでたまらないのだろう。

　モニカとその両親は、元から王都の人間のため、屋敷の留守を預かる事になった。

　門の前で見送りに出た両親の陰から、こっそりと顔を覗かせているモニカへ、ウルリーカは微笑んで手を振る。

　すっかり仲良くなった少女ははにかんだ笑みを浮かべ、手を振り返してくれた。

　馬車が動き始め、ゆっくりと遠ざかる屋敷を目にしながら、ウルリーカはふと結婚式の日を思い出していた。

　この屋敷に初めて来た時。美しい花嫁衣装を着た自分は、とても惨《みじ》めな気分だった。

　憧れていた初恋の人が自分を踏みにじったのかと思うと、惨《みじ》めすぎて、泣きたいのを通り越すくらい腹だたしくて……意地でもフレデリクには、自分が愛されないと嘆く姿など見せてやるものかと思っていた。

　彼に愛されなどしなくても、構わない。

　自分なりの幸せを掴むための計画を、心の中で何通りも練った。

　だから、とても親切に迎えられたというのに、自分は戸惑うばかりで……

　頑《かたく》なに周囲を拒んで、親切な言葉を疑っては耳を塞ぎ、自分で幸せを遠ざけていた。

「……なんだか、ルゥが初めてここに来た日の事を思い出した」

不意にフレデリクからそう言われ、ウルリーカは驚いて向かいに座る彼を見つめた。

「私も、ちょうど同じ事を考えておりましたわ」

ウルリーカが告げると、フレデリクは決まり悪そうに苦笑し、肩を竦《すく》めた。

「あの時、ルゥが本当は結婚を嫌がっているんじゃないかと、心配はしていたんだ。でも俺は、どうしても認めたくなかったから、ルゥは疲れているだけだって、無理やりに思いこもうとした……」

フレデリクの伸ばした手が、そっとウルリーカの頬に触れる。

「俺の傍《そば》で、君が笑ってくれるのが、すごく幸せだよ。俺の奥様」

深い緑色の瞳が、とても愛しげに細められた。それがあまりにも素敵で、ウルリーカは息を呑む。

「私……私も……」

同じ気持ちです、と言いたいのに、どうしようもなく幸せがこみあげて、声が上擦《うわず》ってしまう。

何しろ、ずっと思い続けていた初恋の人が自分を愛してくれて、甘いセリフを告げているのだ。

これでも冷静に自分を律せる女性が、はたして世の中にどれほどいるだろうか？

「私……幸せすぎて、浮かれてしまいます……私の……だ、旦那様」

真っ赤に火照《ほて》った顔を両手で隠し、小さな声でそう告げるのが精いっぱいだ。

だから、フレデリクがものすごくニヤけた口元を押さえながら、今すぐ妻を押し倒したいと苦悩している事なんて、まるで気づかなかった。

――かくして、男爵家の出来損ない令嬢と称された彼女は、かつて一人で熱心に練り上げた人生計画を、全て捨てる事になった。

そして今度は、夫である牙《きば》の魔術師とともに、新しい幸せ人生計画をつくり、実行していくのだ。

書き下ろし番外編

楽しい休日

とある冬の日、朝からフレデリクは上機嫌だった。

何しろ、今日は久しぶりのお休みで、丸一日を愛妻と楽しく過ごすのだ。これが上機嫌にならずにいられようか。

宮廷魔術師と女王の密偵を兼ねているため、フレデリクが自由に出来る時間は必然的に少なくなる。

特にここしばらくは何かと多忙で、休日返上で猫《ヴィント》となってあちこち動かなくてはならなかった。

そんな激務をこなし、ようやくこうしてウルリーカと腕を組み、公園の散歩を楽しんでいるというわけだ。

涙ぐましい頑張りへのご褒美のように、ここしばらく続いた悪天候もピタリと止み、今朝から空はよく晴れて太陽が眩《まぶ》しく輝いている。

王都でも一番広いこの公園は常に整備が行き届き、雪の積もる冬でも歩きやすい。広い敷石の道脇には除《よ》けられた雪が高く積まれ、陽を反射してキラキラ輝いている。

フレデリク達とは逆方向に向かう人が多く、殆《ほとん》どはスケート靴を手にしていた。

ここでは花園や噴水といった美しい景色が楽しめるが、広く浅い池は冬になれば厚く氷が張り、身分を問わず誰でも無料で使えるスケート場となるのだ。

一年の大半が氷雪に閉ざされる隣国ほどではないが、ロクサリス国の冬も寒さが厳しく、戸外での楽しみは限られる。スケートは貴族平民にかかわらず、大人から子どもまで夢中になれる貴重な冬の娯楽だった。

しかし、ウルリーカはあまり運動に自信がなく、スケートも見ているだけなら好きだが、自分でやるのは苦手だという。

なので、二人は池の周りを歩きながら楽しく滑る人々を眺め、美しい樹氷《じゅひょう》や冬花が彩《いろど》る小道へ向かっているところだった。

「良い天気になりましたね。今日のお出かけをとても楽しみにしていたので、雪が止まなかったらどうしようと、内心でハラハラしていたのです」

青空を見上げ、ウルリーカが微笑む。

「嬉しいな。俺も凄く楽しみだったから」

格好つけて余裕ぶった笑みを浮かべたものの、感激で泣きそうである。

(人生って素晴らしい！　生きていて良かった!!)

プルプルと震えて密かに喜びを噛みしめつつ、心の中で雄叫びをあげた。

今日は一日、たっぷりウルリーカを堪能するのだと、ニヤニヤ笑いを噛み殺していたフレデリクは、ふと向こうから来る男女に気づいた。

上品だが動きやすそうなピンクのドレスコートを着た金髪の若い女性と、二人分のスケート靴を手にした背の高い男の組み合わせだ。

男の方は、本日は宮廷魔術師のローブではなく、ありふれた色合いのコートを身に着けていたが、遠目にも見間違えようはない。

――エミリオと、ベリンダだった。

エミリオはザハル事件の前まで、ベリンダを一応は社交場で見知っていたものの、特に親しくはなかった。

いつも男性に囲まれている彼女を、派手で近寄りがたい女性と見て敬遠していたそうだ。しかし後日見舞いに行って二人で話したら、意外にも非常に可愛らしい人だったとすっかり惚れてしまい、夢中で口説き落としたのだ。

ベリンダとウルリーカは互いにまだ気づいていないが、エミリオは私服姿のフレデリク達に気づいたようだ。

それなりにまだ距離はあったが、二人とも視力は良く、また付き合いも長い。目があった瞬間、さすが心の友だけあって瞬時に互いの心境を察した。

『あれだけ激務に耐えたんだ。貴重な愛の時間は大切にしよう』

さりげなく、フレデリクはウルリーカの肩を抱き寄せて、彼らとは逆側の道に寄る。エミリオも「あそこに綺麗な鳥が」などと、ベリンダの注意を脇に逸らしだした。

ちなみにエミリオも最近、フレデリクと同じくらい忙しかったのは、彼も先日から女王の密偵となったからだ。

あそこまでバレたならいっそ引き込んでしまえと、アナスタシアはフレデリクが魔道具でたびたびヴィントになって密偵を務めているのを、エミリオに明かした。

そして彼に、今後はフレデリクの補佐をするように命じたのだ。

ザハルを最後に、魔術師ギルド暗黒時代の憂《うれ》いは一段落したが、国がある限り危険な厄介事は沸き続けるものだ。信頼の置ける、頼もしい密偵が増えるに越したことはない。

アナスタシアは腹黒女王とはいえ、こき使う部下に対価は支払う主義である。

給金の上乗せはもちろんするが、何よりもベリンダとの恋路を出来る限り手助けしてやろうと、その条件で即座にエミリオを頷かせた。

エミリオも好きな女性を射止めるだけなら、女王の力を借りるような情けない真似はしなかった。だが、ベリンダの母とエミリオの恩人である伯母が犬猿の仲で、『あの女の親戚だけは許さない』と火花を散らし合う状態だったのだから、仕方ない。

そんなわけで、フレデリクとエミリオは揃ってこき使われていたわけである。

エミリオも今日はベリンダを誘って出かけると聞いていたが、観劇に行くと言っていたのに、まさかここで鉢合わせするとは思わなかった。

ウルリーカとベリンダには悪いが、今日は会わなかったことにして貰うと、フレデリクは立ち去ろうとした。

彼女達は仲良し双子姉妹。せっかく会ったのだから四人で過ごそう、などと提案されてはかなわない。

フレデリクは決してベリンダが嫌いではなく、エミリオとてウルリーカを素直に良い人だと言っている。魔力の有無は関係なく、双子の仲が良いのも素晴らしい事だと思う。

しかし、こうして楽しんでいる時くらいは、ウルリーカを独占したい。

だが、フレデリクの身勝手な願いに反して、背後から明るい声が響いた。

「あら？　ウルリーカじゃない！」

エミリオの誤魔化《ごまか》しも虚しく、ベリンダに目ざとく発見されてしまったようだ。

「ベリンダ！　偶然ね」

　足をとめて振り返るウルリーカの後ろで、フレデリクは呻《うめ》き声をあげそうになるのを堪《こら》える。ベリンダが小走りで駆け寄ってきた。

「気がつかないで通り過ぎるところだったわ。こんなに近くにいたのにね」

　ウルリーカは何気ない調子で言ったのだろうが、フレデリクは背中を冷や汗が伝うのを感じた。エミリオも大きく表情こそ変えないが、一瞬目をさまよわせる。

「ふぅん……二人も気が付かなかったの？」

　ベリンダが、途端に怪しむような目を男達に向けた。

「え。それは、まぁ……いつもローブ姿ばっかり見てるせいか、私服だと意外に分かんないものだよなぁ、デリク？」

「ああ。全然、気づかなかった」

　フレデリク達が乾いた声で笑うと、ベリンダが口元だけで笑いながら、若干の不審を込めた目をチロリとエミリオに向ける。

「あらそう。いきなり人を引っ張りまわすから、何かあるのかと思ってしまったわ。たとえば、デートの邪魔をされたくないデリク義兄さまが、私が気づかないうちにウルリーカを連れていこうとして、貴方も片棒を担いだとか」

流石《さすが》、社交場の華であるベリンダはこうした駆け引きの気配に敏感だ。

「まさか……ハハ」

とりあえず笑って誤魔化《ごまか》しにかかると、ウルリーカがクスクスとおかしそうに笑いだした。

「ベリンダってば、冗談がきつすぎるわよ。いくらなんでも、デリク様はそんな身勝手をなさらないわ」

――グサッ！

微塵《みじん》の疑いもない純粋な信頼に、フレデリクは盛大に罪悪感という名の矢が胸に刺さる音を聞いた。

「そうね。デリク義兄様、変な冗談を言ってごめんなさい」

ベリンダが肩を竦《すく》めて苦笑し、それからエミリオへ視線を向けたが、顔を赤くしてすぐ逸らす。

「それに貴方だって、いつも私を大事にしてくれるものね」

照れくさそうに小声で言われ、エミリオは嬉しさと罪悪感の狭間で苦しむ羽目に陥《おちい》ったようだ。急に背を向けてゴホゴホと不自然な咳払いをした拍子に、スケート靴の刃がカチャカチャと鳴った。

「ベリンダ達は、これからスケートに行くのね？」

ウルリーカに尋ねられ、ベリンダが嬉しそうに頷く。

「本当は午前中にお芝居を見る予定だったけれど、運よく夜の公演にチケットを変えられたの。こんなに良いお天気だから思い切り滑るつもりよ。ウルリーカ達は？」

「私は滑るのが苦手だから、見物だけ楽しんだわ。今から花園の方へ行こうと思って」

「そう。じゃあ、また今度ゆっくり会いましょう」

「ええ。スケート場は混んでいたから気をつけてね」

二人は拍子抜けするほどあっさりと手を振り、踵《きびす》を返す。

「さ、早く行きましょう！」

元気よくベリンダがエミリオを促《うなが》すのが聞こえた。

ウルリーカはチラッと振り返ったが、すぐに首を戻し、デリクを見上げてホッとしたように微笑む。

「ベリンダが、本当にあの子を愛してくれる人と出会えて良かったです」

ザハルの魔法薬で、おぞましい男に偽の恋心などを抱かされ、ベリンダが心に深く傷を負ったと、ウルリーカはとても心配していた。

「エミリオなら大丈夫だ。俺が知る限り、最高に良い男だと保証する」

仲良く歩いていく二人の後ろ姿を、フレデリクも眺めて頷いた。

本当に、驚くほど器の大きい彼でなければ、未だにフレデリクの親友なんかやっていないはずだ。心からそう思う。

「さ、俺達もデートの続きをしようか」

気を取り直し、フレデリクは再びウルリーカに腕を差し出すと、また寄り添って歩き始めた。

公園の散歩を一通り楽しんでから、フレデリク達は市街地へと移動した。

ちょうど時刻は昼飯時で、予約しておいた料理店で食事をとる。

老店主が趣味で経営している小さな店だが、料理が美味しいのはもちろんのこと、盛り付けも細部までこだわっている。落ち着いた、静かな店内の雰囲気も良い。知る人ぞ知る、隠れた名店というやつだ。

ヴィントの姿で知り合った、王都中の料理店に忍び込んできたというグルメな野良猫から、一推しだと薦められた店である。

ウルリーカもたいそう気に入ったようで、可愛い飾り付けに、食べてしまうのがもったいないと目を輝かせていた。そんな愛妻の姿に、いっそう気分が良くなる。

――俺は、料理よりルゥの方が可愛くて、今すぐ食べたくなっちゃうけどな。

浮かれるあまり、危うくそんな事を口走りそうになったくらいである。

なんとか煩悩《ぼんのう》を抑え込み、無事に食事を終えてから、大通りにある子ども向けの商品を扱う店に足を向けた。

屋敷でコックとメイドを務めるホプキンス夫妻の娘モニカが、近く誕生日を迎えるので、プレゼントを買う目的だ。

親子連れで賑《にぎ》わう店には、玩具から子ども用の鞄《かばん》まで様々な品が揃っている。

「可愛いものばかりですね」

ウルリーカは楽しそうに店内を見渡し、チョッキを着た兎《うさぎ》の縫いぐるみを手に取る。

「そうだな。小さな女の子が喜ぶものはよく解らなくて、いつも店におすすめを見繕《みつくろ》って届けてもらっていたんだけど……」

フレデリクも、布人形や縫いぐるみが行儀よく陳列された棚に目をやる。

モニカぐらいの子どもの頃、隠れ暮らしていたフレデリクは友人など作れず、一緒に遊んだ女の子は、せいぜいアナスタシアくらいだった。

でも、好みが分からないというのは単なる言い訳で、本当は子ども時代の事をあまり意識したくなかったから、こうした子ども向けの品を選ぶのも拒否していただけだ。

それがこうして平然と楽しめるようになったのは、ウルリーカが傍にいてくれるからである。彼女といれば、過去の復讐のためだけに生きるのではなく、現在と未来のために人生を楽しもうと思える。

「……こうして、自分で選ぶのも楽しいな。来てよかった」

フレデリクは、晴れ晴れとした気分でウルリーカへ笑いかけた。

あまり高価すぎる品だと、両親に気を遣わせてしまうだろう。フレデリク達は悩んだ末に、赤いリボンのついたカチューシャなど、モニカに似合いそうな小物をいくつか選んだ。

カウンターでバースデーカードを書き、誕生日に屋敷へ配達してもらえるよう頼んでから店を出ると、いつの間にか空は鉛色《なまりいろ》の雲に覆《おお》われていた。

先ほどまでの良い天気が嘘のように雪がチラホラと降り始め、冷たく強い風が吹いている。

冬用でも薄手のコートを着ていたウルリーカは、急な冷気に身震いする。フレデリクは急いで彼女に防寒の魔法をかけて、店の軒先から出ないように言った。

この魔法は、身体の周囲にある空気の温度を上げて寒さを防いでいる。そのため雪の中を歩いたりしたら、すぐぐしょ濡れになり、余計に冷えてしまうのだ。

街を歩く大勢の人も、急な雪に震えながらせかせかと帰宅を急ぎ、露店も風と雪から品物を庇って店じまいを始めた。

天気が良ければ、通りに並ぶ露店や大道芸を眺める予定だったのに。

残念だが早めに切り上げようと、フレデリク達は辻馬車を拾い帰宅することにした。

「……それで、今からそんなに心配していたら、モニカが将来結婚相手を連れて来た時にはどうするの、と言われてしまったそうなのです」

並んで馬車に揺られながらウルリーカが語ったのは、モニカの父であるコックから聞いたという話だった。

モニカは引っ込み思案で目立たない雰囲気の子だが、母親似でなかなか可愛い顔立ちをしている。将来はかなり美人になりそうだ。

そのモニカに、最近学校で仲良く話す男の子ができたのだという。それを聞いた父親は、悪い虫がついたと気が気でなくなったそうなのだが、子ども同士の事に大袈裟だと妻に怒られたらしい。

「でも俺だって、ルゥに似た娘が生まれたら可愛くて仕方ないだろうから、娘に変な男が寄らないか心配する気持ちは分かるなぁ」

フレデリクは未来の自分を想像して、コックの肩を持つ事にした。

「そうですか。私達の娘……」

かすかに頬を染めて照れたように微笑むウルリーカは非常に可愛らしい。フレデリクは思わず、その傍らに小さな娘の幻を思い描いてしまった。

「ああ……そうとも。俺の可愛い娘に近づくような男は、絶対に許さない」

知らずに拳を握りしめ、フレデリクの声が低く物騒になる。

「あの、デリク様？」

恐る恐るかけられたウルリーカの声も、耳に届かない。

「身勝手でろくでもない男なんか、世の中にいくらでもいるんだ！　直接声をかけなくても、さりげなく近くで眺めていたりするかもしれない。そうして何度も眺めているうちに、勝手に知り合い気分になったりしてさ！　あまつさえ、相手の気持ちも確認せず、自分だけ盛り上がっていきなり求婚してくるかもしれないじゃないか！」

つい勢い込んで力説すると、ウルリーカがものすごく気まずそうな顔になった。

「え、ええ……そう、ですね……はい。時にはそういう方も、いらっしゃいますね」

やけに視線をさまよわせてウルリーカが言い、フレデリクはハッと青褪《あおざ》める。

——一年もヴィントの姿でウルリーカと会い続け、浮かれまくってろくに会話もせずいきなり求婚したのは、俺だったじゃないかーーーーっ!!

「ごめん……ルゥ……俺は今、猛烈に恥ずかしい」

呻《うめ》いて両手で頭を抱えてしまったフレデリクを、おろおろとウルリーカが宥《なだ》める。

「それでも私は元々デリク様をお慕いしていたのですし、今はこうして幸せに暮らしているのですから、もうよろしいではないですか。デリク様が優しく誠実に接してくださったからこそ、私は幸せになれたのです」

「ルゥ……ありがとう。でも、今日はもう一つ白状して謝らなきゃいけない事がある」

ため息をついてフレデリクは顔をあげた。

「私に、謝らなくてはいけない事ですか？」

「うん。実は……午前中に公園でベリンダが言った事は正しかったんだ。エミリオ達が向こうから歩いて来るのに、俺は最初から気がついていた。だけど今日はルゥを独り占めしたかったから、もし四人で過ごそうと言われたら嫌だと思って離そうとした」

一瞬の沈黙の後、ウルリーカが小さく呟《つぶや》いた。

「そうだったのですか……」

「ルゥの信頼を裏切って、本当に悪かった」

深々とフレデリクは頭を下げた。情けなくて顔を上げられないまま続ける。

「俺は、優しくも誠実でもないよ。身勝手で欲張りで、大切な相手を独り占めしたくて必死だ。いつも我《わ》が侭《まま》を言ってルゥを困らせてばかりいる」

誰もいらないと不貞腐《ふてくさ》れて虚《うつ》ろに生きるより、失うのが怖くても大切な相手と懸命に生きた方がいい。ウルリーカにそれを教えてもらったのに。

今度は自分の欲求を第一にして、ウルリーカの気持ちを無視してまで、誰にも渡さないと、みっともなく足掻《あが》いてしまう。

俯《うつむ》いていると、穏やかな声が頭上から落ちて来た。

「欠点や過《あやま》ちは、誰にだってあります。でも私は、それを認めて素直に謝ってくださるデリク様が大好きで……愛しています」

驚いて顔を上げると、優しくこちらを見つめるウルリーカと目が合った。

「ルゥは甘すぎるよ。だから、悪い猫に引っかかるんだ」

嬉しくて泣きそうになりながら、抱きしめる。

――二人の間に可愛らしい娘が誕生するのは、もうしばらく先の事である。

NB ノーチェ文庫

迎えた初夜は甘くて淫ら♥

蛇王さまは休暇中

小桜《こざくら》けい　イラスト：瀧順子

価格：本体 640 円+税

薬草園《ハーブガーデン》を営むメリッサのもとに、隣国の蛇王さまが休暇にやってきた！　たちまち彼と恋に落ちるメリッサ。だけど魔物の彼と結ばれるためには、一週間、身体を愛撫で慣らさなければならず……絶え間なく続く快楽に、息も絶え絶え!?　伝説の王と初心者妻の、とびきり甘～い蜜月生活！

詳しくは公式サイトにてご確認ください

http://www.noche-books.com/

携帯サイトはこちらから！

Noche
ノーチェ

甘 く 淫 ら な 恋 物 語

ノーチェブックス

**夜の作法は
大胆淫ら!?**

星灯りの魔術師と猫かぶり女王

小桜《こざくら》けい

イラスト：den

価格：本体 1200 円+税

女王として世継ぎを生まなければならないアナスタシア。けれど彼女は、身震いするほど男が嫌い！　日々言い寄ってくる男たちにうんざりしていた。そんなある日、男よけのために偽の愛人をつくったのだが、ひょんなことから彼と甘くて淫らな雰囲気になってしまい——？

詳しくは公式サイトにてご確認ください

http://www.noche-books.com/

携帯サイトはこちらから！

新感覚ファンタジー
RB レジーナ文庫

毒よりも危険な王の寵愛

レジーナブックス Regina

暗殺姫は籠の中

小桜けい　イラスト：den

価格：本体 640 円＋税

全身に毒を宿す『毒姫』として育てられたビアンカ。ある日、彼女は隣国の王・ヴェルナーの暗殺を命じられた。ところが正体がばれ、任務は失敗！　慌てて自害しようとしたビアンカだったが、なぜかヴェルナーに止められてしまう。その上、彼はビアンカに解毒治療を施してくれると言い出して――

詳しくは公式サイトにてご確認ください

http://www.regina-books.com/

携帯サイトはこちらから！

新感覚ファンタジー
RB レジーナ文庫

コワモテ将軍はとんだ愛妻家!?

レジーナブックス Regina

鋼将軍の銀色花嫁

小桜けい　イラスト：小禄

価格：本体 640 円＋税

訳あって十八年間幽閉された挙句、政略結婚させられることになった伯爵令嬢シルヴィア。相手は何やら恐ろしげな強面軍人ハロルド。運命と不機嫌そうな婚約者に怯えるシルヴィアに対し、実はこのハロルド、花嫁にぞっこん一目ぼれ状態で!?　様々な運命の中、とびきりピュアな恋が花開く！

詳しくは公式サイトにてご確認ください

http://www.regina-books.com/

携帯サイトはこちらから！

新 ＊ 感 ＊ 覚 ファンタ

！

レジーナブックス
Regina

レジーナブックス
Regina

眠れる王妃は
最強の舞姫!?

熱砂の凶王と
眠りたくない王妃さま

小桜けい
イラスト：縹ヨツバ
価格：本体 1200 円＋税

「熱砂の凶王」と呼ばれる若き王の後宮に入れられた、気弱な王女ナリーファ。彼女には眠る際にとんでもない悪癖があった。これが知られたら殺されてしまうかも……！　と怯える彼女は王を寝物語で寝かしつけ、どうにか初めての夜を乗り切る。ところがそれをきっかけに、王は毎晩ナリーファを訪れるようになって——!?

詳しくは公式サイトにてご確認ください

http://www.regina-books.com/

携帯サイトはこちらから！

新 ＊ 感 ＊ 覚　ファンタジー！

Regina レジーナブックス

レジーナブックス Regina

私、お城で働きます!

人質王女は居残り希望

小桜けい

イラスト：三浦ひらく

価格：本体 1200 円＋税

赤子の頃から、人質として大国・イスパニラで暮らすブランシュ。彼女はある日、この国の王リカルドによって祖国に帰してもらえることになった。けれど、ブランシュはリカルドのことが大好きでまだ傍にいたいと思っている。それに国に戻ればすぐ結婚させられるかもしれない。ブランシュは、イスパニラに残って女官になろうと決意して――!?

詳しくは公式サイトにてご確認ください

http://www.regina-books.com/

携帯サイトはこちらから！

本書は、2015年10月当社より単行本として刊行されたものに書き下ろしを加えて文庫化したものです。

ノーチェ文庫

牙《きば》の魔術師《まじゅつし》と出来損《できそこ》ない令嬢《れいじょう》

小桜《こざくら》けい

2018年3月5日初版発行

文庫編集－宮田可南子
編集長－塙綾子
発行者－梶本雄介
発行所－株式会社アルファポリス
〒150-6005 東京都渋谷区恵比寿4-20-3 恵比寿ｶﾞｰﾃﾞﾝﾌﾟﾚｲｽﾀﾜｰ5階
TEL 03-6277-1601（営業） 03-6277-1602（編集）
URL http://www.alphapolis.co.jp/
発売元－株式会社星雲社
〒112-0005 東京都文京区水道1-3-30
TEL 03-3868-3275
装丁・本文イラスト－蔦森えん
装丁デザイン－ansyyqdesign
印刷－株式会社暁印刷

価格はカバーに表示されてあります。
落丁乱丁の場合はアルファポリスまでご連絡ください。
送料は小社負担でお取り替えします。
©Kei Kozakura 2018.Printed in Japan
ISBN978-4-434-24190-1 C0193